路地裏に怪物はもういない
著 今慈ムジナ
Illustration やまかわ
JN230644
There are no more monsters
back on the alley.
Imazi Muzina
Illustration Yamakawa

C O N T E N T S

路地裏に怪物はもういない

There are no more monsters
back on the alley.
Imaji Muzina
Illustration Yamakawa

路地裏に怪物はもういない

著 今慈ムジナ Illustration やまかわ

CHARACTER

夏野 幽　Yu Natsuno

世界に残された最後の幻想。十五歳の姿でこの世に発生した少年。

神座椿姫　Tsubaki Kamukura

絶えた怪異を殺す少女。齢十四にして神座の当代を背負う。

左右 流　Nagare Sayu

空想を終わらせる男。表はカウンセラー業、裏はお祓い業を営む。

エリザ　Eriza

伝承に則った吸血鬼を愛する少女。

ミナ　Mina

創作で親しまれた吸血鬼を愛する少女。

北龍まもり　Mamori Kitakimi

かつて有望な水泳選手だった女性。

鏑木沙耶　Saya kaburagi

商店街にある「鏑木食堂」の看板娘。

大和路カルラ　Carla Yamatozi

大和路財閥の跡取り。

四楓院桜子　Sakurako Shihoin

カルラの専属メイド。

六月下旬　カイイ

少年は、世界に残された最後の幻想だった。

夏至の日、少年は十五歳の人の形で自然発生的に生まれた。

社会常識や一般教養はあるが、過去の記憶や記録がない。同種の仲間もなく、怪物らしい無双の力もなく、ついでに名前もない。

何者にもなれなかった怪異だと、すぐに少年は理解する。この世に自分以外の怪異がいないことが、少年の存在に刻まれていた。

そして「この平成の夏が終われば自分は消滅する」と識(し)っていた。

それが怖いと少年は思わなかった。強気だからじゃない。

少年には、生死の概念が備わっていなかった。

だからこそ少年は怪異であり、それゆえに「俺はなんのために生まれたのか」「俺はなにをすべきなのか」で悩み、都会の夜をさまよい歩いた。

そんな少年の次の行動は、食料の調達だった。

なにせ腹が減る。

怪異なのに一体なぜと己に問うた。逡巡(しゅんじゅん)ののち「あ。人の形で成ったからか！　納得！」とひとりごちる。少年は明るかった。

幸いなことに、都市西部に訳ありが集う街がある。そこで同じような訳ありの人間と一緒に日雇いで働いた。

夏野幽
神座椿姫
左右流

まるで舞うように椿姫は斬り続ける。
神座にとって、怪異討伐は宗教儀式の側面も強い。
神に近づき、神の座へ至る、怪異を屠る神座一族。
齢十四にて当代を背負った――
《絶えた怪異を殺す少女》神座椿姫の舞だった。

「時間の無駄かは
千回首を刎ねて考える。
考えてから万回ほど首を刎ねる。
そうすれば死ぬ？」

四楓院桜子
大和路カルラ

路地裏に怪物はもういない

There are no more monsters
back on the alley.
Imaji Mujina
Illustration Yamakawa

路地裏に怪物はもういない

著 今慈ムジナ Illustration やまかわ

CHARACTER

夏野 幽 Yu Natsuno
世界に残された最後の幻想。十五歳の姿でこの世に発生した少年。

神座椿姫 Tsubaki Kamukura
絶えた怪異を殺す少女。齢十四にして神座の当代を背負う。

左右 流 Nagare Sayu
空想を終わらせる男。表はカウンセラー業、裏はお祓い業を営む。

エリザ Eriza
伝承に則った吸血鬼を愛する少女。

ミナ Mina
創作で親しまれた吸血鬼を愛する少女。

北龍まもり Mamori Kitakimi
かつて有望な水泳選手だった女性。

鏑木沙耶 Saya kaburagi
商店街にある「鏑木食堂」の看板娘。

大和路カルラ Carla Yamatozi
大和路財閥の跡取り。

四楓院桜子 Sakurako Shihoin
カルラの専属メイド。

六月下旬　カイイ

少年は、世界に残された最後の幻想だった。

夏至の日、少年は十五歳の人の形で自然発生的に生まれた。

社会常識や一般教養はあるが、過去の記憶や記録がない。同種の仲間もなく、怪物らしい無双の力もなく、ついでに名前もない。

何者にもなれなかった怪異だと、すぐに少年は理解する。この世に自分以外の怪異がいないことが、少年の存在に刻まれていた。

そして「この平成の夏が終われば自分は消滅する」と識（し）っていた。

それが怖いと少年は思わなかった。強気だからじゃない。

少年には、生死の概念が備わっていなかった。

だからこそ少年は怪異であり、それゆえに「俺はなんのために生まれたのか」「俺はなにをすべきなのか」で悩み、都会の夜をさまよい歩いた。

そんな少年の次の行動は、食料の調達だった。

なにせ腹が減る。

怪異なのに一体なぜと己に問うた。逡巡（しゅんじゅん）ののち「あ。人の形で成ったからか！　納得！」とひとりごちる。少年は明るかった。

幸いなことに、都市西部に訳ありが集う街がある。そこで同じような訳ありの人間と一緒に日雇いで働いた。

ただ、少年の外見は若く、幼さが残る。

訳ありの街でも少し浮き、首を傾げる大人もいた。それでも素直な人柄が表れた優しい笑顔の少年に、誰も深くは聞かなかった。そういった周囲の優しさに触れ……本人の気質もあるが、「俺は人を苦しめる怪異にはならない」と強く誓う。

少年の存在は非凡だが、在り様は普通の少年だった。

その日暮らしの刹那(せつな)の日々を、少年は懸命にすごした。

――そして、運命の夜が訪れる。

寝床の路地裏に少年は戻ってくる。

路地裏の狭い出入り口は悪臭がするし、室外機の送風は熱い。ただ奥は意外と涼しく快適で、雨風がしのげるのはもちろん警察にも補導されかけない。よい寝床だった。少年は簡易ベッドの段ボールに腰をかけ、膨らんだコンビニ袋をカサカサと鳴らす。

「おーい！　一緒に夜ごはん食べよ！」

ルームシェア……もといスペースシェア相手の野良猫を呼んだ。

少年の表情は柔らかい。今日は二百円以上の晩御飯なのと、高級な猫の餌(えさ)が買えたからだ。

無理はしたが、以前に野良猫が美味(おい)しそうに食べていたのが、少年は嬉(うれ)しかった。

……けれど、待てども野良猫は現れなかった。

少年は食事もせずに数時間は待ったし、周囲も探した。コンビニ袋を何度もカサカサと鳴らし、最後にもう一度カサリと小さく鳴らした。

姿を消した野良猫は、死んでしまったのだと少年は考えた。

都会で生きる過酷さを考えればありうる話。少年は生死の概念がない。少年にとって死ぬことは単純に「この世からいなくなること」、この世から姿を消した怪異たちのことを想い、だから自然とそう考えた。

少年は首をふる。

そんなことはない。あの野良猫は生きている。優しい人に拾われたか、仲間を見つけて仲良く幸せに暮らしていると、少年は信じた。

でも、孤独に耐えられず、餌（えさ）を置いて少年は路地裏を去ろうと決心する。

路地裏の隙間（すきま）から、紅い月を見上げる。

視界を圧迫する紅い月（ブラッドムーン）。魔を誘引し、内なる獣を呼び起こす怪異の象徴。

内実は、大気の影響でそう見えるだけらしい。そんな情報も今の時代、スマホで調べればその場ですぐに得られ、誰でもいとも簡単に怪異が暴けてしまう。

「本当にこの世界から……俺以外の怪異がいなくなったのか？」

——紅い月は応えない。

その時だった。

紅い月から黒い影が降り立った……ように少年には見えた。

音も立てずに黒い影は路地裏に降り立ち、少年を黙視する。黒衣を着こんでいるのか、全身が闇（やみ）に溶けこみ、輪郭もおぼろげだった。

黒い影は冷たい圧を放ち、まるで怪物のように佇（たたず）んでいる。

お客さんかなと、少年はこの時まで呑気（のんき）でいた。

「えっと、俺になんか用？　多分人違いだよ。だって俺、誰も知り合いが――」

声をかけようとして近づいて、少年の腕がもげた。

激痛で叫ぼうとしたが、喉（のど）を潰（つぶ）された。

ショックから視界がぐるぐる回り、逃げようとして両足を折られた。

踏まれた。抉（えぐ）りだされた。地面ですり下ろされた。あとは部品（パーツ）ごとに商品を陳列するように、綺麗（きれい）に、丁寧に、解体された。

意識は無くなり――こうして少年はあっけなく惨殺された。

それから少年は、《空想を終わらせる男》左右流（さゆうながれ）、《絶えた怪異を殺す少女》神座椿姫（かむくらつばき）に出会い、名前を授かる。「笑う鏡」「怪物の仲人（なこうど）」「異世界の麒麟（きりん）」といった《乖異（かいい）》事件を終え、流と椿姫と共同生活することになった。

そして、《最後の幻想》夏野幽（なつのゆう）の物語が始まる。

七月下旬　ヴァンパイア・ティーパーティー

夏の陽射しが、幽（ゆう）の肌をじりじりと焼く。

今年も猛暑になるらしく、七月も半ば前から兆候は現れていた。

幽は都市のオフィス街から離れた場所、中小企業のテナントが集まる雑居ビル群の通りにいた。殺風景な通りだが、草原でも散歩するように機嫌よく歩いている。

以前に遭遇した乖異（かいい）事件の被害者の見舞い帰りだった。

被害者は術後の経過がよく、明日には退院できると伝えられた。

幽はそれに気をよくし、帰り際にみんなへのお土産（みやげ）を奮発した。

みんなの喜ぶ姿を思い浮かべながらのほほんと歩いていると、現在の住まいである赤レンガ調のビルが見えてきたので、幽は少し視線を上げる。

四階の窓に腰をかけ、こちらを観察しているセーラー服の少女がいた。

神座椿姫（かむくらつばき）。

遠いので表情はわからないが、椿姫はいつも無表情なのでわからなくても同じだった。

「つーばーきー！　抹茶アイスー！」

幽は笑顔でお土産を叫んだ。椿姫が喜ぶと思った。

椿姫がわずかに動く、表情は間違いなく変わっていないだろうが喜んでいるはずだ。幽は歩調を早め、抹茶アイスを渡すべくビルの入り口の扉に手をかける。

「幽」

突然、背後から呼びかけられ、幽は振りかえる。

小柄な少女――四階にいた椿姫が儚げにじっと立っていた。

椿姫の濡れ羽色の髪が少し乱れている。

降りたのだ。階段もエレベーターも使わずに、四階の窓から直接。落下時の衝撃は両足でさばき、難なく着地したのだろう。幽はこの程度ではもう驚かなかった。

「……」

椿姫は幽に無言の圧をぶつける。

椿姫は表情を変えない分、瞳で訴えてくるので幽は察しようとした。したが、全然わからない。抹茶アイスが早く食べたいというわけじゃないのはわかった。

「ちゃんと階段を使わなきゃ。ビルのオーナーさんがまた腰を抜かすよ」

「仮にも人の形をした怪異なら、らしくして。本来なら殺し合う関係。その相手が幸せそうにのほほんと歩き、あまつさえ人の好物を叫んでくるわたしの身にもなって」

涼やかな声。よかった、喋ってくれたと幽は思った。

椿姫の儚げな佇まいと、造形師が生涯かけて創ったような端正な顔で黙られると、魂のない人形に思えて怖くなる。幽はそれがたまに不安だった。

「うん、ごめん。次は気をつける。それで――」

「それで？　ちゃんと理解した？　いいや、理解してない。きちんと話を聞いていたかも怪しい。お前は相手と会話はするが、最後には自分の我を通す。だいたい――」

「椿姫、椿姫。デパ地下の有名処の抹茶アイスを買ってきたんだ。一緒に食べよ！」

椿姫の話も聞きたいが、幽はこれを報告したかった。

濃淡が異なる二重層の抹茶アイスを、椿姫に早く見て欲しかったのだ。

「……」

無言の了承に、幽は微笑む。

椿姫は目を逸らし、幽の側を通りすぎてビルに入る。幽も続いた。

エントランスには、くすんだ銀色の郵便ポストがある。幽はネームプレートに『左右心理オフィス』と書かれたポストを開くが、郵便物はない。

「流さんはどうしてる？」

「アレは朝から『暑い』を繰り返すカラクリ人形と化した。うるさい」

トゲのある物言い。だから機嫌が悪そうだったのかなと幽は考えた。


暗い階段を四階まで上がった場所に、左右心理オフィスが存在する。

狭い廊下の少し固い扉を、幽は押し開いた。

白色のリノリウムの床は日に焼けてくすみ、室内の一部タイルが剥げている。壁にはうっすら亀裂が入り、天井には水漏れの跡があった。建物の老朽化が進んでいるが、室内自体は清掃がよく行き届いている。幽が小まめに掃除しているからだ。

白檀と呼ばれるお香の匂いが鼻をくすぐった。

葬式によく使われる香で、魂魄の鎮静と魔除けの効果があるらしい。

部屋の中央には応接用のソファ一式がある。薄型テレビが隣に置かれ、今はニュースが流れていた。本棚には呪術と心理学の本が乱雑に入っている。1LDKを改装したカウンセリングルームで、壁側には生活感のあるキッチンがあった。トイレ付きバスルームへ続く扉もあり、生活空間が丸見えだった。

これで心を許して、本音を話す患者がいるのか幽は知らない。

というか、患者は見たことがない。

窓際には大きな事務机が一つ。オフィスの主——左右流の机。そこにはペンやら書類やら、特撮の変身玩具が置かれていた。遊んだ形跡がある。

部屋の隅にある厚いカーテンの仕切りの奥に、流はいない。

隣室は幽と椿姫が使っているので、今はそこが流の居住空間なのだが。

「流さん、いないね」

「弱音虫は涼みに行ったのだろう。どうせすぐに『暑い』と言って帰ってくる」

弱音虫と聞いて、幽は微苦笑した。

（弱音が多いのはたしかなんだけどね）

幽が流の人物像を思い浮かべていると、扉が開く音がした。

「……いやあ、暑いよ。暑い暑い。とにかく暑い。風でも吹いてないかと屋上へ涼みに行ったけど、都市熱が暑い。直射日光が暑い。うん、暑いと連呼するほど体感温度が上がるのはわかるよ。不快指数も上がるかも。しかしだ。暑い。されど暑い……やあ、幽君おかえり」

ひょろ長でエスニック系の服を着た男——左右流が現れた。

流は玄関扉へ、だるそうに凭れている。

「ただいま戻りました。これ、お土産です。流さんにはチョコアイス」

「アイス！　うん、いいね。ありがたい。それもチョコ。暑い日、さればこそアイスのありがたみが骨身に染みる。アイスを発明した人間は、世界で一番平和に貢献しているよ」

眠たそうな流の瞳に光が灯る。

「そろそろ三時だし、丁度いいね。みんなで一緒に食べようか」

「はい！」

流はくせ毛を掻き、ゆるゆると足を運んでソファに座った。

整った顔立ちで「三十歳と思えないほど僕は若々しいよね」とは本人談。しかし、初対面での彼への評価はおおむね「頼りない。子供っぽい。弱音ばかり」と厳しいものが多い。力の入っていない言葉は胡散臭く、本気か否かも疑わしい。

そんな流は、チョコアイスの蓋を外しじっと幽を見ていた。

「彼……体調はどう？」

「明日には退院できるって」

「そいつはよかった」

流は心の底から安心した様子で頬を綻ばせる。

つまりは、まったく信頼できない人ではない。

幽はソファに対座して、バニラアイスの蓋を開ける。椿姫も窓に腰をかけ、外の景色を見ながら抹茶アイスの蓋を開けた。みんなで一緒といっても、それぞれの距離感がある。きちんと同じタイミングで食べ始めた椿姫の距離感を、幽は少し知っていた。

（あとで二人に紅茶を淹れよう）

幽がこのあとの予定を思案していた時、テレビの情報が耳に入ってくる。

例の殺人事件だ。

『この都市で発生している連続猟奇殺人についてですが……今日は殺人事件の被害者にインタビューしてまいりたいと思います』

女子アナウンサーが繁華街をバックに、画面に映っていた。

隣には全身にモザイクをかけられた男がいる。大怪我でもしているのだろうか。

『事件当時を振り返ってもらえますか？』

『ええ、はい。あれは会社帰り……金曜日の夜ですね』

加工音声。

『明日が休みだったもので、つい終電がなくなるまで飲みすぎまして。歩いて帰るとき、ちょっと普段は歩かない道、人通りが少ない道で帰ろうと思いまして』

『そこを襲われた？』

『はい、一瞬でした。犯人の顔を見る間もなく……俺、全身ズタズタにされて……今も壊れていない箇所はないって感じです。マジ犯人が許せないです』

陰惨な事件だ。殺された人は救いがない。だから被害者は恨み辛み（つらみ）を話している。

幽（ゆう）が画面を注視していると、横からの視線に気づく。

――流（ながれ）がテレビではなく幽を観察していた。

考えを見透かしてきそうな流の瞳（ひとみ）に、幽は不思議に思う。

（自分は何かおかしなことを考えていたのかな？　流さん、この事件に興味がないのかな）

流はこの猟奇殺人事件を調査していた。

人が起こす不可思議な現象《乖異（かいい）》。それの関与を疑っていた流が、あの夜、路地裏で何者かに惨殺された幽を拾ってくれたわけだが……。

結局は乖異が関わっていないと判断し、流は調査を打ち切ったらしい。

「幽君、再放送のアニメに番組を変えていいかな……？」

虚を突かれ、幽は「ええ、まあ」と曖昧な返事をした。

「違うんだ。陰惨なニュースを見るよりね？　ほら……ね？　それに僕はいい大人だけど、アニメは世界で一番平和に貢献している産業であってね？」

「流さん、世界で一番平和に貢献している物がたくさんありますよね」

「——流、客がきた」

変に取り繕う流へ、外の景色を眺めていた椿姫が口を開く。

それを聞いて流は真面目な表情となった。

「表と裏……どちらの客かな？」

「その意味深な言葉と顔は何？　流の仕事は一つしかない」

「あるよう。表がカウンセラーで、裏が祓い屋だよう」

「カウンセラーとやらの仕事をしているのは見たことがない」

「やってるよ！　ねー、幽君！　ねーっ？　僕すっごく頑張ってるよねー？」

「うーん、ビルのオーナーさんの愚痴聞くのを勘定に入れてよいのなら」

幽は窓に近づきながら相槌をし、外を見下ろした。

通りでは高級車が駐車し、メイドが日傘を持って、少女が下車するのを待っている。場違いな闖入者に、たしかに流への客だと幽は思った。

華やかな二人だった。

一人は、純白ゴシックファッションの少女。

十四歳の椿姫と同年代ぐらいか。椿姫が和なら、少女は洋と対照的。

灰色の長い髪に青い瞳。恐ろしく綺麗なのに、なんにでも好奇心を抱きそうな無邪気な瞳で、室内を見渡している。年齢相応な仕草だが、一つ一つの所作が丁寧で、子供っぽさはあまり感じない。妖美と爛漫が同居した、不思議な印象があった。

もう一人は、上品なメイド服を着た女性。

歳は十代後半か。畳んだ日傘を手に持ち、少女の側で控えている。

鋭い目つきで、瞳は赤みがかっている。暗めのストロベリーブロンドを纏め、清潔感がある佇まい。澄ました表情で室内を見渡し、動作一つ一つがキビキビとしていた。他人を圧迫するような雰囲気もあり、少女に仕える番犬のよう。

外見の印象はお嬢様とメイドの凸凹コンビだと、幽は感じた。

「これは綺麗なお嬢さんお二人だ。むさい部屋が華やかになるね」

椿姫を度外視した発言に「流さんは一生結婚できない気がする」と幽は直感した。ひとまず幽は「椿姫はすごく可愛いですよ」と指摘しながら、メイドから日傘を受け取ろうとする。

しかし、メイドはそれを断り、鋭い目で睨む。

「ええ、本当に狭苦しく、汚らしい場所ですね。禍々しくもあります」

「桜子、失礼ですよ。もうっ」

少女は困り眉でメイドを叱った。

絶句していた流だが、気を持ち直し、二人を応接ソファへ座るように促す。

少女は優雅に座り、桜子と呼ばれたメイドは威圧するように立った。

「僕は左右。左と右に流れると書いて、左右流。無害そうで、事実無害な少年は夏野幽君。窓際でこっちを見ている……警戒した猫のような子が神座椿姫君。二人は僕の仕事……まあ、うん……一応メインの、祓いの仕事を手伝ってくれている」

物静かな椿姫は、竹刀袋に入った刀を抱きしめていた。

幽は「椿姫はこの二人に問題があるなら斬るつもりだ」と勘付き、依頼者の二人を椿姫からかばえるように、流の隣に座る。

流は少女へ名刺を渡すが、代わりに桜子が受けとった。

「私達はこういった者です。初めにお伝えしますが、貴方のような怪しい人間へ依頼しに来たことは、どうかご内密に」

流は桜子から名刺を受けとり、目をまん丸くした。

「え……大和路……!? 財閥の？　ご息女、ですか!?」

「はい、大和路カルラです。まあ、私は養子ですが。そこの口が悪くて、私にも容赦がないメイドは四楓院桜子です」

　カルラは嫌味なく微笑んだ。

「幽君、一番よいお茶を頼むよ！」

「わかりました！　お客様用の一番いい茶葉ですね！」

　大和路の凄さはわからないが、幽は元気よく返事する。

　それを桜子が冷たく返した。

「清潔か疑わしい湯呑みをお嬢様へお出しになられても、貴方の顔へぶっかける以外に使い道がありません。どうかお気遣いなさらず。それに、大した茶葉でもないでしょう？」

　幽はカチンとくる。

「むっ。なんですか！　来客用のお茶菓子をケチる流さんが、頑張って買った茶葉ですよ！　値段はそうでも、流さんの想いが詰まっています！」

「いや……ほんと……僕に甲斐性がなくてごめんね……」

「すみませんすみません。これでも桜子はまだ当たりを柔らかくしているほうで……」

　幽の言葉に、流とカルラは肩を縮こませる。流は意気消沈し、カルラも話の切り出し方を見失ったようで、二人は困った笑みを浮かべた。

　幽はそんな二人を気遣い、話を元に戻す。

「あ……ごめん。大丈夫だよ、流さんは君の依頼を断らない。ここへ来た時点で複雑な事情は察せるし、絶対に無下に扱わない！　そうですよね、流さん？」

「……そうだね。カルラ君のような人の話を聞くために、僕はここにいる」

幽の力強い言葉と、流の揺るぎのない返事に、カルラは胸元で拳（こぶし）を握った。

依頼内容を話す気になったらしく、桜子も不承不承で見守ると決めたようだ。だから、幽もそれ以上は何も言わなかった。

「――吸血鬼が本当にいると思いますか？」

カルラの問いに、幽は横目で流を見る。

流は穏やかな表情を崩さず、「僕に任せて」と目線で返した。

「それがカルラ君の依頼じゃないよね？　それは、君が抱く不安だ」

流はソファへ深く座りなおし、ゆっくりした口調で言った。

「はい……確信もないのに、私には本物がいるように思えたのです」

カルラは畏（かしこ）まった様子で背筋を伸ばし、幽たちを正視する。

「私、ＳＮＳで同志を募った『吸血鬼のお茶会』を開いていまして」

「本物の吸血鬼を集めたわけじゃないよね？」

「ええ、私のように吸血鬼を夢想し、憧憬（しょうけい）し、恋慕する少女が集う場です。吸血鬼に仮装し、吸血鬼として振る舞うお茶会なのです。永遠の美……冷酷で儚（はかな）い存在である吸血鬼になりたい少女が、お茶会を通じて交流する場。私……ちょっと変わっていますね」

「お嬢様は夢見がちでして、困ったものです」

主人にも毒舌なメイドを幽はちょっと睨む。

自分の好きな物を好きでいるなら、いいじゃないかと幽は思った。

「変身願望なんて誰にでもあるものさ。僕も理解があるよ」

「ええ、さようのようで。ご立派です」

桜子は事務机にある特撮の変身玩具を、冷めた目で見ていた。

幽は文句を言いたくなったが、流の邪魔をしちゃ悪いと思い、ぐっと堪える。

「つまり……そのお茶会で犠牲者が出たんだね？」

「はいっ、そうなのです！　ただ、犠牲者が出たと言うには語弊があります。お茶会に出席した者から、数人の行方不明者が出まして……」

カルラは顔を伏せた。

流は無理に聞き出さずにいると、カルラは気丈な顔を見せる。

「管理は別の方なのですが……私はお茶会を主催し、出資する立場でして……。その立場から情報を得ました。行方不明者の親御様が心配して、問い合わせてきたのです」

「他の参加者は知っているのかい？」

「知りません。悪戯に不安を煽ってはいけないと、私が情報を止めました。そもそも本当にお茶会が原因なのかもわかりません。お茶会からの帰り際に、行方不明になった可能性があります。考えたくはないですが……例の猟奇事件もありますし……」

　カルラの声が小さくなる。

「ここに来たってことは、もう警察には相談したようだね」

「……はい。参加者同士で示し合わせて家出したのでは、と言われました。吸血鬼の存在も話しましたが、笑われまして……当然といえば当然なのですが。もちろん、家の者にも相談しました。残念ながら、大和路家としては話を大きくしたくないようです。開催をやめるようにも楽しみにされている方が多く……。そんな時、この手の相談に乗ってくれる人物がいると、知人から教わりました」

　流は両手を組み、大きく頷いた。

「経緯はわかったけど、カルラ君が吸血鬼の存在を信じる理由は？」

「……お茶会に本当の吸血鬼がいるかも、というお茶会中の他愛もない雑談が根拠です」

　曖昧模糊たる根拠。

　お嬢様の妄想と切り捨てられても仕方のない言質。

　然れども隠しきれない現実とのズレ。

　別の可能性を知る流は、顔を片手でスッと隠した。

「――ああ、嫌だ嫌だ嫌だ。吸血鬼は本当に怖いなあ」

　自分以外の怪異が絶えたのを幽は知っている。

それは流もだ。この世に存在する幻想は幽のみである。

流の術が始まったと知り、幽は見守ることにした。

「信じるのですか?」

そう言ったのはカルラではなく、桜子だ。

桜子は整った眉を吊り上げている。幽はさらに冷たい印象を受けた。

「怪異はね、人の恐怖や畏れが形になったものだ。その形も様々で言語・文化・伝承・時代の中で、人の闇に溶けこむように怪異は顕現する。例外はあるけどね」

流は一瞬だけ幽を見た。

「カシマさんという現代怪異がある。話の仔細は省くが、理不尽に両手足を奪う怪物だ。カシマさんには色々なバリエーションがあってね。名前や話の流れ、その対策が多岐にわたって日本中に分布した。しかし、恐怖の根源たる『理不尽に両手足を奪う』は変わらない」

流は手の平を向けて語る。相手の緊張が和らぐとか。

「さて、吸血鬼の伝承は古い。吸血鬼が好きなカルラ君も知っているかな?」

「数世紀前からです」

「そう、数世紀前からだ。その過程で土地信仰・民譚・魔術……いろんな畏れを取りこみ、今の吸血鬼が誕生した。もちろん様々なバリエーションがある。しかし唯一と言って変容しないものがあった。それこそが吸血鬼の恐怖の根源であり、人の闇へ根付いたものだ。怪異はそうして人に根付く。では、変容しないものとは？」

「——人の姿をした怪物ということです」

カルラは即答する。心当たりがあったらしい。

いや、少女の聡明さあっての反応だと幽は感じた。

「そうだね。まさしくそれこそ、カルラ君が不安を抱いた原因だ」

流は少し間を空ける。

「彼等は人の形、人の理性を持ったまま社会を築き、親しき隣人として側（そば）にいる怪異だ。吸血行為は代表的なもので、セクシャルな暗喩（あんゆ）ゆえの魅力とも呼ばれるが、恐怖の根源はそこではない。そもそも起源は腸（はらわた）をむさぼる死人だ」

流は両腕を組んだ。

「しかし、お茶会とは言い得て妙だね」

ＳＮＳで餌（えさ）を集める吸血鬼を幽は想像した。

「……うん、僕たちが、カルラ君が不安になった原因を祓（はら）おうじゃないか」

「祓いの依頼を受けてくれるのですか？　いるかわからない吸血鬼でも？」

「ただし、条件がある。『お茶会中、参加者の前で本物の吸血鬼の存在を仄（ほの）めかすこと。吸血鬼の弱点について語ること』、これは君が果たすべき使命と思っていい。特に今回は……日光を強調するといいかな。なにせ、これだけ暑い夏だから」

「それは……いいえ、わかりました」

参加者の不安を煽ると考えたのか、カルラは少し躊躇ったのち了承した。

流はにっこり笑い、しれっと条件を付け足す。

「あと、これはプライバシーの問題になるけれど……まずは行方不明者のＳＮＳアカウントと住所。できれば参加者全員の分も教えて欲しいんだ」

さすがにカルラは二つ返事をせずに黙ってしまった。

「ＳＮＳを使う吸血鬼がいるかも知れないし……ね？」

「……それが必要であればご用意します。ただ、全員の住所はわかりません。現実の話は持ちこまないという決まりなので、必須の参加資格にはしていません」

「ありがたい。あとは報酬の話になるけれど……ほぼほぼ成功報酬で問題ないよ。何もなければ通常料金だ。四楓院君もそれでいいよね？」

桜子は澄ました表情で「構いません」と答えた。

それから流は意味あり気な視線を幽へ送る。幽は『二人に違和感はなかった』と流に伝わるように静かに首を横にふる。

その反応に椿姫も警戒を解いたので、幽は一息ついた。

数日後、幽と椿姫は吸血鬼のお茶会を調査するため、参加することになったのだが、幽はさっそく後悔していた。

時は夕暮れ、左右心理オフィスが入居している雑居ビルの前に、高級車が停まっている。

車の持ち主はもちろんカルラ。

車の傍らに立つカルラは、以前より少しフリルが多めの純白ゴシックドレスを着こなし、襟が立ったヴァンパイアマントを羽織っていた。

「幽さん幽さん！　がーお、です！」

「が、がーお……うぅ、本当にこれで行かなきゃ駄目かな……？」

カルラが両手の爪を立てるポーズをしたので、幽は赤面しながら同じポーズで返した。

邪気のない行動が恥ずかしいのではない。普段の幽はその辺りノリノリで返す。

問題なのは、幽の女装だった。

「少女限定のお茶会ですので。それに幽さん、とってもお似合いですよ」

「褒められているのかなあ。素直に喜べないなあ」

事実、幽は中性的な容姿なので違和感はない。声も低くはない。

中世風の衣装は貴族のような雰囲気を醸し、見るも無残な姿というわけでもなかった。怪異ではあるが、性の自認は男なので、それなりにある男のプライドと、桜子が「お似合いですよ」と鼻で笑ったので羞恥が現れた。

椿姫は性格上、内部調査には向かない。

流は外見上、どうしようもなく三十路だ。

女装の必要性は確かにあるが、しかし無理強いされる程ではなかった、本来なら。

『幽でも恥ずかしがることがあるのだな』とは椿姫の言葉。

椿姫は和装だった。竹刀袋も携えている。

狩衣と呼ばれる服は、動きやすいように一部改良が施されている。

神の座へ至るための儀式礼装。

《怪異を殺すため、神代と混ざったとされる一族》神座の正装であった。

正装を着て、《巫》に至った椿姫は何者にも止められない。だからこそ、この恰好で内部調査すると言いだした椿姫を、幽は必死で止めた。

しかし、

『吸血鬼とやらは、かなりの力をもった怪物では?』

もっともな問いに、幽は押し黙った。

幽とは違い、流や椿姫は人間だ。死ねばそれまでの命。事件の全貌がわからない今、椿姫の最善を止める権利はなかった。

「椿姫さん、とってもお美しいです！」

カルラは和装へ異議を挟まなかった。むしろ好んでいる。

美しい狩衣姿なのは賛同なのだが、幽は気が気でない。

「……そうだ！　カルラ、代えのマントとかない？　貸して欲しいんだ」

ヴァンパイアマントを借りた幽は、椿姫の背後に回りこみ、羽織らせようとした。そうすれば《巫》に至りにくいのではと考えた。

「椿姫椿姫！　がーぉ……」

「…………」

首筋がヒンヤリする。幽は己のピンチを察した。

実際、竹刀袋の紐(ひも)が解(ほど)けていたので、椿姫の機嫌をあと少し損ねたら幽の首は斬(さ)られていたところだ。

幽はゆっくりと椿姫から離れ、カルラにマントを返す。

「ごめん、ありがとうカルラ。じゃあ準備も整ったし、お茶会へ向かおうか」

結局、椿姫のお目付け役として女装で調査するしかなかった。

流はといえば、四階の窓から他人事のように手を振っている。流には流の仕事がある。幽から現場内部の情報を得て、外部で情報を整理し別口から調査する算段だ。

誰が決めたわけでなく、三人の役割が自然と形になっていた。

高級車の中はちょっとした広さで幽は驚いた。

足元のカーペットはふかふかで、流の寝床より快適な空間に、幽は初めてこの世に格差というものがあると知る。

「幽さん！　がーお、です！」

「がーお！　俺は世界最強の吸血鬼だー！」

幽は女装にもう慣れた。適応に近い。今を純粋に楽しむ性格ゆえである。伊達に過酷な路地裏生活をしていたわけじゃなかった。お茶会が楽しみらしく、ずっと無邪気な様子のカルラと接して嬉しくなったのもある。

「幽さん、俺じゃありません。私ですよ」

「ふっふっふ、私は世界最強の吸血鬼ですことよ！」

「……やっぱり俺で大丈夫です！　ボーイッシュな吸血鬼も素敵だと思います！」

「えー、そんなに変だったかなあ」

カルラは楽しそうに微笑んだ。

桜子は馴れ馴れしい幽に難色を示したが、お嬢様が優先なのか、はしゃぐ二人をそのままにする。椿姫は座ったまま寝ていた。

大通りを北上して橋を渡ると、お茶会の会場が見えてくる。

——古風な洋館がそこにあった。

夕日を背にしたシルエットは、いかにも「吸血鬼が存在しそうな」館にも見える。

左右対称の洋館には白枠の窓が規則正しく配列されている。どれもが分厚いカーテンで外部の光を遮っていた。付近は高層ビルがひしめき合い、洋館は街の景観と合っていない。洋館が突如として、そこに現れたような異物感があった。

駐車するために速度を落とした車から、幽は洋館を観察した。

「……都会のど真ん中に、古風な洋館って変じゃないか？」

「え？　おかしい……でしょうか？　都会に洋館があるって珍しいことです？」

幽の疑問は、カルラの当然だという反応で返された。

桜子もさして気にした様子はない。

「この洋館って資料館か何かなの？　あるいは観光地とか？」

「やだなあ。洋館は洋館じゃないですか」

口元を手で隠し、上品に笑うカルラに不審な点はない。

幽が座席で眠る椿姫を起こそうとすると、話は聞いていたのか直前で目が合う。

「わたしは山育ち、判別がつかない。でも、きっと、『そういうこと』だろう？」

椿姫は竹刀(しない)袋に収めた刀の鍔(つば)を小さく鳴らす。

誰も疑問に思わない、怪異である幽だけが『違和感』に気づくこの現象。

《乖異(かいい)》だ。

吸血鬼が本当に存在するかわからない。だが、吸血鬼はこの洋館にいる。

この現象は、命題が破綻(はたん)しているにもかかわらず、筋道が立っているように感じさせる。

――一瞬、洋館が近代的なビルと重なり合って見えた。

恐らく幽(ゆう)しか知覚できていない。

幻視でも陽炎(かげろう)でもない。それが、この古い洋館の正体だ。

ここから先、カルラの懸念はきっと現実と化す。ここには間違いなく吸血鬼がいる。

妄想だと笑われても、好きなものを安心して好きでいられるため、流(ながれ)に相談した少女の行動は正しかった。

「……俺の気にしすぎだよね。とっても素敵な洋館だ。お茶会、楽しみだな」

「はいっ、お二人にもお茶会を気に入ってもらえると嬉(うれ)しいです！」

だから今は、少しでも少女が楽しめるよう、幽は優しく笑いかけた。


重厚な両開きの扉を押すと、洋館内の光景が広がった。

吹き抜けのエントランスがそこにある。

よく踏まれ、ほどよく馴染(なじ)んだ赤絨毯(じゅうたん)の道。漆喰(しっくい)の白い壁。少し光沢が落ちた木製の支柱や階段。赤、白、茶と使われた色彩は少なく、シックな色合い。調度品も少なく、絢爛(けんらん)豪華な内部を想像しただけに幽は少し面食らう。ゆえに、らしいのかもと思った。

アンティーク調のシャンデリアが不気味に洋館を照らしている。

どこか日本的。明治、大正……その当時の建築か。

幽はスマホで写真を撮り、所感も添えて流へ送っていると、桜子が視界に入る。

「夏野様。お荷物をお預かりします」

「……夏野、様？　俺のこと？」

幽は桜子が誰に話しかけたのか頭に入らなかった。

「夏野様です。立場はどうあれ、お嬢様のご友人であらせられるなら夏野様です」聞き返すフリして様づけを何度も聞きたい算段なら、いくらでも連呼いたしますが？」

「あのですね！　お仕事に真摯なのは大いに尊敬しますけど！　ほんとそーゆーのよくないですよ！　あ、荷物は大丈夫です。ありがとうございます」

「……いい反応ですね。やはり夏野様は面白い人材だと再度認識しました。申し訳ありませんが態度を改めるつもりはございません」

なんだろうなあ、この人はなんだろうなあ、と幽は思った。

桜子は椿姫の手荷物を受け取ろうとしたが、椿姫は静かに首を横にふる。

「私は雑務がありますのでここで失礼します。調査の件、よろしくお願いいたします」

頭を下げ、廊下の奥へ機敏に去る桜子の姿は打って変わって洗練されたメイドそのもの。

戸惑う幽へ、カルラは申し訳なさそうにした。

「すみません。桜子は仕事に忠実なのですが……自由人でして。悪い人ではないのです。私が大和路の養子という立場を理由に非難される時も、桜子は矢面に立ってくれます。いえ、むしろ……桜子から大きな波風を立てるのですが……」

「桜子さんがカルラを大事にしているのは伝わるよ」

「……そうなのでしょうか？　桜子の真意は量れないので、私にはわかりません」

寂しそうなカルラの横顔は大人びたもの。少女の重荷を少し知る。

そんな幽の視線に気づき、朗笑したカルラに、幽は芯の強さを感じとった。

「私、ご挨拶する方がいらっしゃいますので、先にお茶会へ向かいますね」

「うん、俺たちはここを調査してから向かうよ」

カルラは頭を下げ、少し足早に廊下の奥へ向かった。余程楽しみらしい。

幽はエントランスと、細かい刺繍が施された分厚いカーテン、それに内と外の境目である玄関を何枚か撮影して、流に送った。


吸血鬼のお茶会は幽の想像を超えていた。

規模でいえば、二十名弱の参加人数。

一階の廊下奥にあった会場は、食堂を改装したスペース。広さは学校の教室くらいだ。

しかし、力の入りようが凄かった。五重塔のようなケーキスタンドには、美術品みたいな菓子が円を描いて並ぶ。チョコが噴水のように湧き、甘いパンケーキの香りが漂う。家具や食器類は大和路の自前らしく、洋館のエントランスとは打って変わって品格を放っていた。特徴としては吸血鬼をイメージしたであろう紅色が多い。

カルラや幽と似たような服の少女たちが、グループごとに談笑している。

全身が沈むソファへ座り、古いボードゲームに耽るグループもいた。

全員が吸血鬼のように、気品を持ってお茶会を楽しんでいた。

(本当に吸血鬼がいる……そう思ってもおかしくない雰囲気だな)

「凄いなあ。中世の世界に紛れこんだみたい。カルラが主催しているって言ってたけど……とっても力が入っているね。凄いね、椿姫」

「…………うん」

椿姫も心惹かれたのか、お茶会をじっと見ていた。

「椿姫も食べてきなよ。抹茶菓子があるかもよ」

「あるか。馬鹿」

そうは言うも、緩やかな足運びで椿姫はケーキスタンドへ向かう。

と、椿姫が振り返る。髪がぱらりと乱れる見返りに、思わず幽は見惚れた。

「……幽も、食べたいの、ある？」

「ないよ！　楽しんできなよ！　俺もしばらくしたら参加するからさ！」

「ん」

椿姫はお世辞にも社交的と言えない。無表情で無愛想。けれど儚げな椿姫に、魅力があるのを幽は知っている。

彼女は自然体が一番いい。椿姫の魅力をいろんな人に知って欲しかった。

（さて……流さんの教えじゃ、まず人を視ることだったよね）

幽はもう一度、お茶会を観察した。

そこで、衣装の系統が二つに分かれているのに気づく。

幽のような中世貴族風の衣装群が一つ。それと、カルラのような現代服にマントを羽織ったような、仮装染みた衣装群があった。後者は場の雰囲気に合わせてはいるが、カジュアルな印象を受ける。衣装のクオリティに差もあるが、これは自前の証か。

幽は二種類の衣装をスマホで撮影する。

撮った端から次々に流へ送っていると、

「貴方ね。さっきからなにをしているの？　不躾じゃない？」

幽と同世代ぐらいの女の子が、撮影を遮るように現れた。

黒髪短髪。気難しい眉が特徴的で、融通が利かなそうな相貌。衣装は中世貴族風のかなり凝った造りで、女の子の本気度が幽に伝わった。

「あ、ごめん。失礼だよね」

「当たり前でしょ。他人の無断撮影も失礼。お茶会をスマホで撮影するのも無粋で失礼よ」

「でも、必要なことなんだ」

幽は使命に殉じる者の顔をする。話は聞くが我を通す面があった。

女の子の神経質そうな顔がさらに際立つ。

「キリッとした顔をしない！　貴方、階位は？　物知らずな態度だから鮮血でしょうけど」

「？？？　かいい？　俺は怪異だけど……違うよね？？？」

幽はこの催しをハロウィン的お気楽な仮装パーティーだと思っていたが、悪戯に場の雰囲気を壊す言動は、自分が考える以上にご法度なのかもしれない。

「ちょっと！　そんなことも知らずにお茶会へ参加したの!?　あーもー！　これもミナのせいだわ！　最近の参加者はニワカが多い！」

「ごめん！　スマホは控えるよ！」

女の子の憤りがよくわかったので、幽は会話優先に切り替える。

「俺、紅茶を持ってくる。なにか食べたいものはある？　とってくるよ！」

「なに？　私と一緒に食べる気？　紫煙の私が、鮮血相手に談笑するとでも？」

「だったら紅茶受けのいいスコーンをとってくる！　いろいろ教えてね！」

すぐに紅茶とスコーンを持ってきた幽（ゆう）は、裏のない笑顔で女の子へ手渡す。

女の子は眉間（みけん）のしわを解（と）き、小テーブルにそれらを置いた。

「……貴方（あなた）、話していて疲れるタイプね。いいわ、面倒だし教えてあげる。このお茶会にはね、階位があるの。一番下から順に、鮮血（ブラッド）、黒血（ブラック）、灰骨（グレイ）、紫煙（パープル）、無色の月（インビジブル・ムーン）。階位は絶対であり、下位の吸血鬼は上位の吸血鬼に逆らえない決まり」

「へー。紫煙（パープル）ってことは凄（すご）いんだ」

「ええ、凄いの。階位にもちゃんと意味があるんだからね」

女の子は得意気に話すが、幽は素の表情でいた。

その反応がつまらないらしく、女の子はムキになる。

「言っておくけど！　無色の月（インビジブル・ムーン）は空位だから、事実上の最高位は紫煙（パープル）！　それも二人しかいないんだからね！　だから物知らずな鮮血（ブラッド）を丁寧に世話する義務なんてないの！」

そこまで言って女の子は一息つき、興奮を醒（さ）まそうと紅茶を一気に飲んだ。

幽も美味（おい）しい紅茶を味わいながら深く訊（き）いていく。

「階位はどうやったら決まるの？」

「……貴方、意外と自分を押し通すタイプとか言われない？　甘そうな顔して、なんだかズルいわ。あのさ、そもそも私たちは友達でもなんでもないのだけど」

「え？　一緒に食事したら、かなりの友達だよね」

「判定ゆるゆるじゃない！　勝手に紅茶をとってきてそれじゃあ押し売りに等しいわ！　貴方、アレね。休日は友人と過ごして体力も精神力も回復するタイプね。私と正反対の敵！」

女の子は変わらず侃侃諤諤に語りかけてくるが、顔から険はとれている。

この子のよさを、幽はおぼろげに理解してきた。

「黙らないでよ……もうっ、わかった。教えてあげる。お茶会終了時にいかに吸血鬼らしくふるまえたかで匿名投票が行われ、その結果で決まる。つまり私は、自他共に認められる最高位に近い、吸血鬼ってわけ？　おわかり？」

「わかりやすかったよ！　ありがとう！　それで……君の名前は？」

面倒くさがりつつも、一度も『誰かに聞け』と言わなかった、この子の名前を幽は知りたくなった。

無邪気な幽と対照的に、女の子はかなり間を空けて、相当渋った顔で答える。

「エリザ。本当はもっと長くて、素敵な真名があるのだけど、エリザでいい。鮮血の貴方が私の名前を呼ぶ時は、様をつけなくちゃいけないけれど……。貴方から様づけされても、馬鹿にされてるようだし、別にいいわ」

エリザは仕方なしといった態度で言い切ると、眉尻をあげる。

「で……貴方の名前は？」

「俺は夏野幽……子」

一応、幽は名前を濁した。

「夏野幽子？　それ、まさか本名じゃないわよね？」

「夏野幽……子は俺の仮名だけど？」

エリザが怪訝そうに顔を近づける。

「仮名？　幽子が貴方の吸血名としての真名ってこと？　もっと吸血鬼らしい名前は考えなかったの？　一人称も俺だし……まったく、服装は悪くないのに」

話が噛み合わないままだったが、都合よく解釈してくれたらしい。

つまり、『エリザ』はお茶会時の吸血鬼としての名前。

幽は複雑な気持ちでいた。褒められた服装もカルラ仕込みのもので、不器用で真正直そうなエリザを騙しているようで好ましくなかった。とはいえ正直には明かせない。

「なーに、難しい顔して。今から真名を後悔してもしーらない。貴方の真名は『夏野幽子』だって私が広めるんだから。私の影響力は凄いわよ？　私に舐めた態度をとった、自身の行動を恨むのね」

邪悪そうに笑うエリザ。

今こうして話している時も、エリザと似た衣装を着た少女たちから「エリザ様」と笑顔で手を振られ、グループに誘われている。

階位が上だからじゃない。そこに純粋な親愛を幽は感じた。

「慕われているのがわかるよ。エリザの面倒見がいいからだね」

「……変な子」

エリザは少し頰（ほお）を染めた。

「では、物知らずな鮮血（ブラッド）。誉れに思いなさい。この私が直々に吸血鬼のお茶会（ヴァンパイア・ティーパーティー）をエスコートしてあげる。なによ、嬉（うれ）しそうな顔しちゃって」

「俺、そんな顔してる？　エリザはお茶会が本当に大事なんだって知れたからかな」

「ほっんと変な子」

エリザは怒り眉（まゆ）で睨（にら）むが、威圧感はない。

幽は二種類の衣装について尋ねようとしたが、その前にエリザが大きな溜息（ためいき）を吐（つ）いた。

「はあ……今回は新入りが多いのね。あそこに和服なんかで来た子もいるし。ぜんっぜん吸血鬼関係ないじゃない。あぁもうっ、文句を言いたくなってきた！」

「あ。その子、俺の友達」

エリザに片方のほっぺを抓（つね）られる。

「そうでしょうとも、物知らずな鮮血（ブラッド）の友人でしょうね！　どんな子よ！」

「えっと、エリザみたいに俺のことを『最後には自分の我（が）を通す』って指摘した子」

「親近感が湧（わ）いたけど……いいえ、やっぱり、あの恰好（かっこう）は許せない！」

エリザは肩をいからせ、ズカズカと椿姫（つばき）の元へ歩いていった。幽は慌ててエリザと椿姫を取り持とうとする、絶対に仲良くできると思ったからだ。

しかしエリザが怒鳴る前に、椿姫(つばき)へ近づく女の子がいた。

「ね！　ね！　貴方(あなた)すっごく可愛(かわい)いね！　お名前は？　アタシの名前はミナって言うの！」

ふんわりした亜麻色の髪に、ヴァンパイアマントに現代風の衣装。

ミナと名乗った女の子は温和な顔で、椿姫を抱きしめた。椿姫はいっさい表情を変えず、クッキーを口にしながら淡々と返す。

「神座(かむくら)椿姫」

「椿姫ちゃんかー！　純和風な名前に和服の吸血鬼。いいねっ、可愛い可愛い！」

ミナはぐりぐりと椿姫をハグする。

椿姫はされるがままになっており、なんだか楽しそうで幽(ゆう)も混ざりたかったが、そんなことをしたら多分斬(き)られる。

「ミナ！　紫煙(パープル)の貴方がそんなんじゃ、下位の吸血鬼に示しがつかないじゃない！」

エリザと同い年ぐらいか、ミナと呼ばれた子がもう一人の紫煙(パープル)の階位を持つ子らしい。

「ヴァンピィ！　エリザは相変わらず難しい顔だね！　現在進行形で人生損するよー？」

「……誰が難しい顔にさせてるのよ」

ミナは返答せずに椿姫から離れ、幽の方に向け人差し指と小指を立てる。

「ヴァンピィ！　君も新しい子だね！　アタシはミナ。様はめんどいのでいらないよ！」

不思議なポーズが彼女の挨拶らしい。

エリザのポーズを、幽は同じポーズで返した。

「ヴァンピィ！　俺は世界最強の吸血鬼、夏野幽子だ！」

「お？　お？　照れなく、堂の入ったその態度！　百点花丸大喝采あげちゃおー！」

ミナが屈託なく笑う。波長が合ったのもあり、幽は容易く順応した。そんな二人を椿姫は面倒そうに眺めていた。

「エリザ好みの衣装だけど、エリザが新顔相手に珍しく親しげだと思ったら……幽子ちゃんの成せる技とみた！　こっちゃ来いこっちゃ来い、アタシとお喋りしよー！」

「うん！　いいねいいね！　みんなでいっぱいお喋りしよー！」

ノリノリな幽とミナの間にエリザが入る。

「鮮血！　ミナと通じあわない！　そいつは敵よ！　だいたい和服の吸血鬼ってなによ。そんなのを受け容れたらなんでもアリの仮装パーティになるじゃない。もっとマシな解釈があるでしょ！」

「敵敵敵。解釈解釈解釈。エリザはいっつもつまらないことしか言わなーい。いいじゃない可愛いんだし、アニメにならあるよ。和服の吸血鬼！」

両者間で火花が散る。

お互いに敵意を隠そうとはしなかった。

「二人は対立してるの？　喧嘩してるわけ？」

「この子とは合わないのよ」「波長がねー！　まったく重ならないの！」

エリザとミナの息は合っていた。

進む道は同じだが、歩み方の違いで何度も衝突してきたのだと幽は理解する。

「――お二人は幻想派と耽美派の代表なのです」

カルラが現れた途端、エリザとミナは敵意を消した。出資と開催を担うからか、やはりカルラは特別な存在らしい。

桜子が布をかけたサービスワゴンを押してきて、主の後を追う。

従者が側に来たのを待って、カルラは状況を説明した。

「お茶会における吸血鬼の解釈の仕方ですね。『創作を元にした、儚い存在である』幻想派と『史実を元にした、美を求める』耽美派があり、この二つに分かれています」

幽はようやく納得した。

中世貴族風の衣装の吸血鬼が耽美派。アニメや漫画を参考にした吸血鬼が幻想派。たしかに二つの派閥が仲良くしている姿は見かけない。二つのグループごとで固まっていた。

幽はカルラに尋ねる。

「カルラはどっち派なの？」

「私は立場上、どちらにも加担することはありません。出資者でもあり開催者でもある立場なので匿名投票も参加せずに、階位も灰骨で固定させたりしています」

そういえばと、カルラの洋服はどちらでも解釈できる格好と気づいた。

とはいえ車内での反応から、恐らくカルラは幻想派だと幽は考える。

「全員で仲良くすればきっと楽しいよ。同じ吸血鬼好きなんだからさ」

「……好きだから譲れないの」

エリザが幽のほっぺを軽く捻った。

「幽子ちゃん可哀想ー痛そうー。エリザ傲慢横暴ー。ね、こっちに来なよ！」

「ちょっと、引き抜きは止めてくれる？　ミナには和服の子がいるじゃない。私たち耽美派はそんな吸血鬼は認めないので」

いつの間にか、派閥争いに幽と椿姫は巻きこまれていた。

拘り極まれば対立もあるのかなと抓られたほっぺを撫でていると、カルラが心配そうに見つめていたので、幽は笑顔を返す。

「……みんなの好きが伝わる素敵なお茶会だね！　階位もそうだし、拘りがわかるよ。俺も、ちゃんとした吸血鬼名を用意すればよかったな！」

「？　私、お茶会の決まりごとは伝えるように桜子へ……桜子！」

カルラは真顔で桜子を呼ぶ。

「いかがされましたか聡明なお嬢様。怒りを隠さない真顔のお嬢様は素敵です。これは黙っていた甲斐があったというもの。心の栄養が補給できました。これでお茶会のサポートに励めます」

「貴方は少々自由すぎます……はあ、私が直接伝えるべきでした。私の失態です」

困った従者にカルラは溜息交じりで嘆いた。

カルラは桜子へ目配りすると、桜子はサービスワゴンの布を取りはらう。ワゴンの上には、山なりに積まれた小箱があった。

「皆様、こちらの箱をお一人ずつ受け取ってください」

幽は綺麗にラッピングされた紅色の小箱を受けとる。

桜子はワゴンを押していき、参加者全員へ配っていく。全員「この箱の中身は一体なにか」で談笑し、会場内がザワめいた。しかしカルラが全員の視線が集まる場所へ、存在を示しながら歩いていくと、調和したように静かになる。

カルラはタイミングを見計らってから話す。

「箱には、銀製の十字架が入っています」

再度、騒然となる。

当然だと幽は思った。吸血鬼に扮した少女たちが吸血鬼の弱点を渡され、動揺しない方がおかしい。実際にエリザが挙手して、カルラへ苦情を言わんとしたが――

「それが吸血鬼の弱点であると存じております」

カルラはそれを微笑み一つで制した。

幽は大和路財閥をよく知らないが、カルラはまだ十二歳と聞いた。幼い少女に、大人顔負けの胆力が備わった経緯を考えるだけで、大和路の凄みが知れた。

「吸血鬼は多彩な能力を備える反面、弱点の多い幻想種族です。十字架。銀製の武器。流水を渡れない。ニンニク。心臓に杭を打つ。他にもいろいろ……吸血鬼に詳しい皆様は、もちろんご存じのことでしょう」

カルラはそこで考える時間を与えた。

参加者それぞれが吸血鬼の弱点を口にする。一番多いのは「日光」であった。カルラが弱点を語る際に、日光を一番意識させて欲しいと流が頼んだものだ。

有名な弱点をあえて口にしないことで、カルラは逆に「日光」を意識させた。

「私がお渡ししたのは、ポピュラーでご用意しやすい弱点ですね。吸血鬼のお茶会を開催する立場の私が、なぜ皆様へ吸血鬼の弱点をお渡ししたかの理由ですが」

カルラは溜めを作り、透き通る声で告げる。

「――このお茶会に、本物の吸血鬼がいる……可能性があります」

幽は嘲笑が起きると思った。しかし、誰もクスリとも笑わなかった。

全員が薄々感じていたのか。

ああ、ついにそれを口にしたのだ、という空気に幽はゾクリとする。

「……うん！　うん、本物の吸血鬼か！　いたらとってもいいかもね！」

ミナの能天気な声に、幽の緊張が和らいだ。

「本物の吸血鬼とアタシはお友達になりたいなー！　いやーこれは絶対にいるよー」

「ミナ、不安を煽るような真似はやめて」

エリザの咎める声に、ミナは煽るように笑う。

「不安？　なにが不安なの？　ここにいる全員、本物の吸血鬼に会いたがるよ？　仮装なんかじゃない現実をきっと求めるね、絶対。派閥は違えど根底はみーんな同じだよ？」

ミナの真意は幽にわからなかったが、誰も反論しなかった。

少女たちだけの共通項があるのだと幽は悟る。

「ね？　ね？　開催者の立場としては、お茶会を中止する感じ？」

「それはありえません。催し事はまだあります。ですので、自衛手段を渡しました」

「自衛、自衛かー。……ううん、大丈夫。みんなちゃんと自衛するよ。ね？」

含みある物言いのミナを、少女たちは賛同するように見つめていた。

エリザも開催を止める気はないようで異論は挟まない。

そのあと、幽は耽美派のエリザグループに、椿姫は幻想派のミナグループに招かれ、二人は別行動になる。何事もなかったように談笑する少女たちに、幽は首を傾げた。

そしてお茶会は一旦終了し――夜がくる。

『状況は思ったよりよくないね』

スマホ越しの流の声は重かった。

お茶会は一度お開きになり、深夜のお茶会まで自由時間。参加者はそれぞれに用意された個室へ誘導された。ベッドと小テーブル、それにラックといった簡素な部屋。ベッド脇の小机には杭と聖書、にんにくも入っている。桜子が準備した吸血鬼対策だろうか。

椿姫もあてがわれた部屋で休んでいる。普段はとっくに寝ている時間だ。

開始が夕方からなのは、吸血鬼らしく深夜活動をメインにしたかったからとのこと。明日は休日なのもあり、夜更かしできるとカルラは言った。それが一番の理由だと幽は思った。

日付が変わった頃、再度お茶会を開き、階位を決める匿名投票が行われる予定だ。

それまでは比較的自由で、だいたいはグループで集まった。

幽もエリザに誘われたが断り、個室に入るなり、すぐに流へ連絡したのだ。

『ああ嫌だ。嫌だ。最悪を考えるだけで僕は怖いよ』

「そんなに状況よくないです？　基本的には、和やかなお茶会でしたよ」

流のいつもの弱音はスルーして、幽は要点を尋ねた。

流は弱音をよく吐くが、「面倒臭い。やる気がない」という言葉を、一度も聞いたことがない。だから幽(ゆう)は流(ながれ)を慕っている。「逃げたい」は度々聞くが。

『お茶会の雰囲気もあるけど……階位ね。厄介だな。厄介で怖い』

「鮮血(ブラッド)、黒血(ブラック)、灰骨(グレイ)、紫煙(パープル)、無色の月(インビジブル・ムーン)、の五つ。これに問題が？」

拘(こだわ)りがあって幽は好きだが、流はそうじゃないらしい。

『役割はね、その者を形成する重要な要素だ。役割が人格に影響を与えることもある。極端な話をするとね、真面目な性格だから警察官をしているわけじゃない、警察官ゆえに真面目な性格にならざるを得ない。適正はもちろん抜きにした話だよ？』

「つまり……役割が吸血鬼を作る？」

『雰囲気作りだけじゃないね。お茶会の階位は意味がある。単一では意味を成さなかった言葉が、吸血鬼の社会が築かれ、確かな美的経験を持ち、宝石に等しい価値を得た』

階位を誇りにするエリザを幽は思い返した。

『会場や衣装の作りこみで参加者の本気度が伝わったよ。ゆえに危険だ。個人の妄執で終わった話が、集団作用で現実性を帯びた可能性がある』

「だったら、これはやっぱり――」

『自分の現実こそが本物だと妄執した者が起こす……乖異(かいい)だね』

この世から怪異は絶えた。

最後の幻想の担(にな)い手は自分だと、幽は自覚している。

だからこれは、日常の延長上にある空想。

「これが怪異だってことは、万が一にもありえませんか？」

『怪異は現象としてこの世に顕現し、異変を誰にでも知らしめる。でも乖異は世界の現実そのものを上書きしようとする。幽君が違和感として気づいたのなら、やっぱり乖異だよ』

「そういった怪異とかもあるんじゃないですか」

答えを知りつつも幽は訊いた。

『全貌を知ったわけじゃないけど……怪異と乖異は根本からして理が違う。怪異は人の畏れに根付くが、発生源それ自体は人じゃない。しかし乖異は人が起こす空想だ。現象を辿った先には地続きの現実が存在する』

「お茶会の階位は……人が作った設定ですね」

『そうだね。もし、現象を辿った先に幻想、未知が待つのであれば、それは怪異であり、また怪異に成り果てる。しかし、現象の理由を誰もが知れるようになった今の時世、人の畏れに怪異が根付くことはなくなった』

最後の幻想は幽のみだ。怪異の仲間を得ることはもうない。

幽の心に寂寥が募り、悟られないように平然と会話を続ける。

「納得しました。流さんは乖異を前にすると別人のように語りますね」

『まあ、発生した乖異に結論ありきで理由付けしただけだよ』

「……都心にある古風な洋館。流さん的にはどう感じました?」

『言われてみれば、たしかに、だね。幽君に指摘されなければ、僕は違和感として認識できなかったよ。高層ビル群の中に古風な洋館は……異物だ』

幽の特異性。

乖異で書き換えられた世界の現実を、幽だけが『違和感』として意識できる。

理屈はわからない。

流と以前「笑う鏡」という乖異を祓った時に「君が最後の幻想だからこそ、書き換えられた世界の現実の影響を受けにくいのでは?」と仮説を立てた。

この場所に存在したであろうビルは、古い洋館で書き換えられた。

建物一つ上書きする、とんでもない規模の乖異だった。

『乖異の症状も……末期だね。下手にお茶会を止めなくて正解だったかも。吸血鬼がどんな行動に出るかわからない。それは僕にとって最悪の結末になりうる』

「洋館の写真でなにかわかりました?」

『内装が……神戸の異人館にとても似ている。発症者の深層意識が現れたとしても、やけに正確だ。思い入れのある地……あるいは近隣住民か。僕は後者だと思う』

この場にはいないが、髪を掻く流の仕草を幽は思い浮かべた。

現実を知り、怪異と乖異をよく知る男——それが左右流。

「情報が役に立ってよかったです」

『助かったよ。カルラ君からもらったＳＮＳ情報と、行方不明者の住所、幽君がリアルタイムで送ってくれた情報で調査する。あとは、僕が祓いの依頼で作った縁がある。足りない分はそれで補おう。これは夜通しかな。ああ嫌だ嫌だ。眠いのは嫌だけど怖いよりマシだ』

弱音を吐きながら徹夜で作業する流の姿を、幽は楽に想像できた。

「ビル丸ごと書き換えた乖異ですしね。俺も気を引き締めます」

『……幽君。入館前に一瞬、洋館が近代的なビルに見えたのだよね？　なら、乖異が完全に固まる前だ』

「え？　こんな明確な形なのにですか……？」

『独特なお茶会の中で発症者が自身を本物の吸血鬼だと錯覚したのはわかった。けれど、この乖異の発症者はどこか根っこで信じきれていない』

こんなにも明確に己の空想が世界に現れたのに、本人はどこか懐疑的。

それは少し悲しいなと幽は思った。

『もし、揺さぶりをかけるならそこだ。現実の話を持ち出せば、過剰に反応するはず。僕も発症者の実生活を手がかりにして、《解医》を行うつもりだ』

解医――この妄想空想は現実の延長だと発症者に理解させ、乖異を祓う対処法。

乖異ごとに対処法は異なるが、今回はスタンダードな形で行うようだ。幽はこのやり方が、あまり得意ではなかった。

「発症者に……見たくない現実を突きつけるかもしれませんよね」

『そうなるだろうね。……幽君、行方不明者の捜索もよろしく頼むよ？』

「……そうですね。もちろんです」

それから簡単な挨拶を交わし、幽は通話を切った。

幽は両頰を思いっきり叩く。夜の静けさに乾いた音が響いた。

このお茶会には行方不明者がいる。

それに行方不明者の原因は……乖異だ。ならば、少女たちの和やかなお茶会に流されてはいけない。幽は自らを戒めようともう一度大きく頰を叩いた。

けれど、と幽は思い出す。

――ううん、大丈夫。みんなちゃんと自衛するよ。ね？

自衛する気のないミナに、無言で賛同する少女たち。

（行方不明の少女は望むがまま現実から消えたんじゃ？）

時計兎に導かれ、お茶会を気に入った少女は新しい別の幻想に居座った。幽はそんな妄想を抱いた。

憶測でしかないと再び両頰を叩き、幽は頰を少し紅くして探索へ向かった。

洋館の廊下は冷気がこもっていた。

夜とはいえ夏場である。肌寒いと感じるのは奇妙。冷房器具も見当たらないのに、床下に薄い霧が現れそうな、怪奇的な冷えこみだった。

（多分、乖異が関係している。夜は発症者の空想が色濃くなるんだっけ）

以前の事件で流にそう説明された。

怪異も乖異も、夜に真価を発揮するのは変わらない。

エリザとミナのグループは再度解散していて、それぞれ自分の部屋に戻っていた。椿姫と一度合流するか考えたが、目立つ行動は控えようと幽は判断した。お茶会でさんざん目立っていたことは、そもそも意識していない。

「カーテン、全部閉められているな」

二階廊下の窓は、分厚いカーテンで夜景が遮られていた。

日光を遮るためなのだろうが、洋館の内側からだと「別のなにかを避けている」みたいに幽は思えた。

（行方不明者……直接聞いて回るのは駄目だよね）

幽は図々しく聞ける性格だが、さすがに空気は多少読める。

お茶会でカルラは行方不明者の話はしなかった。なら、悪戯にみんなの不安を煽る真似はやめたほうがいい。

(もう少し洋館内を探索しよう。きっと、どこかに綻びがある)

そうして幽が方針を決めた矢先だった。

廊下奥から気配を感じとる。否、気配というより違和感。

それは、すぐにやって来た。

壁や床や天井が波打ち、幽へ迫りくる。

廊下を外側からリングで押さえつけたように、円環状の波が襲いかかってきた。波との衝突に幽は身構えるが、衝撃はなく、風のように通りすぎて反対側の廊下へ消えた。

「今のは……!?」

波が通過する時、幽は波打つ断面を見た。

洋館ではなく、ビルの内装が映し出されていた。

夜は現実が希薄になる。それゆえ大昔の人は闇を畏れ、畏れに根付いた妖怪が蔓延った。だが、今の波は現実と空想のブレ。本来、乖異が固まりきった夜では起きにくいものだ。

(発症者の空想を揺さぶる、なにかがあったんだ……!)

幽は波が来た方角へ走り、折り返し階段から一階へ向かって大声で叫ぶ。

「誰かそこにいるのか!?」

人の気配を感じた。

幽は階段を跳ぶように下り、一階へ躍りでるが――誰もいない。

逃げられたか。ただ、個室の扉が一つ開きっぱなしになっていて、幽は頭で考えるより先に部屋へ侵入すると……そこには、少女が倒れていた。

ヴァンパイアマントを羽織っており、幻想派の少女だと幽は気づく。

少女は青白い顔で、首には吸血痕があった。

「誰か！　救急車を呼んで！　人が倒れている！　早く！」

幽は少女の容体を確認する前に、状況を大げさに知らせた。一次被害を防ぎたかった。少女たちが個室から顔を出したので、幽はもう一度同じことを叫ぶ。

それから幽は倒れた少女に駆け寄るが意識がない。

呼吸はあったので死んではいないはずだが、幽の胸が痛んだ。

「落ち着け！　俺！　落ち着いてよく考えろ！　俺は今なにをすべきだ？　怪異が乖異に驚かされてどうする！　救急車も頼んだから……流さん！」

流の《解医》に必要な情報を探そう。

幽は少女に謝りながら吸血痕を撮影して、部屋を捜索する。

と、破れた定期入れが、部屋の隅に隠されたように落ちていた。

この子の私物だろうか。幽は定期入れの中にあった破れた学生証を取り出し、撮影して写真を送る。他にないか探そうとしたが、騒ぎを聞きつけて少女たちが集まりだしていた。

少女たちは動揺していた。

思い思いの憶測を述べ、遠巻きに部屋の様子を眺めている。

気絶した少女へ応急処置をした桜子へ、カルラは心配そうに尋ねた。

「……傷は大丈夫でしょうか？」

「浅いので痕は残らないでしょう。倒れた原因は貧血かと……素人判断ですが」

貧血という言葉に少女たちが沸いた。気絶した少女が何に襲われたか明白だからだ。すぐに自制はしたが、瞳から好奇の色は消えていない。

「わかりました。救急車はいつ？」

「それがお嬢様。誠に言いにくいのですが、スマホが繋がらず、救急車が呼べません。それどころか、洋館から外へ出られなくなっています」

――言いにくいことを桜子はあっさりと告げた。

気絶した少女の看病は桜子へ任せ、全員がエントランスまでやって来る。

幽は力いっぱい玄関扉を引いたり押したりしてみるが、扉が絵になったようにビクともしない。少女たちは窓を叩いているが、割れる気配がなかった。それどころか、カーテンすら開かなかった。

桜子の証言通り、外へ出られない。

さっきまで繋がっていたスマホも使用不可となっている。

急変した状況で、ミナが喜色満面の笑みで声を弾ませた。

「うんうん！　すっごいね！　現実にはありえない現象……なんて呼べばいいのかな？　……怪異！　怪異だよ！　やっぱり本物の吸血鬼がここにいるんだ！」

ミナは恋する乙女のように胸元で両手を組んだ。

ミナの歓喜のふるまいに、少女たちは様々な反応を見せる。瞳に期待を輝かせる者。繋がらないスマホを操作する者。籠の中の鳥みたいな状況に恐怖を感じたか、慌てる者もいた。無反応なのは椿姫ぐらいだ。

エリザはミナをきつく睨む。

「傷ついた子がいるのに……不謹慎よ」

「誰が不謹慎？　本物を前にしても現実的で醒めたエリザのこと？　吸血鬼への冒瀆だよ。冒瀆すぎて不謹慎。それにあの子はただの貧血でしょ。アタシもよくなるからわかるんだー」

「私、貴方のことが大嫌い」

「言わなきゃ伝わらないと思った？　大分前から伝わってるよー？」

一触即発の二人を、少女たちは心細げに見守った。

どうにか目先の問題を片づけられないかと、幽は無理を承知で椿姫へ小声で頼む。

「……扉とか斬（き）れたりしない？」

「ただの扉なら斬れるが、得体のしれぬ扉はわからない」

「ただの扉なら斬れるんだ」

「地蔵も斬れる業物（わざもの）だが、この状況で刀が折れては困る」

無手（むて）はさすがにまずいかと幽（ゆう）は諦（あきら）める。

エリザとミナは諍（いさか）いを止める気はないようで、真正面からぶつかり合っていた。

「そういえば倒れた子、幻想派の子よね？」

「なるほどなるほどー？　幻想派の子が警戒せずに招き入れたのなら、アタシたちが危害を加えたかもって感じ？　ほー？　派閥争いへ持ちこむつもりー？」

「なに、派閥争いって？　私は貴方（あなた）が犯人なんじゃないのと言ったのだけど？」

幽はそこで間に入った。

「——紫煙（パープル）の二人が争ったら、みんな不安がるよ。喧嘩（けんか）両成敗って言葉は俺あんまり好きじゃないから、喧嘩即友人ね。オッケー、これで喧嘩した二人はもう親友だ！」

幽は満面の笑みでエリザとミナの手を取り、触れ合わせる。

すぐに振（ふ）り解（ほど）かれ、幽は頰（ほお）を左右同時に思いっきり引っぱられた。

「鮮血（ブラッド）、意味が全然わからないんだけど？」「おもしろーい、よく伸びるー」

「うえぇ……」

涙目の幽へ、カルラが助け舟を出す。

「外へ出られないことは確かなようです。ひとまず状況が変わるまで、全員で同じ部屋に集まりませんか？　幸いなことに食事は準備できます。朝を迎えれば、日の光が洋館に射すでしょう。吸血鬼は眠る時間。もしかしたら、その時は出られるかもしれません」

最年少のカルラが、一番冷静だった。

カルラには無邪気な少女でいて欲しかったが状況が許さず、幽は己の不甲斐なさに申し訳なくなる。

エリザとミナもさすがに矛を収めたが……

「よい案ね。でも私たち耽美派は、耽美派同士で集まります」

エリザは幽の頬から手を離し、今度は幽の腕を引っぱった。

「エリザに賛同するのはちょっと納得いかないけどー。そっちの方が気楽だね！」

ミナは幽たちから軽やかに離れ、幻想派の先頭に立った。

知らぬ間に耽美派と幻想派で集まり、エリザとミナを先頭に対立している。いや、不安だからこそ、自分が信頼できる者へ縋ったのかもしれない。

決定的な対立だとカルラも判断したようで、困り笑顔のまま何も言わない。

幽は仲を取りもとうとしたが、少女たちの瞳に多少なりとも恐怖の色も宿っていたのを知り、お互いに安心できるならと、この条件を呑んだ。

二階廊下の両端にある部屋で、お互いの派閥がそれぞれ立て籠る流れとなった。

対立を深めるようで好ましくないが、幽はみんなの安心を優先すると決めた。

少女たちは準備として、一階にあるお茶会の会場だった食堂からそれぞれの部屋へ、ソファや椅子を運びこもうとした。しかしひ弱な少女たちと緊急下なのもあって上手くいかない。

食堂で重いソファを一人で運ぼうとした耽美派の少女を、幽は手伝ってあげる。

「……ありがとうございます」

「気にしないで。一人で無理しないで俺をどんどん頼ってよ」

「……あの……本当は吸血鬼の力があれば楽に持てるんです。でも、しばらく血を吸っていないから、全然力がでなくて」

耽美派の少女の告白に、幽は驚いた。

お茶会での設定をこの状況下でも捨てていない。冗談というより、己の規則に準ずるタイプなのだと幽は感じた。

思えば耽美派はエリザを筆頭に、少々風変わりで生真面目そうな子が多かった。

「鮮血、重いものを運ばなくていいわ。席も人数分あればいい。みんなもゆっくり休みたいのなら、個室から何枚かシーツを持ってきてクッション代わりにしなさい」

エリザが少し厳しい口調で指示を送った。

上位のエリザの指示だからか、耽美派の少女は萎縮したように重いソファを下ろし、自力で持てる小さな椅子を運んでいった。

気まずそうにしたエリザを、幽は見つめる。

「……言っておくけど、別に偉そうにしたいわけじゃないのよ。誰かが言わなきゃ駄目じゃない。そうしないと効率も悪いし、あの子も無駄に疲れるだけでしょ」

「うん、俺に言いやすいのなら、今みたいに俺に言ってくれて構わないよ」

あの子じゃなく、鮮血に主語を絞ったエリザの心意を汲みとった。

幽が微笑み返すと、エリザは両頬をぐりぐりと抓ってくる。

「ええなんでぇ」

「……貴方ってほんっとやり辛い」

エリザは幽を解放すると、耽美派の少女たちへ指示を飛ばす。

似た者同士だからか、少女たちはスムーズに従った。少し厳しい口調だがエリザの指示は今この場で適している。それなのに、どこか躊躇いがちな彼女の心情を幽は考えた。

(拒絶されたり……疎外されるのが怖い、とか。かな……)

一方、幻想派は統率がまったく取れていなかった。

耽美派と同じように食堂から家具を運び出そうとしているが、ろくに進んでいない。

幻想派の少女たちは重いソファを運ぼうとして早々に諦め、立て籠り先の部屋に向かいもしない。その場でソファに寝転んだり、吸血鬼の話題で盛りあがったりした。

耽美派とは違う意味で緊張感がない。

幻想派筆頭のミナは特に指示もせず、ぼんやりした表情でマイペースに椅子を運んでいた。

「大丈夫？　なにか手伝えることはない？」

幽が心配して声をかけると、ミナはそれまでと打って変わってにんまりと笑った。

「敵がきたぞー。警報発令ー。エマージェンシーエマージェンシー！」

「え？　え!?　て、敵!?」

幻想派の少女たちがわらわらと集まる。

ミナがブーイングすると悪ノリにのっかるように、全員で幽へブーイングした。

「そうやって油断させて！　アタシたちを海外へ売り飛ばすつもりだね！　幽子ちゃんはとんだ悪女だよ！」

「……ふっふっふ、バレては仕方がない。海外へ売り飛ばし、適切な教育とたくさんの愛情を与えて一生涯幸せに暮らさせてやる！」

幽はノリ返した。ミナと波長が合い、意図も察せたからだ。

「大変！　とてもいい条件！」

ミナにはミナの心の配り方がある。

幻想派は纏まってないようで、これはこれで纏まっているんだ。

両派閥にある共通項を、幽はなんとなく察した。

端的に言えば空気を読まない。

緊急時の状況下でも、己の世界への拘りを見せる。流がこの場にいれば「乖異を起こしやすい子ばかり」と言うだろう。実社会に照らし合わせれば、恐らく異端者。

同じように空気を読まない（それなりに読むが気にしない）幽は、共感した。

「馬鹿やってないでこっちを手伝いなさい、鮮血」

様子を見に来たらしいエリザに腕を引っぱられ、幽は幻想派から離れた。

ミナは舌を出して挑発したが、エリザは無視して椅子を運んでいく。椿姫の様子を見ると、無表情のまま不機嫌そうにしていた。申し訳ないけれど、このまま幻想派を見守ってもらおうと思い、幽は椅子を持ってエリザの後を追う。

「……ミナはいつも好き勝手ばかりで、嫌になる」

廊下でエリザに追いつくと、そう呟かれた。

「ミナはみんなを心配しているよ」

「そんなわけないじゃない。好き勝手ふるまって……それで許されるのが腹が立つ。あーいった子はね、自由にふるまってその上で望んだものを理不尽に摑んだりするのよ」

「そんなことないよ」

「へー、そこは否定するんだ。あの子の悪口でも言いたくなった？」

エリザは底意地悪そうに笑った。

「俺が心配して話しかけたら……ミナは本当に嬉（うれ）しそうにしたから」

ミナがエリザの言う通りの子なら、幽（ゆう）が話しかけたときにあんな風に笑わないと思った。

「………そ。だったら、あの子も弾かれたのかもね」

何に。何から。「も」とはエリザも含むのか。幽は尋ねようとした。

けれど、ツンとした表情で前を向いて歩くエリザが、無意識に口を滑らせたのだと思い、幽は別口から尋ねることにした。

「学校って楽しいのかな」

「……はい？」

エリザの目が極端に細くなる。

吸血鬼に無関係な話をされて、相当苛立（いらだ）ったらしい。

「俺、行ったことないからさ。気になってて」

「……行ったことないの？　一度も？　私を謀（たばか）ってない？」

「知識としてはあるぐらい」

「……そりゃまあ、行ってなくてもテレビや小説での知識はあるんでしょうけど」

エリザの目は細いままだが、敵意はもうなかった。彼女なりに心配したのだ。

エリザのこの性格が幽は好きだった。

「うーん、そうじゃなくて……俺さ、自転車に乗れるんだ」

「それ、自慢すること？」

「自慢じゃないよ。俺はね、最初から自転車に乗れる知識があって……存在に刻まれてると言い換えた方がいいのかな。練習も失敗することもなく、最初から乗れた」

流はそれを人ではない現象らしさの証と言った。

「運動神経の自慢？　鮮血の話は要領を得ないわ」

「えーっと、学校の知識も同じ感じでね。そこがどんな場所かは知っている。だから俺は通えば当日からそれなりに対応できると思う。でも……頭に思い浮かべる学校には、なんの具体性もなくて。だから、実際はどんな場所か気になってさ」

「さあ？　私も通ったことがないからわからないわ」

エリザの言葉に幽は驚いたが、

「吸血鬼が学校へ通うはずないじゃない」

すぐにエリザがどういった体で話したいのか悟った。

エリザは自分が許せる範囲で現実に関する話を続ける気だ。

「吸血鬼が下賤な人間の社会へ溶けこむ真似……すると思うわけ？」

「吸血鬼は社会を築き、社会へ溶けこむ怪異だよ」

「一応、吸血鬼には詳しいようね。まあ人間と偽って学校に通うことも……。でもそうね……貴方は、学校の空気に合うか合わないかじゃない」

　エリザは二者択一を提示した。

「中間はないの？」

「貴方にはないわ。だって異端だもの」

「俺って異端？　椿姫には在り様が普通すぎるって怒られるけど」

　自分の正体に気づかれたと幽は思ったが、どうもニュアンスが違う。

「感性はまっとうみたいだけど、変に我を通すところがあるから……学校が合うか合わないかは……学校が楽しいかどうかは……結局は自分の立場で決まるんじゃない。人間の社会でもさ……」

　声が消えかけたエリザに幽は告げる。

「エリザがお茶会で慕われているのは、面倒見がいいからだよ」

「……なんで私の話みたいになってるのよ」

「そうだったね」

　幽が誤魔化すように笑ったので、エリザが軽く頰を抓った。

「……異端でも他で居場所ができるんじゃない。こととかさ」

　自分はそうだと言うような口ぶりに、幽はエリザ自身の話を聞こうとした。

したが、

「鮮血、貴方に免じて許したけれど、お茶会で外の話を持ち出すのは禁止。だから、先に言っておくわ。次はないと思って」

吸血鬼のような冷酷な顔でエリザは言い、話を打ち切った。

この状況下でもお茶会の規則に準じようとするエリザ。だから幽は大いに悩んだ。

椅子の運び込みも完了し、両派閥は二階廊下の両端の部屋で立て籠った。部屋を退出する時は複数人で行動する決まりになったため、幽は調査ができなかった。

カルラは別室で桜子と一緒に気絶した少女を看病中。

幽は立て籠る前に一度様子を見に行ったが、カルラは疲れをおくびにも出していなかった。すぐ側では同じように疲れを見せない桜子が、少女だけでなく主人へ気を配っている。

「夏野様、貴方は貴方のすべきことがあるのでは？　お嬢様はこれで疲れを見せようとしない、強情っぱりなので早く安心させてあげてください」

「桜子、幽さんも一生懸命なのですから」

「それを承知で申しあげています」

桜子のいいところを幽は理解し始めていた。

耽美派の少女が籠る部屋では、みんな大人しくしていた。

少女たちは部屋で雑談するのは不謹慎だと自粛しているのか、声を押し殺すように必要最低限のことしか話さない。エリザはたまに気を使ったように会話をふるが、そういった機微に疎いのか、少し空回り気味になってしまい少女たちは逆に委縮した。

幽は考えていた。

幽は感覚的に動き、悩みがなさそうなタイプに見られるし、実際そういう面は大いにあるが、頭は悪くない。理解も早い。相手の話はちゃんと聞く。聞きはする。

頭が空っぽに見えなくもないのは、彼の根っこが単純だからだ。

だから、結構考える。

状況は悪くなったが安定はしていた。

乖異の発症者も動きづらい状況になったからだ。

今頃、流は弱音を吐きながら調査して、解医へ至る術を整えてくれている。事件解決は時間の問題だ。場をかき乱さずに、辛抱強く待った方が得策だ。

けれど、事件が解決しても、発症者本人の問題が残る。

幽はううんと唸った末、みんなへ素直に聞いた。

「みんな、吸血鬼は好き?」

こんな状況でも好きか。純粋に好きか。どちらの意味も含まれた。

全員、好きだと答えた。

「吸血鬼のどこが好き？」

次の問いには、少女たちは各々で好きな点をあげた。

不死。永遠の美。儚い存在。耽美的。夜の怪異。カッコイイ。可愛い。上位種。エトセトラエトセトラ。それは共通した答えではなかったが、話を聞く中で共有されているものがあると幽は知る。

この繋がりが一番好きなんだ。怪物になっても理性を保ち、社会を築き、特異な絆で結ばれた吸血鬼の怪異性を、少女たちはお茶会を通じて体感している。

きっと何より――エリザが一番そう感じている。

再度始まったお茶会を、少女たちは楽しんだ。

この場にはいないが、きっと幻想派も同じ心情だろう。

エリザも柔らかい雰囲気を歓迎したように、表情を和らげている。

幽は談笑しながら膝を打つ。

「決めた」

「なにがです？」

親しくなった耽美派の子に問われる。

「……俺の、生き様？」

ドッと笑いが起きる。幽を中心にして笑いの渦が起きた。

幽の考えはいつも単純で、つまりは納得したいのである。


——朝になり、カーテンの隙間から光が差しこんできても外へ出られなかった。

取り乱す子はいなかった。大人が助けてくれると楽観視する子もいる。夜通し話し続けたのもあり、少女たちはうつらうつらと船を漕ぎ始めていた。

その安心した様子は、ひとえに幽の存在が大きい。

（みんな眠そうだ。太陽が現れた今がチャンスかな）

幽は静かにその場を離れ、調査へ向かおうとした。

「どこに行くの？　鮮血」

エリザが目をこすりながら呼び止めた。

「洋館内を調査しに行こうと思ってさ」

「調査？　なにそれ、実は自分は吸血鬼の埋葬機関とか言わないでよ」

「俺は埋葬機関じゃないよ。吸血鬼の埋葬機関か……昔はそんなのもあったのかな」

「今もあるんじゃない？　バチカン市国に、人知れず吸血鬼を葬るための十字軍の残党組織がいてもおかしくないわ。——ねえ、その調査は必要なことなの？」

エリザが真剣な表情で尋ねた。

「俺、元々はお茶会へ調査目的で来たしね。いい加減、俺の務めを果たさなきゃ」

「……よくわかんないけど、貴方(あなた)が一人で行く気なら私もついていく」

面倒見のいいエリザなら、そう申し出るだろうと踏んでいた。

そんな彼女の在り様だから、幽は納得できるまで話そうと思った。


幽とエリザは、例の吸血された少女の部屋を訪れる。

幽がスマホで部屋をわざとらしく撮影するたび、エリザは眉(まゆ)をひそめる。

「……調査かなんだか知らないけどさ。スマホはよくないいんじゃない」

「なんで？」

「だって……変なの写りそうだし……吸血鬼が光に反応して暴れるかもしれないじゃない」

過剰に反応するエリザへ、幽は微笑(ほほえ)み返した。

「貴方、笑って誤魔化(ごまか)すつもりでしょ。……ねえ、調査ってことは、吸血鬼の存在を信じて洋館に来たってこと？　ひょっとして吸血鬼の敵？　掃除屋(クリーナー)とか？」

「俺は敵じゃないよ。椿姫(つばき)はわからないけど、少なくとも俺は……説明しにくいな」

「敵じゃないのなら……なに？」

訝(いぶか)しがるエリザへ、幽は質問で返した。

「エリザは本物の吸血鬼の存在を信じる？」

「貴方は？　貴方は信じたから、ここに来たんじゃないの？」

　質問を質問で返し、さらに質問を上乗せされた。

「……本物がいたら嬉しいな。俺と似たような存在がいれば、きっと世界に居場所があると思える。そうすれば寂しくないし、孤独で街をさまようこともない」

　エリザは固まった。

　まばたきすら忘れたように硬直している。心の奥底から湧きでる感情を、丁寧に一つ一つ処理しているように見えた。エリザは「……そうね」と共感めいた言葉を呟き、乾いた目を上品にこすった。

「貴方、友達が多そうなのに、孤独で街を徘徊しているんだ」

「友達は多くないよ。生まれが生まれだからね。だから仲間が欲しかった」

「ふーん……怖くないの？　夜の街を一人で歩くのは」

　幽は一度も夜の街とは言っていない。

　しかし、エリザの脳裏では煌めくネオン街が映っているのだと幽は感じた。

「怖いとは一度も思わなかったよ。胸の内からさ……突き動かされるような感情が湧いてきても、雑踏に身を溶けこませていると落ち着いたりした」

「…………うん」

「そんな時に吸血鬼なんて存在が現れたらさ、俺は泣いて喜んだかも」

「違う世界にいけるかもって？」

怪異の捉(とら)え方が決定的に違った。

ただの人間と、最後の怪異とでは当然だった。

エリザの心根に触れた幽が無言でいると、彼女は打ち明けようとする。

「あ、あのね、鮮血(ブラッド)。もし、貴方がよければなのだけど――」

「でも君じゃない。君は自分を本物の吸血鬼だと思っているようだけどさ」

エリザは、幽へ伸ばしかけた手を引っこめた。

元々キツイ表情をするエリザだが、そこからさらに親しみが抜け落ちる。

「なんで？　いつ、私が吸血鬼だって？」

そして冷酷な吸血鬼としての顔を見せ、エリザは空想に固執した。

「……吸血鬼を否定しなかったのもあるけど、みんな同じぐらい吸血鬼が好きだった。ただ、このお茶会で一番拘(こだわ)りが強いのはエリザだった」

固執した想いは乖異(かいい)を生みやすい。

条件で一番近いのはエリザであり、エリザの為人(ひととなり)を見て幽は発症者と確信した。

「そうね、私は本物の吸血鬼よ。それで私を討滅する気？」

「行方不明者のこと次第では、その結末も……ありえると思う」

「なんだ、やっぱり掃除屋（クリーナー）じゃない。甘い顔して……いいえ、その方がらしいか」

エリザは唇に人差し指を当てる。

三日月を彷彿（ほうふつ）させる邪悪な笑みをたたえ、ククと笑った。

「人間共が吸血鬼のお茶会（ヴァンパイア・ティー・パーティー）なんて、ふざけた催しをＳＮＳで募集していた時は驚いたわ。下等な人間が吸血鬼の真似事（まねごと）なんて、最初はぶち壊してやろうと考えた」

「――エリザの本当の名前は？」

「でも考え直した。これは逆に利用できる。吸血鬼に憧（あこが）れる少女なんて恰好（かっこう）の餌食（えじき）。甘言（かんげん）を使えば、みんなノコノコと私に誘われたわ」

「――エリザは普段どんな生活をしてるの？」

「私の結界『輪廻古城（ネクロ・キャッスル）』で洋館を創り、彼女たちは容易（たやす）く魅了（チャーム）に引っかかった。ふふ、生娘（きむすめ）の血は美味（おい）しかったわ。なんにも知らない馬鹿で無垢（むく）な少女の血は特にね」

「――エリザは、学校で、家で、どんな風に笑うの？」

エリザの表情が激変する。

泣くのを堪（こら）えるように眉間（みけん）をぎゅっと引き締めて、表情を険しくさせた。

そして尋常じゃない速度で詰め寄り、幽（ゆう）の首を鷲掴（わしづか）みにして、女の子とは思えない膂力（りょりょく）で壁に叩（たた）きつける。

「殺す」

激情を嚙み潰すような声だった。

エリザの表情が冷たくなるにつれ、首を絞める指の力が強くなる。

「……っ！　エリザは――」

「殺す殺す殺す……殺す！　絶対に殺す！　吸血なんてヤワな殺し方じゃない！　大昔の、ただの屍人に近い吸血鬼のように！　内臓をほじくり藁を詰めて、死体を暖炉の上に飾ってやる！　黙れ黙れ黙れ……黙れ！　私を怒らせるな！　なんなのよっ……もうっ！」

彼女の相貌に、冷酷な吸血鬼の顔と、十代の女の子の顔が混ざった。

エリザの触れられたくない過去を知り、幽は言葉に力をこめる。

「エリザの好悪で、俺が会話を止めることは、ない……だって、納得できない……から」

絞められていた首が解放されたかと思うと、幽は右腕を摑まれ、ごきりと鈍い音が響く。エリザが万力のように握り締め、幽の右腕をへし折った音。

「貴方が納得できなくて……それがなに？」

エリザは氷の微笑を湛える。

骨を折ったことで腹を括ったのか、冷酷な吸血鬼の顔で固めた。

幽の全身から脂汗が流れ、歯を食いしばり、必死で激痛に耐えた。痛みで叫べば絶対にエリザの心が傷つき、存在を吸血鬼に傾けると思ったからだ。

「……エリザの心の痛みはね、現実から生じた、痛みだよ」

「殺されたいようね」

「……俺は、死がどういうものか、わからない」

幽の穢れなき眼を、エリザは逸らすまいと睨み返してくる。

「俺はそれよりも……納得できる答えを得ないまま、この世界から消えるのが嫌だ。だから触れるよ。俺が納得できるように――俺はエリザの現実へ触れる」

そして幽は正鵠を射る。

「エリザ、この世界に吸血鬼は存在しない」

「私は……っ、本物の吸血鬼だっ！」

エリザは幽の身体を何度も壁に叩きつけた。

「だったら、この私の力はなんだ！　この洋館は!?　人間の力じゃないでしょう！」

「それはね――」

「違うもん！」

エリザは幽を床に叩きつける。

癇癪をおこした少女のソレだった。親に不満をわからせるため、お気に入りのクマのぬいぐるみを嬲るように、天井や壁や床に幽を叩きつけた。幽の背骨にヒビが入った。幽の肋骨が折れた。幽の指が根元から千切れそうになり、幽の両足が曲がった。

びゅううと破れた風船のような音が、幽の喉奥から聞こえる。

そして壊した人形を前にした少女のように、エリザは幽から手を離して、後悔で目を逸らした。

「……吸血鬼になれば、そんな傷すぐ治るわよ？　ねえ、もし貴方が――」

「――エリザは本物の吸血鬼じゃないよ」

苦痛で顔を歪めないよう、可能なかぎり幽は優しく微笑んだ。

エリザは後ずさる。流の言ったとおり、彼女自身が本物の吸血鬼だとどこか信じきれていない。根っからの不器用なんだと幽は思った。

「……なん……でっ？　掃除屋なら掃除屋らしくしてよ。なんで、私の……。吸血鬼の格が足りないって言いたいの？　だったら……あの子。あの子も貴方の仲間なんでしょ？　あの子も倒したら、吸血鬼だって認めてくれる？」

あの子が誰のことか瞬時にわかった。

「ま、待って……椿姫に……絶対、敵意を向けちゃ駄目だ……」

幽はろくに動かない身体をひきずり、エリザの足下へ縋る。

優越感に浸れたのか、エリザは嬉しそうに笑った。

「へー……慌てちゃって。もしかして貴方は諜報担当で……あの子は戦闘担当とか？　なるほど、私を揺さぶって情報を引きずり出そうとしたのね」

「聞いて……椿姫はまだ状況を……よく理解していない……。怪物が……ここにいるとしか思っていないから……だから……」

　エリザは裏拳で壁を叩いた。

　吹っ飛んだように壁に穴が開き、隣の部屋が丸見えになる。

「人間が私に勝てるとでも？　大丈夫、ちょっとやりすぎるかもしれないけれど、鮮血が頭を下げるなら、貴方ともども吸血鬼にして傷を治してあげる」

　エリザは吸血鬼としての立ち居振る舞いを思い出したようにほくそ笑む。

　幽を冷たく、ほんの少し心配そうに見下ろしたあと、エリザは優雅に去っていった。

「……っ！　治れ！　治れ！　はやく傷が治れ！」

　言って治るものではないが、幽の体は時間が経てば治る。

『直る』と言っていい。背骨のヒビも折れた肋骨も、千切れかけた指も曲がった両足も、元の形に直っていく。路地裏で惨殺されたあの時も、幽は元の形に戻った。

　幽は生死の概念を理解していない。獲得していない。

　だから自身が消滅するその日まで、幽はいくら傷つけられようが元型へ修復される。痛いことには変わりないので、修復中に少し泣いた。

　流も椿姫も、幽の特異体質は知っている。

　二人が知らないのは「夏が終われば幽が消滅する」こと。幽はその事実を二人へ教えていない。人知れず消えるのが一番怪異らしいと考えていた。幽の矜持である。

――きゃああ、と絹を裂くような女の叫び声が聞こえた。

完治した身体で立ちあがり、幽は「……エリザの叫び声だ」と確信した。


二階廊下の奥、幻想派が立て籠っている部屋まで幽は全速力で駆けた。

案の定――幻想派の部屋の前で、エリザがうずくまっていた。

エリザの肘から先が消失し、細い両腕がカーペットに転がっている。失血はない。吸血鬼の力で防いだようだが、エリザは顔面蒼白だ。恐怖からだろう。

恐怖の対象は、衆目を浴びている無表情の椿姫。

椿姫は刀を抜いていた。鞘は部屋内に無造作に転がっている。

下段に垂らすよう自然体で構え、刀紋は化物を喰らおうと妖しく輝いていた。

「みんな部屋の中に戻って！　危ないから！　……椿姫っ！」

茫然自失のミナや、少女たちへ、幽は避難するように叫ぶ。

幽の鬼気迫る声に驚いたか、ミナたちは部屋に引っこんだ。

この場合、危ない者には「エリザと椿姫」両者が含まれていた。

「幽。……椿姫っ、で何？」

椿姫の遠い目。《巫》へ至りかけていると、幽は接近を躊躇った。

躊躇ったが、エリザをかばうよう椿姫の前に立ち塞がる。

「話を聞いてくれ」

「……衣類の破れ、派手に嬲られた？　半分殺されたか」

「話を聞いてくれる気はあったんだ」

「お前は甘い。死ぬまで甘い。死なないからずっと甘い」

椿姫は幽を仰視した。

「化物の暴力を暴力としてふるったのなら、もう人じゃない、鬼だ。……ああ、血を吸う鬼だったな。元が人でも化物の領域へ堕ちたのなら、神座が屠らなければいけない」

椿姫の言葉に淀みはなかった。

朝目覚めて「おはよう」とみなへ告げる、それぐらい自然な言葉だった。

「違うんだ。聞いてくれ。エリザは不器用なだけで――」

「……なんで、鮮血の傷が治っているの？」

エリザが目を大きく見開き、完治した幽を凝視している。

「貴方も、本物の吸血鬼だったのね……？」

エリザはそう誤解した。

いけないっ、と幽は思った。

信じきれなかった現実が、本物の怪異を日の当たりにし、己の空想を固めていく。

「……鮮血は垂れ黒血と化し、肉は腐り灰骨と果て、紫煙となった骸は……空で無色の月と成る——私は……私は……っ！」

　エリザはぶつぶつと呪文のような台詞を吐く。消失した肘先から黒い血の塊が葉脈のように広がり、落ちた両腕に繋がった。

「私は、吸血鬼だ……っ！」

　黒い血が袂に戻るよう収縮して、エリザの斬られた両腕が再び繋がる。

　洋館内が一気に冷えこみ、ドライアイスを炊いたように床に白い霧が現れた。

　ここに「乖異：吸血鬼」が完全に成る。

「吸血鬼は殺されない。殺されるのはお前だ、掃除屋」

　死者より冷たい吸血鬼の顔でエリザは唸った。

「いいぞいいぞ吸血鬼。それは——実に化物だ」

　椿姫は刀を揺らめかす。

「椿姫！　待ってくれ！　エリザも！」

「幽、すこし黙れ」

　幽の喉元へ刀の切っ先がぬぷりと突き刺さり、反対側まで貫通した。椿姫は刀を引き抜き、血と油を拭うため刀で円を描く。遠心力でびしゃりと血が散った。

ああよかったと、幽は思った。

以前に同じ行動をした時、幽は首を刎ねられた。あの時はしばらく動けなかったが、喉を潰された程度なら、ちょっと声が出ないだけだった。

「待たせた。コレはな、いつも五月蠅い。だが今日は珍しく黙ってくれた」

椿姫はもうエリザしか見ていない。

エリザは幽を少し心配したように見えたが、もう椿姫に夢中のようだった。

「貴方、生粋の殺し屋さんって感じね。本当にバチカン市国に存在する埋葬機関だったりしない？　ああ、いいのいいの。貴方がどこの誰でも。貴方みたいな存在がこの世にいてくれるだけで……私、今すっごく昂ってる。――これが私の現実なんだ」

「……五月蠅いのがまた一人。一匹か」

椿姫は刀の切っ先を、エリザの喉元へ向けた。

エリザは瞳に好戦的な輝きを宿し、狐のように後ろへ跳ねる。

ダンッ、ダンッ、ダンッ、と壁で跳ね、天井で跳ね、△の軌跡を描くように廊下奥へ人外の動きで後退して、椿姫と距離を置いた。

「《黒血》！」

エリザが叫ぶと、肘から黒い血が溢れた。

槍の形状と化した黒い血は、弾丸のように椿姫へ放たれる。

椿姫はエリザへ一直線に向かいながらそれを避けた。

「それぐらいやらなくちゃねっ！《黒血》！《黒血》！」

二射。三射。

魔弾の射手の攻撃をわずかな体移動で避けて見せ、一気にエリザとの距離を詰めた椿姫は刀を横に薙ぐ。

「……なにそれ？ 本気でやってる？ 朝顔の成長の方がまだ早いんじゃあない」

エリザは楽に避けた。

幽から見て高速の斬撃は、吸血鬼になったエリザには遅く見えるらしい。エリザは椿姫の斬撃を数度、笑いながら避けていく。

「遅い遅い遅いっ！ なにこれ!? 私、すっごい！」

人の限界を超えた人外の領域だった。しかし、

「え――？」

椿姫の刀が、喜ぶエリザの肩に食いこんだ。

刀は叩いて引いて、斬ると成る。

エリザは斬り伏せられる前に人外の反応速度で後ろへ下がるが、椿姫の逆袈裟斬りが追撃する。エリザはそれを避けきれず、切っ先が頬を掠めた。エリザが左へ逃げようとする前に、左

側へ椿姫の斬撃が伸びる。刀を折ろうと突進するエリザは、今度は腹を突かれた。

椿姫の斬撃が、すべて当たるようになっていた。

「な、んで、全部見えてるのに……っ⁉」

「ん」

椿姫は相手の拍子を盗む。

本来ならば相手を熟知し、幾たびの真剣試合の果てに到達する領域を、椿姫はわずか二、三合打ち合うだけで自分の拍子とする。

理屈がわからず、以前に幽は流(ながれ)に解説してもらった。

『――えーっと、格闘ゲームはわかる？　あのジャンルはね、極端な話を言えば敵の行動を読み、相性のよい技を出し続ければ絶対に勝てるゲームなわけだ。ジャンケンもそうだね。でも普通はできない。けどね……椿姫君はそれができる』

病的なまでの身体操作。人の極致と呼べる武の素養。

二つが合い生ずるは《可視不可避(かしふかひ)の斬撃》。

行動に寸分違(たが)いなく合わせる。出がかりを瞬時に潰(つぶ)す。拍子外から斬る。

ゆえに視えているのに、意識外からの斬撃を避けられない。後(ご)の先(せん)の極致である。

しかし、人の技が人外へ刃を届けても、新たな傷が生まれるより早く傷が塞(ふさ)がっていた。

「……っ、大丈夫、大丈夫だ私！　こ、こんな傷、大したことないっ……！」

「そう、治りがとてもとても早い。それはとてもとてもとても――いいこと」

まるで舞うように椿姫は斬り続ける。

神座にとって、怪異討伐は宗教儀式の側面も強い。

神に近づき、神の座へ至る、怪異を屠る神座一族。

狩衣を身に纏い、斬撃を舞い、殺す化物を前にして神座は《巫》へ至る。トランス状態に陥った神座と人の技の極致により初めて、人外の領域を人が捉える。

速い斬撃。遅い斬撃。知覚できない斬撃。止まる斬撃。静動すべて同義である。

齢十四にて当代を背負った――《絶えた怪異を殺す少女》神座椿姫の舞だった。

(このままじゃいけない……っ!)

「……がっ! ぐっ!」

幽は潰れた喉を叩いた。叩けば治ると思った。

いかような才を天から得て、どのような修練を積めばあの領域に至るかわからない。幽にわかるのは、あの場に入って身体で止めても椿姫には届かない。もし、椿姫を止めたいなら言葉でなければ止まらない。

「づ、ば、ぎぃ!」

幽は潰れたカエルのような声で叫んだ。

それがあんまりにも不格好で、冗談みたいな空気になったからか、二人は距離をとった状態で動きを止めた。

「……呼んでるわよ？」

「づばぎだ。椿姫じゃない」

「まだ続けるつもり……？　も、もう時間の無駄ってわかったじゃない」

椿姫は人差し指でエリザを小さく指差す。

「？　……それがなに？　傷が治る程度だが？　時間の無駄かは千回首を刎ねて考える。考えてから万回ほど首を刎ねる。そうすれば死ぬ？　別に死ななくてもいいけど」

そう言って――椿姫は愛らしく微笑んだ。

老若男女問わず誰もが見惚れる、椿姫の天使のような可愛い笑顔。いつも無表情の椿姫が微笑むのは「殺してよい怪異」を前にした時のみ。

それを本能で悟ったのか、十代の少女の顔に戻ったエリザは、顔をひきつらせた。

「――《紫煙》！」

エリザの全身から紫色の煙がわっと現れる。

忍びの煙玉でも巻かれたように一瞬で霧が広がり、幽たちの視界を完全に遮った。紫色の霧はすぐにかき消えたが、エリザはもうこの場におらず、廊下の奥に走って逃げる姿を存分に見せている。

椿姫は追撃せずに立ち尽くしていた。

「……椿姫？」

「アレは、視界を防いだのにわたしを襲撃しないで逃げた。化物の領域まで堕ちたのに、人間の領域まで尻尾を巻いて逃げた。本当に本当に……興が削がれる」

「エリザは化物へ堕ちてないよ。ずっと最初から人間だった」

椿姫は返答しない。無表情の椿姫から感情は読めなかった。

刀を握る手に力が入っていたので、殺意が欠けてないのを知る。幽は椿姫が納得するまで会話したかったが、今はエリザを追いかけることに決めた。

エントランスでエリザは右往左往していた。

洋館外へ逃げることを考えているのか。しかし今はもう日中である。逃げ場はない。それを承知しているからか、椿姫はゆっくりと廊下を歩いていた。

エリザは一人で社交界に来た少女のように、心細そうに幽を見つめた。

「あ、貴方を人質にすれば……」

「……エリザ、もう止めよう。全部を認めて、俺と一緒に洋館を出よう」

「なにが？　なにを？　ここは私の洋館よ？　私の領域、私の結界、なんで私が出て行かなきゃいけないの？　出ていくのは貴方たち！」

騒ぎを聞きつけ、耽美派の少女たちが集まり始めている。

部屋の中に避難していたミナも幽の後を追うように駆けつけた。遠巻きに、心配そうな表情でエリザを見つめている。

部屋に避難していた幻想派の少女たちの幾人かは、歩を進める椿姫の前で立ち塞がる。そうやって壁となって、エリザを守ろうとした。幽はかなり焦ったが、神座は無辜の人間を傷つけないはずだ。椿姫の《巫》は解けている。

実際、椿姫は必死な形相の少女たちを前に、歩みを止めた。

対立していた派閥の少女たちは震えながらもエリザを守ろうとしている。エリザが吸血鬼だと知ったからか、同じお茶会の仲間だからか――彼女を慕っているからか。

「だ、だいたい！　貴方には関係ないじゃない！」

「放っておけるわけないよ！」

幽に堂々と言い返され、エリザは下唇を噛んだ。

幻想派の少女たちの行動を見て、関係ないなんて幽に言えるわけがなかった。

「……わからなかった鮮血の言葉が今ならわかる。寂しいんでしょ？　自分と同じ仲間がいなくて、孤独が辛くて……ねえ、だったら私が本物でいいじゃない……？　私なら、貴方の側にいてあげられるわ」

「そうだね――」

幽を抱きこみ、自分の空想を認めさせる算段だ。

しかし、半分以上は本気で幽の孤独を知ろうともしている。

そんなエリザの心が伝わったからこそ、幽の答えはいつだってシンプルで、折れない曲げない譲れないものだった。

「でも、このままじゃエリザが酷く傷つく。そんなの俺は納得できない」

空想を否定する発言に、エリザの瞼が震えた。

「私がなにに傷つくって――」

言葉を遮るように、玄関扉が重々しい音を立てて開いた。

日光がエリザの足元まで伸びていく、白光に溢れた玄関から、気の抜けた男が欠伸しながら現れた。徹夜明けだからだろう。

「開いた開いた。いやあ鍵がかかってなくてよかった。扉を蹴破るのは重労働だ。きっと骨が折れる。考えるだけで最悪だ。――やあ、幽君」

「流さん!?」

日光を背にして、流は軽く手をあげた。

「え？　なんで？　どうやって？」

「なんで？　どうやって？　ああ、なるほど。内から外へは開かなかったんだね。窓も同じかな？　それじゃあこの洋館の意図は遮断だけじゃないね」

流は髪を掻きながら、一人納得したように頷いていた。

流の冗長的な雰囲気に場が弛緩する。いくらかは流が意図してやっているものだ。それを知らないエリザは、胡散臭そうに流を睨む。

しかし、それはもう流の術中にある証だった。

「……貴方、誰？　調査機関とやらの親玉？」

「すまないが、僕に近づかないでくれるかな」

流はおそろしく真面目な表情で言った。

「なにせ怖い。吸血鬼は怖すぎる。僕が君と対峙すれば、あっという間にバラバラにされてしまう。嫌だ嫌だ。こうして対面するのも怖くて嫌だ。僕は、体力並以下の裏方業務の人間でね。一応鍛えているのだけど、なにせ根気がなくて」

冗談には聞こえない、実に素直な弱音だった。

エリザは流の弱々しい態度に警戒心を失くし、話を聞く姿勢になっている。

「そう言ってかなりの実力者とか……は、なさそうね」

「ないよ。僕の割れてない腹筋を見るかい？　あ、セクハラか……すまない今の発言は忘れて欲しい。まあ君が怖いから、こうして日光の中から話しかけている」

「……貴方は私を吸血鬼と認めるんだ」

「結論を言うとね。君は吸血鬼じゃない」

流はエリザではなく、幽へ視線を送った。

視線には「話を続けていい？」といった意味が含まれる。幽は黙考したのち、わかるように首肯する。幽の気持ちを汲んでくれる流の配慮が、幽は好きだった。

「……日光が弱点の人間なんていないじゃない」

エリザは肩を下げ、疲れたように言った。

流はすぐに返答しなかった。騒ぎを聞きつけた耽美派の少女たち。カルラに桜子。幻想派だけでなく全員が集まるまで時間を作り——そうして、流は語りだす。

「君が日光を弱点だと信じる、吸血鬼だと妄信しているからだ。長い年月の果てに様々な恐怖や畏れを纏い、弱点すらも取りこんだ古株の怪異。特に日光が弱点だと強く意識するように僕が仕向けている。いつもより日光が怖いだろう？　怖い気持ちはわかるよ」

「……なにもかも私の妄想だって言いたいの？　そっちの方が夢物語だわ」

流は全員へ聞こえるよう、大きく静かな声で語る。

「——ＳＮＳが普及して、人の噂は現実に沿った『情報』となった。仮想の現実が流行して、幻想は現実に散った。幻想が駆逐された現代社会で、十代の少年少女を中心に不可思議な現象が起きるようになってね」

エリザは他人事のように話を聞いていた。

「——乖異。自分の現実こそが本物だと妄執した者が起こす、超常的な現象でね。初期症状ではただの個人の妄執だけど、次第に幻覚に苛まされたり、精神が肉体に影響を及ぼしたり――そしてついに、世界の現実を上書きする」

「つまり……貴方は妄想逞しいのね？　可哀想に」

エリザの返しに、流は余裕たっぷりに笑い返した。

「あ。現実と乖離する異端と書いて『乖異』だよ。僕が考えた」

「……ねえ、貴方の妄想設定なんて聞きたくないのだけど」

「じゃあ、君の話をしようか。何故、君が妄執するようになったのか」

流が軽く両手を叩くと、エリザはびくりと身を竦ませた。

幽はエリザの味方をしたくなったが、すべて判明するまで肩入れしないように堪えた。もちろん、十二分以上に肩入れしていることに幽は無自覚だ。

「いや、君の場合は固執かな。吸血鬼になった空想に固執している。けれど君は根が現実的だね。だからこそ、君の空想を脅かすものには過剰に反応した」

流はスマホを取りだし、破れた定期入れと学生証の画像を見せた。

エリザは目を細めてしらばっくれるが、肩が震えている。

「定期入れごと学生証を破ったのが引っかかった。外の現実を破くのはわかる。しかしお茶会をする上で現実の話題には触れる。参加者も自粛はしているようだが避けられない。定期入れの持ち主に……現実の話でもされたかな？」

「……知った風な口ね」

「情報提供者もいるし、僕の情報網もあるからね。それに……この子と君が通う学校は、幽君から画像が送られてくる前に調べていた。異人館の近くにある学校だしね」

エリザは何度もまばたきをした。

外へすべて弾いたはずの現実が忍び寄る。エリザはその恐怖に屈しまいと気丈にしているように、幽には思えた。

「やめて」

「この子はお茶会への初めての参加者だね。……君は知っていたの？　それとも空想の世界に浸りすぎて彼女の存在に気づかなかった？　この子は心配して声をかけたのかな？　学校に何日も来ていない同級生の君へ」

「この話になんの意味があるの？」

「怖かったろうね。わかるよ。怖いのはわかる。普段の現実とは違うキャラ、立場、地位を築いていたのに、オフ会へ行ったら家族がいたようなものだよね。そこで本名でも呼ばれたら我を忘れるぐらい怖いのだろうね——東雲一穂君」

東雲一穂。流が調べあげたエリザの本名だ。

空想を暴かれ、身体を震わすエリザの様子——一穂の様子に、幽はお茶会の終了が近いのを感じた。

兎を追っていた少女が夢から醒め、現実へ帰還する時間だった。

「君の家に電話をかけたよ。警察だと偽ってね。事情を知るために」

一穂は唇を固く結んだ。

きっとこれから公開される情報がわかったのだ。

「君の母親は……『どこかに行った。ずっと帰っていない』ただそれだけを言って、必要な書類があれば提出すると答えた。──なかったのだよね？　家でも、学校でも、自分の居場所が。だから、吸血鬼に固執した。独自のコミュニティを築ける吸血鬼にね」

一穂にエントランス中の視線が集まった。

好奇のものでないことが幽には理解できた。共感めいたものが一穂に注がれている。それを恥辱と捉えるかは本人次第ではあるが、一穂はただ事実を受け止め、少しでも吸血鬼らしくいられるよう背筋を伸ばして立っていた。

「……これが貴方のやり方？　最低ね」

「そうだね。最低最悪だ。けれど、こうしなければ乖異が終わらない」

妄執の原因を探り、発症者にこれは地続きの現実であると認識させる。

幻想に消えた怪異ではなく、これはどこにでもある現実なのだと知らしめる。流はこの対処法を『解医』と呼ぶ。少女たちが集まるまで説明しなかったのは、少女たちにもこれが現実であるとちゃんと認識させ、乖異の二次発生を防ぐ意味もあった。

痛々しく虚空を見つめる一穂の姿に、流が唇を噛んだ。

それでも——《空想を終わらせる男》左右流は解医を終わらせない。

「嫌だ嫌だ。本当に嫌だ。夢溢れる空想へ現実をぶつけて醒まさせるなんて、カウンセラーとして失格だ。でも、なにせ僕はやぶ医者だから、そこは諦めて欲しい」

「なにを言われても、私は……」

「——もう一度、君の両親へ電話してもいい」

それが引き金だった。

気丈にふるまっていた一穂は、声にならない叫びをあげる。

吸血鬼としての最後の慟哭だった。

現実を突きつけてきた怨敵へ一矢報いようと、日光の中にいる流へ突進する。日光を思いきり浴びながら、そのまま一穂は消失する……ことはなかった。

光の先。玄関の外。高層ビル群を前にして、一穂はその場にうなだれた。

「洋館のカーテン。光の遮断じゃなく、外を見ないための拒絶でもあるよね。夢みたいな遊園地をあとにして、夢気分で乗った電車の車窓が現実を映すと……醒めるよね」

最後の最後まで、一穂は流の術中にいた。

一穂は背後をふりかえる。

——そこには吸血鬼が住む洋館はなく、ただのビルが存在していた。

一穂が解医された証である。

狐につままれたような顔で少女たちが外へ出てくる。今まであった洋館はどこに消えたのだろうと、ビルの壁を恐る恐る触っていた。

そんな中、少女たちをかきわけてミナが叫んだ。

「えっと！　エリザ……？　一穂？　……えーい、めんどい！　エリ穂っ！」

一穂は生気のない表情をミナへ向けた。

「あ、あのね、エリ穂……あのね！　ア、アタシも――」

「ミナ、お願いがあるのだけど……。私が血を吸った……私みたいに吸血鬼になりたがった子が、地下の棺の中で……休眠しているから。様子、見にいってくれない……？」

ミナは迷う表情を見せたが、ビルの中へ駆けていく。

代わりにミナとすれ違うように、幽が一穂のところまで駆けた。

行方不明者は無事でいた。

いつからかどこからか。一穂は犠牲を出してないと幽は信じていたが、これで自信を持って一穂へ言葉を伝えられると、真っ直ぐに一直線に駆ける。

一穂は三角座りでその場に座っていた。

陰気を許さない夏の太陽を、一穂は手をかざして怨むように見上げていた。

「私の捜索願い……出されていた？」

流は静かに首を横にふった。

「ま、そうでしょうね。……私、どこでも全然上手くいかないな」

駆け寄ってきた幽が、陽射しを遮るように一穂の正面に立つ。

幽の影の中で眩しくないはずなのに、一穂は目を逸らした。

「エリザ……一穂？　その……」

「……一穂でいい。吸血鬼さん」

「俺は吸血鬼じゃないよ。ちょっと変わった体質だけどさ」

「そうなの？　ふーん……ま、なんでもいいわ。いろいろと……ごめんなさい」

一穂は背中を丸め、太ももの間に顔を埋めた。

幽は視線を合わせようと熱いアスファルトの上に膝をつき、同じ目線の高さで話す。

「一穂……聞いて欲しい。自分の居場所を大事にするのは当然だよ。俺もそこにしか居場所がないのなら、きっとなりふり構わずに執着した」

家出して学校にも行かず、洋館に籠っていた一穂を否定したくない。幽は素直な気持ちを告げる。

「一穂は自分の居場所を見つけるため、新しい場所に飛びこめる強い子だ」

「……そんな言葉、なんとなくの気紛れよ」

「……嘘じゃない！　一穂の強さはなに一つ間違っていない！　もし一穂が吸血鬼でも、誰もが納得できるなら俺は……それでいいと思う！」

声が大きくなったので幽は自重しようとした。責めていると思われたくなかった。

しかし内なる声に従うよう、素直な大声で話していく。

「でも違う！　行方不明者の両親が心配しているんだ！　俺以外にも納得できていない人がいるんだよ！　洋館に閉じこもっても、一穂は不器用で真っ直ぐだから、そこから目を逸らすことはできないよ！　だから、いつか、きっと、自分の空想を維持できなくなった一穂は、もっと酷く傷ついていた……！」

幽は一番伝えたい言葉を伝える。

「一穂は面倒見がいいからさ……絶対に無視できない。一穂はね、どうしようもないほど冷酷な吸血鬼には、向いていない」

「……ほんと変な子。ああ、ごめん、今、私を見ないで」

一穂の肩が震える。

「でも、少し……隣にいてくれると嬉しいな」

側にいた流が気を使ったのか、この場を離れ、少女たちへ状況を説明しに行った。

それから幽は一穂の声を隣で聞いた。

それは言葉ではなかったが、一穂の痛みが伝わる声だった。燦々と輝く太陽が、終わりを迎えた吸血鬼を照らす——こうして、事件は解決した。

◆

後日。ある晴れた日。

カルラが桜子をお供に、左右心理オフィスに訪ねてきた。

カルラは応接ソファに座り、幽たちが気になっていることを話してくれた。

行方不明の少女たちは全員無事に家族の元へ帰ったらしい。

首筋の吸血痕も綺麗に塞がり、むしろ以前より健康になったとのこと。

あの場にいる少女たちは似たり寄ったり一穂と同じ境遇だったらしく、一穂を責める人もいなかったようで、逆に一穂を心配している子もいたとか。

「でも、不思議なこともあるのですね」

と、カルラは首を傾げた。

一穂の言った棺はビルの地下になく、行方不明の少女たちは地下に寝転がっていた。

たしかに借りた時は普通のビルだったのに、洋館になっていたことに気づかなかったらしい。こうやって記憶にはあるのに記録には残っていないと、カルラは頭を捻った。

幽が撮影した写真の洋館内の様子は、すべてビルの内装へ変わっていた。

乖異で書き換えられた現実が、世界の現実によって元通りに修正された証だった。

そしてカルラは……吸血鬼のお茶会の終了を告げた。

開催続行を望む声もあったが、状況がそれを許さなくなったらしい。

「大和路財閥で私の行動をよく思っていない者もおりますし……この事件がなくても時間の問題でした。だから幽さん、そんなに落ちこまないでください」

幼い少女に慰められ、幽は自分の不甲斐なさにさらに落ちこんだ。

時計兎に誘われて、お茶会を気に入った少女。

けれど結局は、三月ウサギと眠りネズミと帽子屋に騒がれて、空想から現実に追い立てられる結末となった。

幽は沈む気持ちと一緒に、ソファへ深く座る。

……一穂の家へ直接会いに行った日のことを、幽は思い出した。

女装していない幽が男と気づくなり、ラフな格好の一穂は落ち着きをなくした。一穂は取り乱し、さんざん慌てていたが、根から元気というわけではないようだった。

「……迷惑かけた人、全員に謝る」

と言った一穂へ幽は、

「俺も一緒に謝りに行こうか？」

と提案したが一穂は断った。一穂なりのけじめをつけたいらしい。

その帰り際。

一穂の家の住所をどうやって知り得たのか、私服姿のミナが家の近くにいた。

ミナは幽に気づいていないようで、ずっとその場に佇んでいる。一穂の家に訪ねに行くか迷っているようだ。

――ミナは、お茶会で配られた銀の十字架を両手で握っていた。

吸血鬼を退治するためじゃなく、一穂との繋がりを信じるように祈っていた。

幽は後押ししようとしたが、ぐっと堪えた。

不器用で真っ直ぐな一穂を、そのまま受け入れてくれる居場所は必ずある。

だってあんなにも自分の好きを表現し、繋がりを大事にする少女が、空想の世界以外に住む場所がないなんてありえない。

でも、寂しいけれど、それは自分の役割ではないとわかっていた。

そうやって――《最後の幻想》夏野幽は、彼女たちの現実を信じた。


「……ところで桜子。なぜ、貴方だけお茶を飲んでいるの?」

カルラは笑顔を崩さず、隣に座る桜子へ尋ねた。

「清潔かどうか疑わしい湯呑みをお嬢様へお出しになられても困ります。ですが私はただのメイドなので、夏野様へ信頼を示そうと、淹れてくださったお茶を飲んでいます」

「桜子。当然、私もそうしたいと思うし、そもそも貴方の行動は私に対して失礼だと思いませんか？」

「思いません。皆様、この度は本当にありがとうございました」

桜子はお茶を飲み終えると、幽たちへ深々と頭を下げた。

少々とっつきにくいが、桜子のよいところを幽は理解する。

「もうっ、貴方という人は！」

ふくれっ面で抗議するカルラを、桜子は澄ました表情で流した。桜子が側にいる限り、カルラは元気を失くしている暇なんてないだろう。

騒がしい二人はそうやって、左右心理オフィスを去って行った。

流はこれで一段落したと、ソファに凭れながら大きく伸びをした。

またも怪異を殺せなかった椿姫はお茶会以降ずっと機嫌が悪いようだ。カルラたちが訪れても特に反応を示さずに、窓に腰掛けて外の景色を眺めていた。

「いやあ、しかし大事にならなくて本当によかったよ。自分自身だけでなく、世界の現実まで書き換える乖異を放置していれば、いつか誰の手にも負えなくなるからさ」

「そうですね。大きな乖異でした」

テレビを点けてリラックスした流へ、幽は相槌した。

……幽は、一穂から教えられた情報を思い返していた。

『私は自分が吸血鬼だと信じたんじゃない。吸血鬼に血を吸われたから、自分を吸血鬼だと思うようになったの』

首筋をさする一穂は、さらに情報を加えた。

『真祖の吸血鬼様が……あの日、私の前に現れた』


事件は、まだ完全には終わっていない。

幽以外の怪異は滅んだはずだ。でも——

悩める顔でいる幽へ、流はひときわ明るい声で話しかける。

「ま、幽君がいるから乖異で現実を書き換えられても気づくんだけどね。それに椿姫君のおかげで暴力にも立ち向かえる。これは二人を労わないと罰が当たる。よし、今晩は豪勢に焼き肉にしよう！　財布の中身がとっても怖いが、なんせ今回は報酬がたんまり支払われる！」

「……いいですね！　焼き肉！　三人で一緒に食べるのが一番いいです！」

椿姫と自分へ気を配ってくれた流のために、幽は元気よく返事した。

テレビでは連日放送されている『猟奇事件で殺された被害者が、街頭インタビューで殺された瞬間を語る』映像が流れている。

気の重くなる猟奇事件。冷たい現実だ。

明るい話題へ変えようと、幽はおもむろにチャンネルを変えた。

七月下旬　ヴァンパイア・ティーパーティー／了

八月上旬　立てば芍薬座れば牡丹歩く姿はセイレーン

その日は朝から暑かった。

夏が本格的に覚醒したのだと幽は思う。

しかも左右心理オフィスは、雑居ビルが建ち並ぶ区画にある。都市熱のあおりをモロに受け、強い湿気が幽たちを襲う。さらに不調だったエアコンがついに壊れた。

流は言語中枢が破壊されたのか「暑い」を連呼する。

しかもこの男、エアコンの修理と限定の特撮玩具を天秤にかけ、玩具を優先した。

神経がささくれ立つ状況で、ふと「真祖の吸血鬼」の話題になる。

先日の「吸血鬼のお茶会」事件の黒幕。幽は二人へ真祖の存在のことを話したが、「情報が乏しい今、ひとまず置こう」と流が判断した件だ。

この真祖への対応について、幽と椿姫が対立した。

「幽は真祖とやらを殺すなと言っているように聞こえる」

「俺は真祖と話したい。もし本物の怪異なら会ってみたい。殺す殺さないは二の次だよ」

「真祖とやらは吸血鬼の親玉じゃ？　前の事件は結果として丸く収まっただけで、犠牲者が出る可能性があった。人に仇なす存在なら屠るべき」

真祖。吸血鬼の祖先。

人が魔術により成った者。自然発生で生まれた者。諸説あるが、血を吸われて吸血鬼になった者ではなく、吸血鬼の起源であると幽は一穂から聞いた。ただ、この真祖の説明には流はあまりピンときていないようだった。

「椿姫がそう考えるのもわかるよ。事件の裏で暗躍めいたことはしているっぽいしさ」

「めいたじゃない。していた。人を襲う吸血鬼を増やした」

「一穂は人を襲う怪物じゃないよ。不器用な性格なだけで」

「だから、結果としてそうなったと言っている」

孤独から同種の仲間を求める幽は、本物らしい存在感を示す真祖に会いたかった。

そして神座（かむくら）としての責任から、本物の怪異なら殺したい椿姫。

二人のスタンスは相容れなかった。

「……話を少し変える。真祖が比較的善意な存在だったとして、それでも人へ仇なす可能性がある場合、お前は自分が納得できるまで、わたしに殺すなと言うのか？」

「うんっ！」

幽がバカ正直に答えたので、椿姫がキレた。

椿姫はセーラー服のスカートを押さえながら、事務机に置いてあった呪術辞典を踵（かかと）で蹴りとばす。吹きとんだ辞典は、窓際に立てかけていた刀の鞘尻（さやじり）にぶつかった。

刀は回転しながら跳ねあがり、椿姫はそれを楽々と摑（つか）む。

「おおぅ……」

神業（かみわざ）に幽は感嘆し、椿姫の瞳（ひとみ）に戦慄（せんりつ）する。

椿姫は無表情が常であるが、感情がないわけではない。なにかあれば目で訴える。今も刀を抜いた椿姫の瞳には、殺意が爛々と輝いていた。

「お前は首を刎ねても懲りない。だから金太郎飴のように顔を縦に削ぐ。百も削げば少しは懲りるか？」

「待ってくれ！　俺の話を聞いて欲しい！」

「聞くか馬鹿。お前は絶対に折れないだろう。お前が納得するまで話を聞くだけになる」

真夏の太陽に照らされて、二人の間合いがじりじり縮まる。

そんな二人を——菓子折りを持った桜子が呆れた様子で眺めていた。

いつの間にかやって来ていたらしい。

「喧嘩、お止めしなくてよろしいのですか？」

桜子はぼうっとしている流をジト目で見る。

「……うん、大人の僕が喧嘩を止めなくちゃだね。でも僕が止めに行っても僕の死体が一つ誕生するだけだと思わない？　怖いよね？　怖くない？　僕はすごく怖いなあ」

「大人と思えない発言の方が怖くありません？」

「ほら？　僕は裏方だし、表立って行動するのはアレだし、痛いのは苦手だし」

桜子は「このヘタレが」と伝わる目つきで流を一瞥すると、幽たちを一喝した。

「双方喧嘩を収めないと、痴話喧嘩と見なしますよ」

その発言に椿姫が固まる。

しぶしぶだが素直に刀を納める椿姫に、幽は面食らった。

その様子に、桜子はなぜか満足げだ。

「神座様は女の子ですね」

「椿姫は女の子ですよ？」

疑問符を浮かべる幽を見下すように桜子は鼻で笑う。

それから桜子は菓子折りを流に渡し、「祓いの依頼を頼みにきてやったぞ」と言わんばかりの横柄な態度で、応接ソファへ座った。


「ナイトプールで溺れる者が相次いでいる？」

対座した流は、桜子へ再確認した。

「はい、大和路の系列で今季からナイトプールを営業しているホテルがございまして、そこで溺れる者が相次ぐ現象が発生しています。……私が現象と呼んだのも理由がありまして。まず事件性が確認できず、事故と判断するには発生の頻度が高く、溺れた人も『なぜ自分が溺れたのかわかっていない』状況だからです」

桜子は言葉を詰まらせず、流れるように説明する。

勤勉そうな桜子の雰囲気から秀才、淑女といった言葉を幽は連想した。

「発生頻度はどれぐらい？」

「数日おきであったり、日に二回起きたり……プール自体が夜間の利用を想定した造りではなく、夜間の光源が足らないから、溺れる者がいるのではと担当の者は考えているそうです。が、安全管理は徹底しております。事件性が低く、被害届を出されたお客様もいらっしゃらず、幸い大事には至っておりません。ですので、営業中止には踏み切れないようですね」

「事故と判断するにも原因がわからないか。それは怖いね。未知は本当に怖い。わからないから恐怖して、未開の地への冒険譚に心動かされるものだ。……昼は大丈夫なの？」

流の問いに、桜子は淡々と答える。

「昼の営業中に溺れる者はいません……夏の怪談らしくはありますね」

流は癖のある髪の毛をゆるく掻いた。

乖異は夜に起きやすい。現実と空想の境が曖昧になるからだ。

「他に変わったことは？」

「申し訳ありません。人づての話なので、正直そこまで詳しくは存じあげません」

「四楓院君の所感でいいよ」

桜子は言ってよいものか躊躇う素振りを見せた。

「気になったことが一つ……**死傷者がおりません**」

「なるほど、それは作為的だし、人の介在を意識せざるを得ないね」

固い表情の桜子と流へ、幽はリラックスできるようにお茶を提供した。

桜子は味わうようにお茶を飲み、幽へ点数を告げる。

「四十点」

「う、自信はあったんですが」

「安い茶葉では限界がありますよ。筋は悪くありません。品を選ぶのも勉強と思い、精進してください」

以前、別件で桜子が訪れた時、幽はお茶の淹れ方を指南してもらっていた。

桜子は澄ました表情で「大切な人へ飲んでいただきたい、その気持ちは大事です」と、お茶の淹れ方を嬉しそうに教えてくれた。

「頑張ります、桜子師匠」

「不出来な弟子をとった覚えはないので、早く弟子を名乗れる程度にはなってくださいね」

師匠の厳しさと優しさを幽が嚙みしめていると、流が唸った。

「うーん……これって誰からの依頼？」

「系列ホテルの経営者から直々の依頼です。左右様へ依頼する前に、拝み屋へ依頼したようですが状況は変わらなかったそうです。経営者と私が知り合いでして、困っていたので私が仲介役を申し出ました。こちら、その方の名刺です」

流は渡された名刺を確認してうなずく。

「……ああ、経営者が直々になぜと思ったが、納得したよ」

幽は名刺を盗み見する。

ホテル名と地名と経営者の名前が書かれた普通の名刺。

これのどこで納得したのか不思議でいると、流は顔を合わせて困り顔で笑った。

「幽君、地名に『希望』が付いているだろう？　これはね、戦後に新興住宅地として土地を開発する際、旧名から新名へ地名を変えた証なんだ」

流はテーブルに名刺を置き、全員へわかるように見せた。

「元の地名じゃ古臭いから『光』や『希望』へ地名を変えるのは珍しくない。……ただね、旧名を隠すために変える場合がある。大昔は首塚であったり、合戦の骸を弔う場であったり……それに関する地名を隠すため、明るく前向きな地名へ変えるんだ」

「流さん、地名変えはよくないんですか？」

「んー……過去の惨事を地名につけるのはよくあることでね。たとえば『龍』が付く地名は、川の氾濫があったと後世に伝える意味がある。ま、拝み屋に頼んでいるなら、経営者は曰く付きの土地だと知っているだろうね。……水関連だと厄介だな」

思案する流だが、そこに椿姫が詰め寄る。

「そんなことより流。依頼を受ける？」

早く怪異を殺したい。

椿姫のそんな態度に急かされて、流は苦笑した。

「そうだねえ、今ちょっと考えていて――」

「――吸血鬼の噂もございます」

桜子が会話を遮るように言った。

「従業員の噂ですが、黒衣の吸血鬼の目撃情報があるそうです。現象以前よりその噂はございました。左右様に因縁があると思い、今回のご依頼の仲介役を申し出た次第です」

吸血鬼の噂。幽はすぐに真祖と結びつけた。

タイミング的にナイトプールの現象にも関わっているように思える。是が非でも依頼を受けるべき……いや、流は乖異が関わる依頼なら絶対に断らない。

――幽はそう思っていたのに、流は片手で顔を隠した。

「吸血鬼か。嫌だ嫌だ本当に怖い。二度と関わりたくないね」

「……断るのですか？」

「え!?　なんでですか!?」

仲介人である桜子以上に、幽が一番驚いた。

流は親に叱られたように肩をすくめ、申し訳なさそうに話す。

「一つ、吸血鬼が怖い。二つ、吸血鬼は強い。三つ、吸血鬼がとても怖い。弱点も多いがそれを補う怪異性。正体不明の現象もある、命が足らないよ」

冗談かと思ったが本気らしい。

流は本音のわからない面があるが、なにもせずに手を引くことが幽は信じられなかった。

「納得できないって顔だね。でもリスクを考えるとね――」

「だったら！　俺が調査します！　俺、流さんと違って死なないんで！」

「わたしが調査する。わたしは流と違って戦える。死なない」

幽と椿姫が同時に意思表明した。

幽のまっすぐな瞳と、椿姫の物言わぬ強い瞳が、流を困らせた。

「……そうなっちゃう？　……そうなるよねぇ」

流はお茶を飲み、静かに目を瞑った。

幽たちを説得する術を考えているようで、しばし無言でいたあと目を開けた。

「大人の立場として言わせてもらうよ」

「――僭越ながら左右様。業を煮やした神座様が窓から飛び下りました」

「ええええっ!?」

流は素っ頓狂な声を上げた。

さっきまで椿姫の側にいた幽は慌てて窓際まで駆けよる。身を乗りだして姿を探しても椿姫はいない。すっ飛んでいったか。

「ああ……下フロアの人たちから『心臓に悪いから止めてくれ』とまた苦情がくるよ。嫌だなあ。辛いなあ。泣きそうだなあ。苦情は世界平和から一番遠いよ」

半泣きの流には悪いが、よい手だと幽は考えた。

こっちから関わってしまえば、関わるしか外ない。

「俺、椿姫を追いかけてきます！」

「そう言って、そのまま首をつっこむ気だね？」

「はいっ！　すいません！」

「元気のよい返事だよ。はあ……いってらっしゃい」

幽は諦め気味な流に頭を下げ、桜子にも頭を下げて、ちゃんと玄関から飛びだした。


幽が地下鉄に乗っていると、スマホに流からのメッセージが届いた。

『依頼は正式に受けることにしたよ。今、四楓院君と仔細を話している。幽君の特異性で、まずは本当に乖異が関わっているか調査して欲しい。夜にまた話そう』

幽たちを責めるものではなく、調査の方針を知らせる内容。

幽は勝手な行動を謝ろうとしたが、それより先に追加メッセージが届く。

『ホテルでは吸血鬼の存在を聞き回らないように』

『なぜです？　吸血鬼への対応……流さんらしくないような』と返す幽。

『真祖の真偽がどうであれ、僕たちが堂々と立ち回れば向こうも警戒する。真意も読めず、なにをする気かわからないなら、なにもしないに限る。今は乖異の解明に尽力して欲しい』

流の説明に納得して、幽は『わかりました』と返答した。

地下鉄を乗り継ぎ市外に向かい、目的地に辿り着く。

空は夕焼けに近くなっていたが、幽は慌てずに、ホテルへ続く河川沿いの道を歩いた。

椿姫が電車に乗れるようになったのは最近のことだ。椿姫の全速力がどの程度か知らないが、住所を見ただけで、すぐ辿り着けるとは思わない。

だからこそ交通手段を用いる場合、椿姫は幽を頼るのだが。

（そんなに怪異を殺したいのかな）

椿姫は幽が怪異らしくないといつも怒る。

本来なら自分たちは殺し殺される関係だ。出会った当初、巫に至った椿姫に首を刎ねられている身としては、恐怖の対象であるはず。なのに自分は、椿姫を仇敵と思っていない。怪異らしさからほど遠いとは自分でも思う。

乖異と相対した時の羅刹めいた椿姫と、日常で見せる儚げな椿姫。

二つの落差は、幽の興味を引いた。

（それに、椿姫は俺の大事な友達だ。けど……椿姫は怪異として以外で俺をどう思っている

のかな）

悶々と考えているうちにホテルが見えてくる。

建物だけで野球ドームぐらいの敷地がある巨大ホテルだった。

市外だが舗装された河川の側で、新興地らしく景観は整っていて、綺麗なビルがホテルの周囲を守るように建つ。上階であるほど都会の街並みが遠望できるのだろう。赤みがかった空がホテルの品格をさらに醸しだしていた。

幽は圧倒されたが、物怖じしないのが幽である。ロータリーになっている玄関口のほうにずんずん進んだ。

「こんにち……いえ、こんばんはですね！」

ドアマンに元気よく挨拶して、意気揚々とホテルに入った。

（ナカヒロイ！　キレイ！　シロイ！　ピカピカ！　スゴイ！）

豪華なホテルに若干浮かれ、言語中枢を退行させながら椿姫を捜す。

目を引く容姿なのもあり、竹刀袋を携えたセーラー服の女の子をすぐに見つける。

椿姫は、マネージャーらしき初老の男性に注意されていた。

幽が小走りに近づくと会話が聞こえる。

「あのね、お嬢さん。『吸血鬼はどこにいる？』なんて聞き回られても困りますよ。お客様が不安がるような真似はやめてもらいたいですな」

マネージャーは渋い表情だが、椿姫（つばき）は無表情でいた。

椿姫はきっと本気で尋ね回っていたのだろう。だから、彼女の今の顔は釈然としない無表情ってことだと思われる。

ともかく世間知らずの椿姫は、なにが駄目なのかを理解していない。

黙した椿姫が、迷い子（まよいご）のように幽（ゆう）は思えた。

（誰よりも、俺よりも、怪異に会いたがっている）

そんな椿姫だからこそ幽は放っておけなかった。

「つーばーきー！　捜したよ！」

「…………幽」

椿姫は目線だけを幽に向けた。

助けを求めたのかわからないが、幽はなにを言われても助けるつもりだった。

「すいません！　ちょっと！　実はですね！」

幽は流（ながれ）みたいに上手（うま）い言い訳を考えた。考えたが、幽は別に流ではないのでなんにも浮かばず、無言の時間が悪戯（いたずら）に伸びた。

幽が冷や汗をかくと、マネージャーの表情が険しくなる。

「あのね、君たち――」

「幽さん！　がーお、ですっ！」

突如として現れたカルラが間に入った。

カルラは両手の爪を立てるヴァンパイアポーズで幽へ微笑みかけている。

「カルラ！　がーお！」

幽が同じポーズで微笑み返すと、場の空気が柔らかくなった。

仲よさげな幽とカルラに、マネージャーの顔から険がとれる。

「大和路様のご友人でしたか。だから吸血鬼と……そういった余興なのですね」

カルラの吸血鬼好きは有名らしい。

マネージャーはカルラへ深々と頭を下げて、去っていった。

「ありがとうカルラ、助かったよ。こんな場所で偶然だね」

「今日はこれからこのホテルで、お義父様と会食なのです。お二人こそ、一体どうされましたか？」

幽は事情をかい摘んで話す。

「——そんな事情があったのですね。まあ、桜子からある程度聞いていましたけど！」

「えー。今日はなんだかテンションが高いね」

「はいっ、口うるさい桜子がいませんので今日は自由です」

いつになく無邪気なカルラは可愛らしく跳ねる。

「では、お二人が宿泊できるよう便宜を図りましょう。なにせ私は大和路ですので」

「そんな、悪いよ」

「全然悪くありません。それにナイトプールを使用するのなら、十八歳未満は入場できませんよ？　大人しく私に便宜を図られてください。そして調査を手伝わせてください」

「へ？　いや、それは……」

　カルラの申し出はありがたいが、手伝いは承諾できない。

　財閥のお嬢様、それも年端もいかない少女に危険が及んでは大変だと幽は思った。

「有無は言わせません。なにせ今日は桜子がいないので自由だからです。連絡すら断っていますので、私、本気です」

　カルラの微笑みは圧力があった。

　どう断ればいいものか幽が悩んでいると、いいタイミングでスマホにメッセージが届く。幽は一文を読んで返信したあと、恐る恐るカルラへ見せた。

『貴方の行動は読めています。いつまでもお嬢様気分でいられては困ります。夏野様たちを困らせないように。それと大和路会長との会食では、ちゃんとした相応しい恰好をすること。普段会話がないのですから、これを機にしっかり仲を深めてください』

「……今とっても疲れ目で文字が読めません！」

　見ざるに徹しようとしたカルラだが、追加メッセージが飛んでくる。

「えーっとね、カルラ。また桜子さんからメッセージが……」

『貴方の目は節穴ですか？　一日中、視力検査でも致しましょうか？』

まるでどこかで見ているかのようなメッセージ。

主人の考えはお見通しらしい。

「知りません。見えません。私、なんにもわからない年ごろなのです」

「カルラ。その」

『いつまでも自分は聞き分けのない、情けないお子様だと主張するのであれば、私も納得しましょう。好きにしてください』

「……………私、桜子が嫌いです」

片頰（かたほほ）を膨らませて、カルラはそっぽを向いた。

「あはは、残念だったね」

（桜子さん、カルラの行動を読めるぐらい想っているんだ）

でも桜子の心配りが、カルラへ微妙に伝わっていない。聡明な少女であるが、その辺りは年相応なのだ。幽は桜子の心情をカルラへちゃんと伝えようとしたが、少女が自然に気づくのが一番よいと思い、黙っていることにした。

名残惜しそうにこの場を去るカルラへ、手を振る幽。

椿姫（つばき）は吸血鬼を探すように、ホテル内をぼんやりと眺めていた。

夕陽が沈んだ頃。

レンタル水着に着替えた幽は、ナイトプールへ調査に向かう。

市民プールとは異なる光景がそこにあった。

暗い青紫色のライトがプールを照らし、水面で反射した光が色の深みを増す。

ホテルのプールだからか敷地はさほど広くないが、ビーチチェア等のオブジェクトが、デザイン共々よく洗練されて配置されていた。輝く夜景を背にDJがクラブミュージックを鳴らしていて、ここが大人専用のプールなのだと幽に理解させた。

宿泊客以外にも公開しているだけあり、盛況だった。

大人たちは軽く泳いで、和気藹々とビニールボールで遊んでいる。果物が盛られたカクテルを飲み、ビーチチェアに寝そべって火照った身体を冷ましていた。

泳ぎではなく納涼が目的らしい。

平和そのもので乖異の影はどこにもない。

「幽」

名前を呼ばれて幽は振りかえる。

レンタル水着に着替えた椿姫が立っていた。

「…………何」

無表情だが、椿姫は所在なさげだった。

フリル付きの可愛らしい水着を片手で隠している。普段より肌色が増えて、しなやかな肉体を晒していた。白く綺麗な肌が薄暗がりに隠れ、いつになく儚い印象を受けた。

雪の精霊みたいな椿姫に、幽は赤面する。照れたのだ。

「……可愛い！　すっごく可愛いよ！　いつも可愛いけど水着姿もすごく可愛い！　雪上に咲く花みたいで椿姫って名前にぴったりだ！　すっごく可憐だね！」

だが幽は力いっぱいに褒めた。幽ゆえに。幽だから。

先刻まで、この場に相応しくない未成年の二人を他の客は訝しんでいた。しかし、純朴彼氏と無愛想彼女のカップルと思われ、ほのぼのしたやりとりに周囲は大いにほっこりした。ほっこりして、まあ別にいいかなとなった。

「……」

椿姫は幽を無視し、ビーチチェアまで向かおうとした。

「あ！　椿姫！　一緒に泳ごうよ！　中から調査しよ！」

「……わたしは泳げない。山育ちで泳いだことがない」

幽は目を丸くした。

こと身体能力においては完全無欠のお姫様だと思っていただけに、意外な一面に触れて幽はなんだか嬉しくなった。

「だったら俺が教えてあげる！　泳げないと困るもんね！」

「……何を嬉しそうに笑っている。別に困らない」

「泳げた方が楽しいよ！　絶対に！　確実にね！」

存在に刻まれていた知識のおかげで、幽は泳げる。幽の怪異性の一つだ。

以前「怪物の仲人」という乖異事件で初めて泳いだ時は、自力で得た力ではないので感慨はなかったのだが、今日は椿姫の力になれるかもと幽はとても嬉しかった。

「幽。お前。笑顔で押し切ろうとするな」

「大丈夫大丈夫！　椿姫ならすぐに泳ぎを覚えられるよ！」

幽は戸惑う椿姫の手をとり、プールへ一直線に向かった。

――そこから、幽は全力で泳ぎを教えた。

「駄目だよ椿姫！　まだ身体が硬いよ！　足をバタバタするんだ！」

椿姫の両手を摑み、幽は水中をゆっくりと後退する。

叱咤激励しながら椿姫に足を動かすよう指示をした。

「魚になるんだ椿姫！　稚魚じゃない！　鮭だよ！　いや、鮪だ！　鯱でもいい！　夢は大きく鯨でもいい！　世界の海の支配者になるんだ椿姫！」

精神論と抽象論をほどよくブレンドした指導であった。

普段は猛獣のような椿姫が手を繋いでも大人しいので、つい楽しくなったのもある。

正直、苦労なく得た知識を教えるには、幽は絶望的に経験が足りなかった。

「椿姫！　君は素敵な女の子だ！　だから俺の教えを守れば泳げるようになるよ！」

気付けば、幽たちはナイトプールで注目の的になっていた。

好奇の視線が二人に集まり、見世物と化している。

「幽、目立っている。流も目立つのはよくないと言っていた」

「そうだね……。よし！　あと一周して終わろうか！」

「この馬鹿……本当に本当に馬鹿」

そんな時――クスクスと近くから笑い声が聞こえた。

嘲笑う類いではなく、心の底からおかしくなったので笑ってしまった、そんな声。

「駄目だよぉ……まずは水の楽しさを教えなきゃ」

プールサイドに、女の人が座っていた。

大学生ぐらいか。長く艶のある黒髪を一つにまとめ、前に垂らしている。垂れ目でおっとりした顔つきは、優しいお姉さんといった印象。綺麗だがどこか陰があり、両足をちゃぷちゃぷとプールに浸けていた。

パレオをつけた水着は全然派手じゃないのに、座姿は一輪の花のようでナイトプールという場所で一番絵になっていた。

「ふふ、ほんとおかしい……」

一言で言えば、清流。人の感情を浚うような清閑な空気を纏っていた。

「俺の指導、そんなに駄目でした？」

「ご、ごめんなさい……あんまりにも一生懸命だからおかしくて……。それは、とっても素敵なことなのにね？　おかしいのは私だよ」

他人の頑張りを素敵と褒める、幽の好きなタイプの人間。

幽の友人判定メーターが上昇する。

「あの！　俺、夏野幽って言います！　この子は神座椿姫！　えっと、お姉さんは……お水に詳しい人ですか？」

女の人は再度クスクスと笑った。

「お、お水に詳しい人って……ふふ、とってもおかしい……。数年ぶりに笑っちゃった。あ、ごめんなさい……私、北龍まもりって言うの」

線の細い声で「北龍まもり」と名前を告げる。

お互い名前を教え合う、これでまもりは幽判定で友人となった。

「水の楽しさを知るにはどうすればいいんですか？　まもり先生」

「……せ、先生!?　あれれ……私が教えることになったのかなぁ……ううん、でも笑っちゃったし、仕方ないのかな？　でも、彼女さんに悪いし……？」

幽と椿姫は顔を見合わせた。

幽は元気よく笑い、椿姫は無表情のまま目を逸らした。

「椿姫は彼女じゃないです！　俺の大事な大事な友達です！」

「頼む、お願いする。この馬鹿のお遊びに付き合うのはもうご免だ」

「複雑な関係なのね……」

まもりは手を口に当てる。

両足でパチャパチャとプールの水を跳ねとばしながら思案していたが、幽と椿姫の訴える眼差しに負けたのか、朗笑しながら頷いた。


「椿姫！　今度は負けないからな！」

「勝負する理由がない。次に笑わそうとしたら殺す」

「まあまあ……幽君も椿姫ちゃんをリラックスさせようと思って……？」

まずは水中に慣れるべく、三人で一緒にその場に潜る遊びをした。水中で目を開いたあとはなにもせず、水の感触に慣れようというまもりの指導だった。

ただ、ちょっと問題なのは、

『誰が一番長く潜っていられるか……勝負する……？』

この、まもりの何気ない発言がまずかった。

それは幽の子供心を大いに刺激した。俄然張りきった幽は、一番の強敵であろう椿姫を集中狙いした。おどける幽に無反応の椿姫。二人の落差にまもりが笑いを堪えきれず、一番早くに水面から顔を出していた。

「まもり、こいつは素だ。素で楽しんでる。いつもそう」

垂れる水滴も拭わず、椿姫はまもりへ告げ口する。

「今を楽しむ……性格なのかなぁ……？　私、幽君のことがわかってきた。もちろん、真面目に水に慣れようとする椿姫ちゃんのことも……ね？」

「ん」

椿姫は顔を振り、猫みたいに水を拭った。

少し珍しかった。

社交的ではない椿姫が、まもりへ積極的（比較的に考えてだが）に話しかけている。まもりに感じるところがあるのか。それとも、穏やかでゆったりしたまもりが話しやすいのか。自分に対する対応との差に「北風と太陽」を幽は思い出した。

「俺さ、椿姫の太陽になれるように頑張るよ」

「……まもり、これも素だ。これに裏も意図もない。誰に対してもだ」

「まあ……トラブルを抱えがちな性格なのね……」

なんだか二人だけで通じ合っているようで、幽は寂しくなった。

「それじゃあ次は……水に浮いてみましょうか。水中で仰向けになって、上手にリラックスするとね……ちょうど顔とお腹が浮かぶの。本当よ……？」

まもりはプールの端を掴んで離し、腕と足を広げて大の字になって浮かんだ。

「ね……？」

まもりは起きあがり、自分の真似をするように笑いかける。

「俺、こういうのは得意です！　任せてください！」

幽は颯爽と真似したが、同じように浮かばない。

すぐ水に沈み、沈んだ身体をカバーしようとさらにもがいて、結局は仰向けのまま沈んでしまう。幽が納得できない表情でいると、まもりはクスクスと笑う。

「少しでも身体に力が入ると沈むの。最初は私が補助をして……そうして水に……」

と、まもりは両眉を上げた。

椿姫が、仰向けのまま難なく浮かんでいた。

「あれ……？　椿姫ちゃん、なにかスポーツをやってる……？」

「……剣道、とか色々」

怪異必殺の武術と言わない辺り、まもりを気遣ったのがわかった。

「きっと、とても強いのでしょうね……こんなに自然な脱力は初めて……」

まもりはしげしげと眺め、椿姫は気にした様子もなく浮かぶ。

「まもり」

「うん？」

「気持ちいい。泳いでみたくなる」

陰のあるまもりの顔が、ほんの少し明るくなった。

「そうっ……そうなの。森を散歩……している時ね！　とっても気持ちよくなると駆けたくなるよ……ね？　駆けて駆けて、今度はもっと速くなりたくて、どうすればいいか……」

「一日中考える？」

「……うんっ。その気持ちはね、陸も水も変わらないと……思うの」

椿姫とまもりで共通項があるのだと、幽は感じた。

それは、自然発生的に十五歳の人の形で生まれた幽が得られなかった、経験という名の記憶だった。

「それはわかる。壁を乗り越えるために一日中己を練磨する。乗り越えれば、新たな壁がまた立ち塞がる。その内に新たな領域へ達するのが楽しくなった。新雪にわたしの足跡が残るのが楽しくて、夢中で歩を進めた。……その時だけ、わたしは自由でいた」

珍しく饒舌な椿姫は、神座家での日々に少し触れた。

怪異を殺すために、神代の血を取り入れたと称される神座一族。幽は神座を詳しくは知らない。流は知っているようだが、椿姫が語らないので深くは聞かずにいる。

地図に記されない霊山で、怪異を殺す技を磨き続ける一族とだけ知っていた。

流曰く、「山は神代が座す聖なる場であると共に、魔が横溢する異界とされていた」と。修験道に近い集団だとか。

「椿姫ちゃん、すっごく剣道が強いでしょ？　試合を観てみたいなぁ……」

「他流死合はしていない」

「他流？　剣道、じゃなかったっけ……？」

椿姫がふいを突くように尋ねる。

「まもりは水が好きで、だから泳ぐのが好きなのか？」

なんの気負いもない無垢な瞳がまもりを捉えた。

椿姫がたまに見せるあの瞳が幽は好きで、その効果も知っていた。

「そうね……泳ぐのが好きで……でも、なにより私は水の中が……」

心根に響いたようで、まもりは感じ入っていた。

椿姫は多弁ではない。口数少ない澄んだ在り様の椿姫が紡ぐ一言だからこそ、心の壁の隙間を縫うように刺さるのだと幽は思う。

まもりは自嘲気味に笑うと、椿姫を見つめた。

「これならすぐ泳げるようになる……かな？　ううん……きっとなる。楽勝だよぅ。今から上手に泳げる方法を教えてあげよっか……？」

椿姫の能力を加味してそう言ったのだろう、幽も椿姫なら楽勝だと思った。

――のだが、椿姫は上手く泳げなかった。

まもりの指導は丁寧でわかりやすかった。

なのに椿姫は身体をちぐはぐに動かし、不器用に泳ぐ。幽もまもりも頭を捻ったが、常人の上達速度を考えれば、これが普通かと納得した。

「ごめんなさい……椿姫ちゃんならもっと上手に泳げるはずなのに……私が教えるのが下手なせいで……」

「そんなことないです！　俺より断然上手です！」

「幽の指導は比べるに値しない。アレは勢いだけ」

二人の忌憚なきフォローに、まもりは苦笑した。

慎ましいまもりに幽は親しみを覚えていると、にわかにプールが騒々しくなる。

すぐに、ざぱんっ、と大きな水しぶきがあがった。

酒に酔っぱらった男子大学生のグループが、仲間の一人を胴上げしながらプールに叩きこんだ音だった。監視員に注意されたが、隙を見てはまた別の男が放りこまれる。奇声をあげながら、次々プールへ飛びこんだ。

元気だなーと幽が傍観していると、まもりは渋面になる。

「……騒がしくなっちゃったね。もう、教える雰囲気でもないかな……？」

まもりの指導はゆったりした時間が流れる静かなもの。

たしかに、今の雰囲気にはそぐわないかなと幽(ゆう)は思った。

「ねえ……二人は宿泊客……？　それともプールへ遊びにきたお客さん……？　あれれ？　そういえば、二人はどう見ても十八歳未満……だよね？」

「ホテルに顔が利く友達のおかげで。あ、しばらくここに泊まります」

「……だったらね。明日のお昼、都合がよければ泳ぎを教えよっか……？」

まもりは控え目に言った。

昼に発生しない乖異(かいい)だし、時間もあるかと幽は考える。

「すごく嬉(うれ)しいですけど、まもりさん本当にいいんです？」

「私、客としてよくここに来るの……。いろいろ、やることもあるけど、ついでになら……」

「まもりが教えてくれるなら助かる」

椿姫(つばき)の返事が決め手になり、明日の昼に会うことになった。

こんなに他人へ心を許したように接する椿姫は初めてで、幽は嬉しくなった。

まもりは小さく手を振りながらプールサイドへあがり、薄暗がりのナイトプールから明るく照らされた室内へと去る。

その時、幽は初めて知る。

——まもりの左足に、大きな裂傷の痕(あと)があった。

（事故かな。古傷みたいだけど……たまに庇うように歩いてる）

「あまり見るな幽。庇うように歩くなら、心まで傷ついたということ」

椿姫は傷から幽以上の情報を得たらしい。

陸に不慣れなように歩くまもりから幽は視線を外した。

「ごめん」

「……プールを調査する。本来の目的……忘れてない？」

今を純粋に楽しむのは幽の美点であり、欠点である。

一応忘れてなかったことを目で訴えたが、椿姫の目は冷ややかだった。

言葉でなく態度で示そうとする幽であったが――

《溺れてしまえ》

地の底から這い出たような低い女の声を、幽は聞いた。

それが誰のものなのか当てる前に悲鳴があがる。

――騒いでいた男たちがプールで全員溺れていた。

子供でも足がつくほど浅い場所なのに、底なし沼にはまったように片腕を天空に高々とあげ、水から逃れようともがいていた。

まるで足を何者かに摑まれたような動きに、幽がいち早く動いた。

「椿姫はプールサイドで待機していて！　俺、行ってくる！」

幽は水中を潜り、溺れる男たちへ近づく。

水中には何もなかった。

何もないのが、幽には違和感だった。

男たちはすでに水中に没し、恐怖で顔を歪めている。まるで吸引されているかのように、水底へと何度も引き摺られていた。近くの男が幽を見るなり手を伸ばしたので摑んだが、その場に固定されたように動かない。

幽は引っぱるがビクともせず、次第に男の手の力が抜けてきた。

(暴れて酸素をたくさん消費したんだ……！)

このままでは全員溺死する。

そう幽が思った矢先、もがいていた男たちが大人しくなる。

男が気を失ったわけじゃない。男たちを固定していた力が消え失せて、彼等は水面に上昇した。過呼吸のようにゼーゼー息をしながら、プールサイドへ退散する。陸につくなり、世界でただ一つの安住の地を見つけたようにへばりつき、誰も立とうとしなかった。

理由はわからないが助かった。助かったが――

「……溺死、寸前だった」

幽は危険な乖異(かいい)を目の当たりにし、女の声の輪郭を忘れてしまった。

『まだ乖異が成る前だと思うけど……水場はよくないね』

スマホの向こうから流(ながれ)の唸(うな)る声が聞こえた。

深夜。ホテルの一室にて、幽は流に連絡を入れた。

部屋はホテルの上階にあたる。シーズン中でありながらカルラはよい部屋を手配したようで、天井から家具に至るまで汚れ一つない豪奢(ごうしゃ)な内装だった。パリッとしたシーツでベッドメイキングされた、キングサイズのベッドが二つ。くたびれていない絨毯(じゅうたん)に、据え置きと壁かけでテレビが二台もある。

路地裏生活が遠い昔のことに幽は思え、哀愁を感じた。

頭を切りかえ、幽はナイトプールでの出来事を流へ説明する。そしてプールの水自体に違和感があったこと、異変が起きる前に女の声を聞いたことを告げた。

「乖異が成る前……ですか？　俺には十分乖異だと思えましたよ」

『なにもない水に違和感を覚えたんだよね。他にはなにか感じたかい？』

「他には特に。でも、人間が化物になっても、見た目が人と変わらないなら俺にも気づけません。あくまで異物を違和感として捉(とら)えるだけですよ」

『溺れてしまえ、という女の声は違和感として捉えなかったんだよね?』

幽はそこで理解した。

『場にそぐわない言葉だし、椿姫君は聞いてなかったんだよね? それで幽君は低い女の声としか感じなかった。発症者はまだ具体性を帯びた乖異になっていない……恐らくだけどね。まあ現象のトリガーはその言葉で間違いないかな。問題は水場であることだ。ああ嫌だ嫌だ。最悪の顛末は本当に嫌だ』

「水、そんなによくないです?」

流は再度唸ったあと語る。

『古来より水は神聖視されていてね。井戸が黄泉に繋がっていたり、鏡面代わりに神事に用いられたりする。西洋では古き神が眠る地ともされるね。アジア圏では、大河を龍神として祀る風習もあるか。実際、そこの土地の旧名を調べていたら——』

本のページをめくる音が聞こえた。

『永禄十年に河川が氾濫した際、人身御供で龍を鎮めたという口伝が残っていた。発症者がこの記録を知り、影響を受けて龍に成られては困る。人では対処できなくなる』

個人の妄執で引き起こされる乖異。

自分が吸血鬼だと思い、吸血鬼に成った一穂。

一穂は最初から吸血鬼だと思いこんでいたがゆえに弱点を創りやすく、対処しやすかったが、今の状況は異なる――この発症者はいかようにも成れる。

乖異は道理を無視した現象を引き起こす。

流はいつも、発症者の妄執に今はなき「怪異」の名前を与え、誰もが知る怪異譚へと結ぶ。

そうすることで人が卸しやすい乖異へと変えていた。発症者がこねる粘土に、名前を与えて方向性を与えているのだと、流は過去に説明した。

「すいません。下手に首をつっこむような真似をして」

『まあ、どの道だったよ。対処不可能な乖異になる前に人が卸せるものへ、なんとか誘導する。いつもどおり僕が裏方に回ろう』

やっぱりだと、幽は思った。

流は本音がわからないところもあるし、弱音も多いが、乖異から逃げない。それが自分の責務だと言わんばかりに乖異へ関わっていく。

だからこそ真祖の吸血鬼への及び腰が幽は気になった。

流が及び腰なのはよくあるが、今回は意図的に関わり合いを避けている。

真祖の吸血鬼には慎重にならざるをえない理由があるのか？

幽がそう尋ねるより前に、流が言葉を続けた。

『僕も戦えればよいのだけどね。ほら、体力が並以下なもので。いや、毎晩寝る前に明日こそ早朝ランニングしようと考えてはいるんだよ？』

一番遅くに起床する流にそんな決意があったことを、幽は知らなかった。

日曜の朝だけは早いが。

「流さんができることは僕にはできないので、気にしないでください」

『いいおっさんなのに申し訳ない……。けど幽君、気をつけてくれよ？　人が卸しやすいよう誘導するが水関連ではある。水の怪異が厄介なのはね、単純に、人が水中では思うように動けないからだよ。とても怖いことだ。身が竦む。陸で溺れた気分だよ』

「それが恐怖の源泉ですか」

『だからこそ人は水を畏れ、水を敬った……慎重にね？』

——それから少し雑談したあとで、幽は通話を切った。

流も危惧したが、たしかに水は厄介だ。無形ゆえに対処が難しい。ゆえに人は水に抗わず、寄りそうように生きてきた。あの椿姫でさえ水中で不自由にしている。

幽が悩んでいると、ホテルの寝巻に着替えた椿姫が声をかけてきた。

「話は終わった？　だったら寝る」

椿姫は言うなり窓際のベッドへ入った。

椿姫は椿姫なりにホテルの生活に浮かれているようで、さっきも「お風呂が大きくて綺麗だった」を三回程言った。衝撃的だったらしい。

幽と椿姫は同室である。

部屋を二つ取ろうとしたカルラは戸惑った。椿姫はオートロックを理解できないので幽と同室の方が都合がよいこと、オフィスでも同じ部屋（カーテンで仕切りはしているが）であるのを幽が伝えるとカルラはさらに戸惑った。

倫理観が欠如しているというより、幽は怪異の自覚が強かった。男女の機微が理解できていない。

幽は照明を落として、もう一つのベッドに入る。

それから今日の出来事を椿姫へ一方的に話した。

良いことも悪いことも怖かったことも全部。いつものことである。

椿姫は返事をしない。

それでも幽は話した。夏が終われば消滅する自分を、誰かに覚えておいて欲しいのかもしれない。大事な友達との時間を創りたかったのかもしれない。

いつもは幽が寝る寸前まで一方的なお話が続くのだが。

「まもりさん素敵な人だよね。明日頑張って泳ぎを覚えようね」

「………………うん」

初めて椿姫が返事した。

舞い上がった幽は上半身を起こし、椿姫のほうへ身体を寄せた。

「椿姫、椿姫。椿姫はまもりさんのどんなところを好きになった？」

「幽。寝る気……ないの？」

「大丈夫！　寝る気満々だよ！　椿姫の安眠は妨害しない！　誓って！」

幽は一切寝る気のない元気な返事をした。

椿姫も上半身を起こして、目をすぼめる。

「馬鹿に返事したわたしが大馬鹿だった。いい、わたしも少し起きてる」


照明は最小限に点け、窓際に椅子を並べる。

売店で買っておいたアイスカップを冷蔵庫から取り出し、幽と椿姫は横並びになって座った。

「抹茶味のアイス以外もたまには食べてみない？」

「食べる必要性を感じない。抹茶が至高」

そういうわけで椿姫はいつもの抹茶味。

チョコ味も美味しいのにと幽は少し残念がった。

二人は河を挟んだ向こうに広がる、窓越しのパノラマみたいな夜景を眺めながらアイスを食べた。静かな時、相手の息遣いを感じるような間。闇の中から遠望できる輝く街並みは、怪異が人を妬む距離感に似ている。怪異はそうして闇の中から光を呼ぶ。

実は、世界最後の怪異が落ち着かない距離感である。

幽は闇の中から堪えきれずに光へ飛びこむ。

（これが、いつも椿姫が感じている世界なのかな）

静寂は椿姫が生んだもの。

椿姫が好物の抹茶アイスを黙々と食べているので、幽は喋りかけずに合わせたわけだが、隣に誰かいるならこの距離感も好きだと幽は感じた。

「兄様に似ていた」

椿姫がふいに呟いた。

少し唐突だったので、幽は首を傾げた。

幽の様子に椿姫は話を切り上げようとしたが――

「うん、わかってる。まもりさんが椿姫のお兄さんに似ているんだよね」

と幽が引き止めた。

椿姫はやっぱり言うのを止めたそうにした。けれど、椿姫の話を待ち続ける幽から逃げ切れないと悟ったのか、観念したように小さく嘆息を吐いた。

「まもりは兄様とは顔も、性格も、話し方も……笑い方も全然違う。ただ、その身に纏う空気がよく似ていた」

「綺麗な清流みたいな空気だったね」

「……幽にしてはよい感性。まもりも道を極めようとした人間だったと思う。元より内包していた性質に、鍛錬で砥がれた空気が合わさったものだ」

椿姫は幽以上にまもりを見ていた。

椿姫独特の視点ではあるが、いつも窓に腰かけて世界を眺めている少女は、ただ漠然とそうしているわけではなかった。

「だから好きなんだ？」

「懐かしく感じたが近い。だから、つい」

郷愁だろうか、幽には故郷を想う気持ちはわからない。

でも、誰かに会いたい気持ちなら十分わかった。

「うん。懐かしい空気に出会えば、きっと嬉しくなるよね」

「別にそうは言ってない」

「ねえ椿姫、俺の纏っている空気はどんな感じ？　やっぱり研ぎ澄まされた闇？」

「……自信満々な顔になれる幽が信じられない。幽はアレ。灰色と呼ぶにもおこがましい、怪異と呼ぶには到底憚られる空気を纏っている」

椿姫は幽から目線を外した。

家族の話をしている時も椿姫の調子は変わらなかった。周囲と壁を作っているようで、案外椿姫の素はこのままかもしれない。壁、というより浮世離れしている。世界から隔絶されているようだと幽は思った。

そんな椿姫を育てた一族でも、家族がいて、大事な人がいた。

至極当然の事実を、幽は愛おしく感じた。

「たまには静かな時間もいいね。俺も今晩はゆっくり過ごそうかな」

「ん。そうして」

幽は有言実行としばらく黙っていたが。

「……なんだか瞑想みたいだね」

「どうせすぐに喋ると思った」

「ごめんごめん、今度はちゃんと静かにするよ」

「期待はしていない。だいたいお前に瞑想なんてできっこ……ああ、そうだ幽――これから、もし、わたしが敵の前で瞑想を始めたら時間を稼いで」

幽はどういうことか尋ねようとしたが、椿姫は無言で食べるモードに入った。

それならばと今度は約束を守るため、よく冷えた美味しいアイスをゆっくり一緒になって食べる。静かな時間を、幽は初めて楽しんだ。


翌日、からっとした夏の暑さが幽を迎えた。

まもりとの約束の前にホテルを散策する幽であったが、ところどころで昨日にはなかった急造の貼り紙があるのに気づいた。

『歌姫選手権』

ポップな書体で書かれた文を要約すると、ナイトプールでカラオケ大会を開き、歌姫を決めるらしい。

ギリシア神話の半人半魚のセイレーンが可愛らしい絵柄で描かれ、音符マークを口から出して人々を癒やす存在として描かれている。セイレーンの伝承も記載され、『声を使って人を溺れさせるだけで、人魚自身はとてもか弱い存在であること』が特に強調されていた。

存在に刻まれている怪異の知識で幽は考える。

(半人半鳥のセイレーンじゃなく……人魚像か。空を飛ばれるよりマシだよね)

流の仕業である。

これが発症者に影響するかは運も絡むが、方向性は定められた。

ホテルで目につくところばかりに貼られたこのチラシは、《セイレーン》の名と共に意識せざるを得ない。

以前、流が語った乖異の説明を思い返す。

『乖異の発症者は超常的な現象をふるうが、それと同時に現象への理由も求める。不可思議なものを不可思議とはしない。人間である限り、未知を探究する。それが自分の身に降りかかったものなら尚更ね。そういった手合いには僕は名で縛る』

これで発症者は己の空想に、伝承のセイレーンを絡める可能性が生まれた。

無事に卸せるかはまた別問題になるが。

「それにしても流さん、本当に行動が早いなあ」

昨日の今日でこれである。

普段のゆるい流を知っていると想像できない。

桜子と相談していた時から、すぐに動けるよう手回ししていたのだと幽は考えた。今もきっと最善のために動いている。

歌姫選手権は明日から。

急造の貼り紙が、よい方向へ転がるように幽は願った。

——そして約束の時間。

お昼ちょっと前に、まもりがプールに現れた。

プールは昼の利用客が少ないのか、幽たち以外いなかった。

よくよく考えれば一般客は少しお高い利用料を払うくらいなら別の大きなプールへ行くし、都心への観光客なら昼間からホテルのプールに入るより観光地へ行くだろう。ホテルがナイトプールの営業を始めた事情を幽は理解した。

わざわざ来てもらったまもりに幽は感謝した。

さっそく椿姫への水泳指導に入る。

明るい昼間でも、まもりの表情には陰りがあったが、椿姫が段階的に泳ぎを上達させていくにつれ、まもりは声を弾ませた。

「うん……っ、椿姫ちゃん、やっぱり身体の動かし方が上手……。とっても綺麗なフォームだよ。頭に思い描いた動きが、そのままできる子なんだ……」

我が事のように喜ぶまもりに、幽もとても嬉しくなった。

まもりの指導はそこから少し変わる。

まもりが先に泳いで、椿姫にフォームを観察させる。そして同じフォームで椿姫を泳がせてから、椿姫に合った動きへ修正させるといったもの。

それで劇的に変わり、椿姫はクロールをマスターした。

幽は競争してみたが、椿姫には一度も勝てなかった。

「椿姫！　もう一回！　もう一回勝負だ！」

「嫌。幽の『もう一回』は幽が納得できるまで終わらない」

「椿姫ちゃん……っ、本当にすごいね……っ」

「…………ん」

嬉しいのだかこそばゆいのかわからない声を漏らして、椿姫は視線を明後日へ向けた。

一段落がつき、三人で食事することになった。

プールサイドの売店でそれぞれ食べたいものを買い、飲食スペースで太陽を浴びながら昼食をとる。

椿姫は抹茶アイスを買っていた。

たまにはと、幽が他の味を薦めても椿姫は首を横にふる。「チョコやバニラを食べたことはないが、抹茶に勝てるはずがない」と言い切る椿姫が、幽はおかしかった。

「まもりさん水泳を教えるのが本当に上手ですね。俺も一緒に上達しました」

「ええ……そうなの。私、ただのお水に詳しい人じゃないの……よ？」

まもりは暗い表情がデフォなので椿姫とは別ベクトルで読みにくい。

怒ってないと思うが、案外、根に持つ人なのかなと幽は感じた。

「水泳選手だったんですか？」

言って幽は後悔した。

過去形なんて、明らかに足の傷を意識しての発言だ。これでは逆に気を使われる。

「……昔ね。けっこう強い選手だったんだ」

まもりが左足の傷をなでたので、幽は表情を変えないように努めた。

「練習漬けの毎日で……でも辛（つら）いとは思わなかったな……。昨日より泳げる自分（わたし）が好きで……コーチに止められたのに、オーバートレーニングしちゃって」

「……それで、もしかして？」

「うん。それで痛めたのは腰……リハビリ中に無理したの……。車道にフラついて……車にドンッ。運転手さんには悪いことしちゃった……泣きながら謝るんだよ……？　だから誰も悪くなかった。悪いのは私……笑えるよぅ」

本人は笑ったつもりなのだろうが、口角がミリもあがっていない。

納得していない傷なのだと、幽にも痛いほど伝わった。

「まもりさんが悪いなんてありえません。大好きだからいっぱい、たくさん練習して……それが悪いなんて絶対にありえません」

「うん……そうかな……」

まもりは俯きがちになる。

経験がゼロに等しい自分では言葉を伝えられないと、幽は己の無力を嘆く。すると、まもりは顔を上げて少し明るい表情を作る。気遣われてしまった。

「だから椿姫ちゃんもスポーツが大好きなら、怪我に気をつけてね……？」

「……修練で壊れた者を幾人も見た。怪我の怖さは知っている」

「修練？　他流試合もだけど、椿姫ちゃん古武術をやってるとか……？」

椿姫は無言でいたが、まもりは肯定と解釈した。

「そ……なんだ。どんな練習方法があるのかな……？」

自分の話題は避けたいのか、まもりは椿姫のものへ変えた。

椿姫もそれを承知してか、手に取った抹茶アイスをテーブルに置く。

「《見》と呼ぶ修練がある」

椿姫は抹茶アイスだけを見つめた。

「実力伯仲の者を対峙させ、一人が無手、一人が……アレ……武器を持つ。無手の者は武器を持つ者の技を避ける。十の力ちょうどで避けられる技を、無手の者は十の力で避ける。九でも十一でもない。十の力を見極める。終われば立場を変え、繰り返す」

「それ……技が当たったらどうなるの……？　怪我するんじゃ……」

まもりの純粋な疑問を椿姫は答える。

「・・・・・・・それまで。たとえ身内でも」

椿姫の短い言葉に、尋常じゃない重みがあった。

幽は「武器とは真剣なのか？」と尋ねたかったが、まもりの手前それは避けた。しかし、尋ねなくても椿姫の在り様を知っていれば、嫌でもそうだと理解できる。

流が「神座は怪異を殺す技を磨き続ける一族」とだけ許した理由の一端を知る。

それ以上でもそれ以下でもない一族。

それゆえに怪異が滅ぶのを予見できずにいた。

「壮絶なのね……」

まもりは驚いたが、あくまでも武器は木刀程度の認識だろう。

日常と隣り合わせで死線がある生き方など察しようがない。幽は神座の特異性を知り、自分の思い違いを内省した。

「ん」

「それで椿姫ちゃんに大きな怪我がないなら……本当に強いのね……」

「椿姫は、当代……流派の師範みたいなものですね」

齢十四で一族の頂点に立った理由まで幽は知らない。

「そうなんだ？　でも、椿姫ちゃんならそうなのでしょうね……」

今度は、まもりは驚かなかった。

道を極めようとした人間にのみ通じる何かがあるのかと幽は感じた。

「ねえ、椿姫ちゃん。周りから反対されなかった……？」

「強かったから。わたしが。誰よりも」

椿姫は乱反射するプールの光を見つめ、目を細めた。

「女は産むか育てるかの神座で一番強かった。だから、わたしが当代。でもまもり、神座の歴史において最高傑作と誉れようが、相手がいなければ意味がない」

椿姫は幽を正視する。

怪異殺しが最後の幻想を見定めていた。椿姫のお眼鏡に適っていないことを幽は重々承知している。

「古い伝手を頼りにこの街までやってきたけど……神座の技は、もうこの世では必要とされていないみたい。本当に本当に——このままでは誰も浮かばれない」

椿姫が神座当代に至るまでの重い足跡を幽は垣間見る。

話をどう解釈したかわからないが、まもりは共感できる部分があったようで、陰のとれた素直な表情を浮かべ椿姫を見入っていた。

「まもり、水中をゆっくり泳ぎたい。泳ぎ方を教えて欲しい」

まもりが喜びそうな椿姫のお願いだった。

多分、椿姫なりの気遣いなのだと幽は思った。

日が暮れる。

日光で眩（まばゆ）かったプールが、瑠璃色（るりいろ）のナイトプールへ変貌（へんぼう）する。

まもりと明日も会う約束をして別れた幽たちは、プール全体を見下ろせる場所にいた。ホテル内の休憩場で、窓から見下ろせば階下のプールが隅々まで見渡せる。怪しい動きをする人間を監視するようにと流（ながれ）のアドバイスだった。

ナイトプールは昨晩の騒ぎが嘘（うそ）のように、夏の夜を楽しむ人で溢（あふ）れている。

代わり映えのしない風景。

ただ昨晩とは少々異なり、プールサイドに舞台が建設されていた。

まだ仮組みだがほぼ形が出来上がっており、歌姫選手権用の簡易ステージなのがわかる。舞台に興味を持ち、スマホで撮影している者もいた。

予想より好感触。今頃ネットでも情報が広がっているだろう。

拡散される情報を発症者も必ず目にしているはず、形のない乖異はこうして輪郭が与えられていく。高度な情報化社会に幽は感嘆しつつ、怪異が潜む余地のなくなったネットの伝達速度に寂しさも覚えた。

(椿姫はそれを憎いと思うのかな。それとも……)

怪異が絶えた世界。鍛えた技をふるう機会が消えた原因をどう思うのか。

椿姫を想い、冷たい横顔を盗み見る。いつになく話しかけるなオーラが全開。でも寂しそうにも感じたので、幽は元気づけたくて話しかけた。

「椿姫椿姫!　あのさ、ネット社会について——」

「話しかけるな。観察に集中しろ。お前の頭を網状に斬るぞ」

けんもほろろな対応だが、幽はこの程度ではへこまない。あとでいっぱい話そうと思った。

それから、数時間が経過した。

客足も遠のき、今日は何も起こらないのではと幽が考えはじめた——その時だった。

《溺れてしまえ》

女の低い声が、遠くでも近くでもない場所から聞こえる。

すると、眼下のプールサイドを歩いていた女性が吸いこまれるようにプールに落ち、途端に溺れはじめた。助けようと幽は駆けだそうとするが——

（……まもりさん？）

数時間前に別れたはずのまもりがプールサイドに立っていた。

溺れた者を一切見向きもせず、歌姫選手権用ステージを怨めしそうに凝望している。

幽は硬直した。

墓場の幽霊を見てしまったように金縛りにあった。

プールでの救援活動が、遥か彼方の異世界で起きた怪奇現象のように思える。気づけばまもりは姿を消していた。

その日、幽は就寝前に椿姫へ何も語らなかった。

幽の美点は人のよい点を探すことである。

幽の欠点は人のよい点ばかり視ることである。

幽なりの善悪と好悪の基準はあるが、一度人を好きになると簡単に揺らぐことがない。だからこそ幽の行動はわかりやすく、シンプルなものだった。

翌日の昼。よく晴れたホテルの駐車場で、まもりが来るのを幽は一人で待った。

椿姫には告げていない。事実を知った椿姫の行動もまたシンプルだからだ。

約束の時間より少し前、まもりが現れる。

強い日差しを避けるように手をかざし、まもりは軽自動車から降りてきた。控えめで優しそうな私服姿からは、人を溺れさせる乖異の発症者だとは想像できない。

否、怪異譚であれば、それも『らしい』のかと幽は考えを改めた。

「幽君？　私をお出迎えしてくれたの……？」

「それもありますけど、まもりさんに聞きたいことがあります」

まもりは右頬に指を当て、何度もまばたきした。

「聞きたいこと……？　泳ぎ以外で……？」

「昨晩ナイトプールで、なにをしていました？」

「えーっと……なにをしていたと言われても……泳ぎに？」

「——なんで人を溺れさせるんですか？」

一直線である。幽の強みだった。

あんまりにもド直球すぎたせいか、まもりは構えず自然体になった。

「幽君すごいね……。私が答えないとも、しらばっくれるとも思っていない……。私が話すって自信があるんだ……ふふ、逆に気が抜けちゃった」

「まもりさんの身に起きた状況、ある程度の事情は知っているので」

「ううん、幽君のよい部分だと思う……羨ましいな。ねえ、私を止めにきたの……？　私の話を聞きにきたの……？」

「両方です。俺、全然納得できないから、まもりさんの現実に触れにきました」

　このまま問題解決してしまうことに、幽が納得できないのである。

　まもりの善良な面のみと接したからか、人へ危害を加える面が幽は皆目見当つかなかった。

「水の楽しさを知っているなら、水の怖さも知っていますよね。なんでですか？」

「なんでって……？　僻みと恨みと辛みとやっかみよ……？」

　まもりのゆったりした話し方が粘着性を帯びた。

　穏やかな清流に土砂が混じったような、幽はそんな印象を受けた。

「怪我が治っても私はずっと沈んだままで……ある日、友達にね。気晴らしにってナイトプールに誘われたの。素敵な場所よね。泳ぎもせず、アルコールを飲んで、馬鹿騒ぎ。ううん、そういった気晴らしの場所だとちゃんと理解していった……」

　まもりは左足をさすった。

「何故この人たちじゃなくて、私なんだろう。なんで私が怪我をしたのだろう。それが、僻みだってわかってる……でも、そう思っちゃった」

「八つ当たりですか？」

　幽はキッパリと言った。

そうでなければ相手に踏みこめない。まもりの本音を引き出せない。

「うん、八つ当たり……私の行き場のない……」

「その力はどうやって……？　俺が持ってる知識じゃ——」

「真祖の吸血鬼に出会ったから」

予想外の情報に幽は動揺した。

それが伝わったようで、まもりは幽を訝しむ。二人の精神的優位性が逆転する。

「黒いベールで顔を隠した不思議な人でね……？　私が殺人鬼みたいな形相でナイトプールの人間を睨んでいたから、声をかけたそうよ……」

「……真祖の吸血鬼なんて言葉、信じたんですか？」

本当は誰よりも幽が真祖の存在を信じたかった。

しかし、まもりの乖異に余計な空想が混じってはいけないと思い、幽は自分を騙した。

「誰だって信じるよ……？　だって月を消してみせたもの……」

「月を消した……？」

嘘みたいな現実。乖異でも可能に思えない、幻想染みた真似。

いや、本物の怪異であればその幻想はありえる——

幽はそこまで考え、目の前にいるまもりを一瞬忘却したことに唇を噛む。

「吸血鬼は言ったの。『貴方には素質がある。貴方はよい怪物になる。人を呪えばそれが貴方の力になる』って」

「そんな人の弱みにつけこむような真似……っ」

「馬鹿みたいな話よね……？　でも私は馬鹿だから……試したの」

真祖の悪意に怒り、幽の瞳の奥がひりついた。

険しい表情の幽を、まもりは涼やかに流す。

「プールサイドに座ってね……《溺れろ》《溺れろ》《溺れろ》って何度も心で思った。ノートに書けば数冊分ぐらい人を呪った。もしかしたらもっと呪ったかも」

まもりの恨み節を直に受け、幽は心を痛める。

「そしたらね……？　本当に人が溺れたの」

最初は偶然だったのだろう。しかし虚仮の一念、妄執が乖異と化したのか。

そうして、まもりは化物の領域へ墜ちた。

崖っぷちにいた人の背中を押した真祖が許せず、幽は拳を強く握った。

「人を呪った分だけ、まもりさんの心が呪われる」

「そのようね、ずっと声が聞こえるもの。《溺れさせろ》って」

「力をふるうほど、まもりさんじゃなくなる！」

「知ってる。人を呪うほど心が軽くなって、人が溺れるほど力が増している」

幽が言葉を投げかけても水のように流される。

自分の言葉は軽いのか、実態のない虚言なのかと幽は思った。

だが、たとえそうであっても、言葉を止める理由にはならない。

「椿姫へ泳ぎを教えたのは水が大好きだからだよね……？」

まもりは黙った。

「呪いをふりまきたいだけなら、教える必要はなかったじゃないか」

「晴れない僻みを紛らすための……気晴らしの一つよ……」

「椿姫にも好きになって欲しかったんだよね？　まもりさん、化物に行っちゃ駄目だ」

「……僻むばかりの私がそんなことを思うわけない」

まもりがあんまりにも悲しい顔で言ったので、幽は泣きそうになった。

「私はね、椿姫ちゃんと幽君でもよかったのよ……？　初めて二人を見かけた時……楽しそうに、頑張って泳ごうとしている二人でさえ……溺れさせようとも考えた……」

「そうしなかった！　まもりさんは笑っていたじゃないかっ！」

「二人に関われば……嫌な感情が薄まると思った。でも、私は私のままだった……」

まもりの怨み辛みを自分たちが押しとどめていた。

いや、怨みの濁流に流されまいと、まもり自身が無自覚に押しとどめている。

彼女の中で大きな揺れ動きがあると幽は知った。

「まもりさんは椿姫や俺を傷つけることなんてできないよ」

「もし人を呪い続けて、昔みたいに泳げるようになるのなら……幽君、私は誰にでもこう告げるよ――《溺れろ》」

　呼応するように植えこみの散水栓が噴出し、西瓜程の水球となって空に浮かぶ。

「……私の邪魔を、しないで……ね？」

　飛来する水球は、幽の頭に被さった。

「――ッ!?」

　潜水服の丸形ヘルメットのように幽の頭にとりついた。剝がそうともがくが水を摑むだけで、水球は幽の呼吸を完全に奪う。振りほどこうと、地面をのたうち回るがまったくの無駄で、水がなぜ畏れられてきたのか、一番の恐怖を幽に享受する。

　まもりは幽を見下ろした。

《セイレーンの伝承に……漁師の夫に足の腱を切られた妻という説があるんだってね……？　だから航海中、女の声に恐怖して船が沈没したんだよ……。ふふ……恨み辛み、僻むように呪詛を吐く……どこにも行けない私はセイレーンだ》

　水を通してのまもりの声が遠く感じる。

　まもりは一度幽を気にして見せたが、結局は無言でこの場を去った。

　助けもおらず幽は溺死しかけ、このままでは駄目だと思った。

（溺れ死んじゃ駄目だ……っ、殺されちゃ駄目だ……っ）

幽が完全に死ぬことはない。しかし、まもりのためにもそんな事実を残してはいけない。彼女はまだ誰も殺していないのだから。

だから幽は水を飲んだ。

肺に水が入って針に刺されたように痛んだが、飲んだ。どうせ傷は元に戻ると気合を入れさらに水を飲む。人殺しの化物に堕とさせないよう、幽の幻想がまもりの空想を否定した。

「……げほっ、がっ」

水を飲みきり、呼吸できるようになった幽は酷く咽せた。

まもりは姿を消した。幽は熱いアスファルトに寝転がって、夏の太陽を睨みながら打ちひしがれる。蝉の鳴く音がやけに虚しく聞こえた。

気持ちを切り替え、流にスマホで連絡する。すぐに繋がった。

『もしもし……幽君？』

「乖異の発症者を見つけました……けど、すいません。逃げられました」
二、三の情報を幽は話した。
幽は多くを語らなかったが、流もまた多くは聞かなかった。

『怨み辛みが妄執を肥大化させているね。宗教観によっては、怨みや妬みを毒と定義する。やがて呪詛となり生き霊となって人を害し、死後も悪霊となる性質の悪いものだ』

幽は柳の下に立つまもりを想像した。

『彼女に正論や現実をぶつけても効果はないだろうね。なんせ聞く耳を持たない』

「そうじゃないと俺は信じます」

『そうだね、それが幽君だ。けど幽君。ホテル側はプールそのものに原因があるのならと、明日にでもナイトプールを営業停止にする予定だよ。……もし君が納得できる答えを望むなら、時間はほとんど残されていない』

「大丈夫です。最悪の現実なんて認めない。俺、往生際の悪い最後の幻想なんで」

幽は通話を終え、水で冷えきった頭を真夏の太陽で熱した。

冷静でいては言葉が届かない二人へ、自分の言葉を伝えるために。


駐車場での件（けん）をどう切りだそうか悩んでいるうちに、髪はすっかり乾いた。

水ではなく熱射病で倒れては笑い話にもならないと、幽は白室に戻ることにした。椿姫（つばき）にはありのままを伝えるしかない、そう愚直な判断を下し、オートロックを解除する。電子音がやけに味気なく感じた。

「椿姫、話が――」

幽はそこで息を呑む。

椿姫が狩衣（かりぎぬ）……神座（かむくら）の正装へ着替えていた。

怪異殺しの神座が、その責務を果たす際に纏う正装。椿姫は竹刀袋も外して、鞘を構えるように携えている。椿姫も話があるのだと、幽は察した。

「奇遇。幽に話がある」

正装をいつ持ち運んだのか、オートロックを自力で解除できるようになった椿姫の成長。今の空気にそぐわないが、幽は嬉しく思った。

しかし、今はそれどころじゃない。

「椿姫も気づいていたんだ」

「違和感はわからない。だが、お前は別だ。露骨に反応していて、それで隠せてないと？　昨晩わかりやすいぐらい無言でいた癖に」

「隠したつもりはないよ。俺の中で整理できなくて、それに……」

「納得できない？　幽、アレは化物に堕ちた」

椿姫がまもりをアレと呼んだのが、幽にはかなり堪えた。

椿姫の中ですでに討滅対象になっているなら誤解を解きたい。

「まもりさんは人へ危害を加えたけど誰も殺していない。人のままだ。まもりさんをアレなんて呼ぶなよ。椿姫が自分で思っているより……それは悲しいことだよ」

「──わたしも駐車場にいた。遠くからだけど」

幽や世界を俯瞰で視るような椿姫の瞳。

椿姫が《巫》へ至りかけていると知る。神仏諸霊を憑依させる修験道の憑巫に近いが、神座はその身ごと神へ至ろうとする。ゆえに至れば、歯止めがきかない。

「見聞したが……アレはお前を助けずに去った」

「でも俺は助かった！」

「お前の特異性がなければ死んでいた」

「俺は死んでいない。死んでなければ殺されていない」

「よしんば、そうとする。だがアレはもう躊躇わない。堕ちてはいけない領域へ、呪いを纏って踏みこんだ。なら、神座が屠らなければいけない」

椿姫は粛々と告げた。

神事を執行するのが当然と言うような口ぶりで、悲痛な出来事なのに、椿姫は涼雨に打たれたように佇んでいる。怪異を殺す神座がそこにいた。

居心地よさげにまもりと接していた椿姫を、幽は想い起こす。

「その恰好で行くべきじゃないよ。もし、椿姫がまもりさんに手をかけたら後悔する。そんなの俺は絶対に納得できない！　だからたとえ斬られても――」

「もう斬った」

幽は突然体勢を崩し、前のめりに膝から倒れた。

足を踏ん張ろうとするが力が入らない。視線を下げると、足首が断たれ、かろうじて皮一枚で繋がっている状態だった。視認すると同時に灼ける痛みが幽を襲う。納刀の瞬間すら視認できなかった。

奇妙なことに、傷口は綺麗な断面のままで血が滲んでこない。

「動くな。せっかく《血知らず》で断ったのに、動けば絨毯が血で汚れる」

立ち上がろうとする幽を椿姫が牽制した。

椿姫は路傍の石でも見るように幽に一瞥をくれ、横を通りすぎようとする。もう話し合いは済んだと、幽を斬ることで暗に示したらしい。

「待ってくれ！　俺の話は終わっていない！　話し合う機会をくれたのは嬉しいけど……これじゃあ一方的すぎる！」

「どっちが。お前が納得するまで話を続ければ、わたしの一生が終わる」

「椿姫。人を殺すのと乖異を祓うのは訳が違う！」

「幽。それはわたしには同義。何も殺せない与太者を、神座が当代へ祀ると思った？」

淡々とした口調の中にある、息が詰まるような重み。

人の法だと椿姫を説得しても、椿姫は神座の理で断つだろう。育った環境が過酷すぎるのだ。積み重ねのない、見てくれだけ十五歳の幽は言葉が出なかった。

「平行線だと思う。幽が幽でわたしの行動が納得できないように、わたしはわたしで幽の話が納得できない」

「……椿姫は神座を背負いすぎだよ！」

「誤解されては困る。わたしは神座当代であることを納得している」

椿姫は刀をゆっくりと抜き、刃先を幽へ向ける。

鈍く、重い、圧迫感を幽は眉間（みけん）で感じた。

「殺（バラ）して、箱詰めにする」

「箱の中で身体を繋ぎ合わせて、椿姫を追いかける！」

「…………お前は本当にやりそうで困る」

椿姫は表情を変えず、首を傾げた。

「神座の歴史はとても古い。神座を一呼吸で評すれば、それは修練の一族。怪異を屠（ほふ）り、怪異に喰われ、怪異を殲滅（せんめつ）し、怪異に鏖殺（おうさつ）される。殺し殺されの歴史の中で己を刃と化し、ただただ技を磨く。憎悪を断ち切った領域に、神座は存在する」

親が子供へ言い聞かせるように椿姫は語る。

「近代に至るまでに、数えきれない屍（しかばね）が神座の骨子（こつし）となった。わたしが当代になる時ですら、名もない骨が屍山（しざん）に積まれた」

「……椿姫」

「使命や責務等の言葉は生ぬるい。――だから、怪異が絶えたなど納得できない」

椿姫は怪異を探すように視線をさまよわせた。

さまよわせた先の怪異へ、「何故お前なんだ?」と切に問いかけるような瞳で見る。今にも消え入りそうな儚い椿姫の慟哭は、幽の心を打った。

椿姫は納刀して、部屋を去ろうとする。

椿姫の言葉は幽の心を打ち、神座椿姫の在り様を幽は納得した。

——納得したからこそ余計に納得できず、幽は叫んだ。


「抹茶アイス!!!」


阿呆みたいによく通る声だった。

椿姫は振りかえる。さっきまでの固い雰囲気がなくなり、呆然と立っていた。

「……抹茶アイスが、何?」

「だって椿姫! 抹茶アイスしか食べないじゃないか!」

「……は?」

椿姫は白けたのか、肩の力を抜いたように見えた。

「椿姫はいっつも抹茶アイスしか食べない! チョコやバニラを俺が薦めても、ぜんぜんまったくこれっぽっちも食べようとしない!」

「……抹茶に勝てるわけがない」

「一度も他の味を試したことがないのに？　わかるわけないじゃないか！」

「抹茶に勝てる味なんて存在しない！」

今度は椿姫が叫んだ。椿姫の叫びを聞くのは、幽にとって初めてだった。

相変わらず張り詰めた空気だが、真剣の立ち合いではなくなった。子供同士が新聞紙丸めて殴り合う、そんなお気楽なものへ変貌していた。だいたい幽のせいである。

「椿姫が色々な味を試して、それで抹茶アイスが美味しいと主張する子なら、俺もこの話は納得したよ？　でも椿姫は試さない。他の味を食べてもいないのに、抹茶が一番だと主張する。そんな子だから、俺はこの話は全然納得できない！」

「……抹茶と神座は関係ない」

「関係ある！　椿姫は修練の果てに神座当代に至った。けれど、椿姫は椿姫としてはなんの頂にも至っていない！　ただの抹茶アイス好きの変な子だ！」

経験からではない、ずっと椿姫を見ていた幽こその言葉だった。

椿姫は鯉口を切る。

「次に余計なことを言えば、首を斬り飛ばして頭を漬物石にする」

「反論は！　抹茶アイス以外を食べてからっ！」

足を繋ぎ直した幽はよろめきながら立ちあがる。冷凍庫に自分用に保冷していたチョコレートアイスのカップを椿姫へ渡した。

椿姫はむすっとした無表情で固まり、しばらくそのままでいたが。刀を置き、代わりにプラスチックのスプーンを手にして、アイスを食べる。

「……どう?」

「………」

「……かな?」

「………抹茶アイスの方がやっぱり好き」

いかん、この話が終わると、幽は狼狽した。

「出ていけ」

「え? いや、俺の話はまだ終わってなくてね……」

「これ以上は不死身相手に時間の無駄。着替えるから出ていけ」

アイスを片手にした椿姫に突っつかれ、幽は部屋を閉め出される。

わずかな心境の変化を感じ、椿姫がチョコ味を「抹茶アイスの方がやっぱり美味しい」ではなく、「抹茶アイスの方がやっぱり好き」と評したのに幽は気づく。

(椿姫はチョコ味も美味しいと感じたんだ)

怪異殺しの神座としての判断を迷わせる行為とも思ったが、これで鈍する椿姫ではないと知っている。その澄んだ椿姫の在り様が、まもりへ届くと幽は信じた。

ナイトプールで歌姫選手権が始まった。

真夏の夜。艶やかな光に包まれ、簡易ステージ上で参加者が歌う。

恥じらいながら歌う者。プロ顔負けの歌唱力を披露する者。人魚の女装をして野太い声でラブソングを歌う者。歌そっちのけで踊る五人組。是非は問われず、選手権へ参加しない者も含めて盛りあがっていた。

無礼講な空気に、それを受け容れる大人の度量。

ここはそういった社交の場なのだ。

だからこそ、まもりの妬みは場違いなのだと幽は思う。

水着に着替えた幽と椿姫は、簡易ステージの反対側のプールサイドでまもりを待つ。椿姫の竹刀袋は目立ったが、選手権用の小物と思われ、特に疑問視はされなかった。

まもりが姿を現すかはわからない。

でも、きっと来ると幽は確信していた。

昨晩、まもりが仮組みのステージを睨んでいただけが理由じゃない。

(怨みに染まった自分は、人を傷つけることができる化物だと自分自身に証明するために……。まもりさん、俺、絶対にそんなの納得できないから)

――そして、待人が来たり。

左足の古傷を少しかばいながら舞台に上がった姿は、魔法で尾ひれを人間の足に変えられた人魚が、不慣れな陸を歩いているように思えた。

長い纏まった黒髪を前に垂らし、しっとりした彼女の空気が水場に映える。

花のような存在感を示す彼女は、可憐な歌声を響かせると皆へ期待させた。

「……私が怪我をしたのは誰のせいでもありません。自分の愚かさゆえです」

誰に宛てたでもない独白だった。

「私が私を虐めるからでしょうか……？　傷が癒えても膿がわきます……。じくじくと、じくじくと、私が内から腐ります……」

歌唱前の口上だと思ったのか、観客は黙って聞いていた。

椿姫は竹刀袋の縛り紐を解く。

「ああ、きっと、このプールでなくてもよかった……。自分の醜悪さを知るキッカケはなんだってよかった。私は僻み、誰かを怨まずにはいられない」

溢れる思いを抑えきれず、清流が氾濫する。

「囁く声に従うほど、私の恨みを認めるほど、私は強くなれました……。なら、私は歌わずにはいられない」

幽は駆けだし、プールサイドから回りこもうとした。

「《溺れてしまえ》」

曲名を告げるように、まもりは呪詛を吐いた。

「乖異：セイレーン」が成る。


プールの水が生き物のように躍動する。

水面は峰のように大きく唸り、水が太陽コロナのように噴きあがる。プールサイドで呆気にとられていた観客たちを摑み、水面へ引きずりこむ。「助けてくれ」と叫んだ者を助けるため飛びこんだ者も溺れてしまう。

灼熱の炎か荒れる水流かの違いはあるが、絵巻の地獄絵図と化していた。

《溺れろ》《溺れろ》《溺れろ》

大混乱に陥る中、誰も逃がすまいとまもりは叫んだ。

自分の不死頼みで幽は飛びこもうとしたが、

「幽、飛びこむのは少し待て」

椿姫に引き留められる。

まもりを見据える椿姫の瞳に、幽は「わかった」と頷いた。

「……いつまで己の濁流に呑まれているつもり？　纏っていた空気が台無しだ」

椿姫は鞘を放り投げ、プールサイドにカランカランと乾いた音が鳴る。

音に反応したまもりが、うつろな表情を椿姫へ向けた。

「……椿姫ちゃん？　幽君？」

「わたしたちは近くにいた。怨みに染まって周りが見えない？　本当に本当に呆れる」

「その刀、本物……？」

刀紋が満月に照らされ水面のように輝いた。荒れる水流の先にいるまもりを、刀の峰が逃がすまいと捉える。

「紛い物じゃない。この刃が誰に向くか悟れない？」

「……椿姫ちゃんがどんな子か、今ちゃんとわかった」

「神座は化物を屠る。この意味をちゃんと理解しろ」

「……《溺れろ》」

水球がまもりの側で浮遊する。

「ごめんなさい……私は、椿姫ちゃんみたいに強くないから……ごめんなさい……ごめんなさい、本当にごめんね……？　私はもう引き返せない……椿姫ちゃんが気絶すれば……多分水は消えるから……」

まもりが僻目で椿姫へ指を伸ばすと、水球が不規則な軌道で飛んだ。

変幻自在の形なき乖異。

斬れるものでもなし、幽は逃げろと椿姫へ叫ぼうとした。

――けれど椿姫が腰を深く落とし、水球を迎え撃つ姿勢をとったので、「これぐらい、椿姫には何一つ問題ないんだ」と幽は察す。

それは鎌のような軌跡だった。

刀が椿姫へ飛来した水球を捉え、水風船のようにパァンと爆（は）ぜさせた。

「《無形通し（むけいとおし）》、水が斬れて当然。水を爆ぜさせることができず、何が神座か」

荒れ狂う水面がわずかに鎮まる。

椿姫の技は見惚（みと）れるほど華麗だ。純粋に技のみをふるう椿姫の姿が幽は好きだ。まもりも心奪われたのだろうか、素に近い表情に戻った。

「……そんな素直な表情をするな。悔しい。まもりを見て、そう思った自分が悔しい。アレの笑顔が頭に浮かぶ」

椿姫は殺気をまもりではなく、キョトンとしている幽に向けた。

「――どうした、まもり。水遊びはこれで終わり？」

余程聞き捨てならなかったのだろう、まもりは唇を震わせる。

まもりはここで初めて椿姫を睨（にら）んだ。

「私の怨みが、水遊び……？」

「まもりのソレはな。小石に躓（つまず）いて喚（わめ）き散らす、子供のソレだ。子供の駄々だ。子供の癇癪（かんしゃく）だ。ならこれは、まもりをあやすための水遊び」

「発言を取り消す気はない……よね？」

「まもり、泳ぎを教えてもらったお礼をまだしていなかった。……ありがとう。今度はわたしがまもりの水遊びにつき合ってあげる」

まもりはぶつぶつと呟き始める。

小声で聞こえ辛かったが、《溺れろ》と呪詛を連呼しているのは幽にもわかる。事実、十数もの水球がまもりを取り巻いた。

まもりは僻み妬み怨みをありったけ瞳に込め、鋭い視線を椿姫へ叩きつける。

「ああ、いいぞいいぞ――それは実に化物だ」

椿姫は愛らしく……微笑まなかった。

椿姫が微笑むのは「殺してよい怪異を前にした時」のみ。だから幽は、まもりの意識が椿姫へ向いている間に、溺れた者を救助しにプールへ飛びこむ。

幽が入水した音が、開戦の合図となった。

「《溺れてっ！》」

空中に漂っていた水球が、バレーボールマシンで射出されたように、機械的に真っ直ぐ椿姫を襲う。

椿姫は一段と腰を落とし、また鎌のような軌跡で水球を斬る。

水球は爆ぜた。

続く水球も返す刃で迎え撃ち、雫となって霧散する、連なる斬撃が椿姫の舞となる、散りゆく水滴は霧となり、濡れた刀身を妖しく輝かせた。怪異を屠る神座の舞が、幽には神へ捧げる雨乞いの舞に見えた。

水球が爆ぜる。霧となる。晴れた霧の先で、椿姫が儚げに佇む。

原理はわからない。椿姫の動きが大仰なのでそこに秘密があるのだと、幽は溺れかけた者をプールサイドへ引き上げながら考えた。

「ほ、本当に人間……なの……？」

「醒めるような表情をするな。化物ごっこ遊びはもうおしまい？」

「……私の怨みは遊びなんかじゃっ！」

「そうかも、たしかに全然遊びじゃない。だって一方的で面白くない。これは遊びとして成立していない」

「……《溺れろ》《溺れろ》《溺れろ》《溺れろ》《溺れろっ》！」

まもりの呪詛が盛大に響いた。

溺れろ溺れろと、肺の酸素をすべて絞りだすように叫んだまもりは、もはや椿姫しか見ていない。プールから水球が浮上して射出を繰り返したが、その精度は落ちていた。

自分を襲う水球だけを椿姫は斬り払い、外れるものは無視をする。

「先より酷い。まもり、わたしはここにいる。少しは工夫して」

人を溺れさせる水球を、椿姫は好送球だ悪送球だと虚仮にして返す。

まるで親子のキャッチボールだった。

「……ずるいっ、ずるいずるいずるい。ずるい！」

「何がずるい？　ああ……『わたしが強いのが』か。わたしが強いのはわたしが強いから。

卑怯と呼ばれる謂われはない」

「もうっ手加減なんてしないっ！」

まもりは大きく深呼吸をした。

「《溺れてしまえっ！》」

水面から水が生えた。

鬼の怪腕のように、ゴボゴボと盛り上がった水が、椿姫へ襲いかかろうとしている。これでは椿姫がいくら刀を振るっても焼け石に水。刀一本では対処のしようがない。このままでは水量に押されるだろう。

だからか、椿姫はさらに腰を落とし——回って見せた。

そうして目先まで迫った水流へ、椿姫は刀を突き刺す。

無謀に思えるその行為、しかし水流は軌道を変える。

棒に刺された水飴のようにグニャリと椿姫を避け、水流は脇に逸らされた。椿姫そのものが水杭と化したように激流がプールサイドへ流れてゆく。

「まもり、手加減する必要はない」

水球が爆ぜた理由を、幽は少し理解した。

恐らく、椿姫は身体の捻じれを刀へ伝え、無形の物へ通している。正拳突きに捻りを加えて衝撃が増すように、椿姫は刀を身体の一部として扱っていた。

「……本当に、驚くぐらいに強いんだね……」

まもりは観念したように肩を下げたが、椿姫の死角から水球が襲う。

椿姫は見向きもせずに、水球を爆ぜさせた。

「まもりの拍子は盗んだ。不意打ちしても当たらない」

「……ずるい。……羨ましい。……そんなに強かったら私は今頃」

僻むまもりを椿姫は見据えた。

齢十四、神座当代がそうして本音を語る。

「鍛えて鍛えて今の境地に至った。でも、まもり……この境地に至った先で待っていたのは、誰にも必要とされない世界だった」

椿姫は変わらず無表情。

「けれど、だ。どこにも行かず、何者にもなれず、腕が捥げ、足が欠け、声が枯れ果て、そのまま息絶えたとしても……わたしに後悔はない。怪異を殺す者として、わたしは神座当代を背負い続ける」

それが椿姫の答え、屍山の頂に立つ神座椿姫の覚悟。

数百年も現存し続ける研がれた刀のような椿姫の在り様だからこそ、その言葉はまもりへ届くと幽は信じた。

「椿姫ちゃん強いから。敗者の気持ちなんてわからないよ」

「……そういえば、遊びの終わり方を決めてなかった」

椿姫はまもりの怨みをまたも遊びと断じる。

その理由を幽はもう察していた。

鍛えた技で圧倒的な立ち回りを演じ、まもりの怨みを子供の児戯と一笑に付す。そうやって椿姫は乖異を調伏すると決めたのだろう。

「神座のごっこ遊びは鬼を捕まえて終える」

椿姫はプールの反対側のまもりへ刃先を傾ける。

二人が争っている間に、幽は救助を終えて全員避難させていた。水面は穏やかになったが、まもりの力は弱まっていない。捕まえるのは難しいだろう。

けれど、容易にこなすのが椿姫だと幽は知っていた。

「これ、久々――八咫烏を観想する」

椿姫は呪文のような言葉を三回呟き、トン、トン、トンと小刻みに跳ねる。

何をするのかとまもりは身構え、椿姫がわずかに首を傾げた。

途端、椿姫は地面スレスレを這うように身体を倒し、一直線に駆ける。

――そうして、椿姫は水上を駆けた。

椿姫の周囲から世界の物理法則が消え失せたような挙動。前へ倒れる慣性を利用した、滑るような駆け方で、幽は心底度肝を抜かれた。

まもりも驚いたが、口を強く結び、

「《お願いだからみんなみんな溺れてよっ！》」

最大級の呪詛を吐いた。

椿姫の四方八方からプールの水が盛りあがる。

水上の椿姫へ津波の壁が襲い、椿姫は水牢に閉じこめられた。

「あ――」

まもりは声を漏らした。

本人の自覚がない後悔した表情に、もはや勝負は決したのだと幽は悟った。

「嘘……？」

椿姫は水牢の中を人魚のように華麗に泳いでいた。そして体勢を整え、刀で薙ぎ水牢を打ち破る。空中へ放りだされた椿姫は刀を横に構え、その姿が満月と重なった。

すっかり怯えたまもりへ、椿姫は刀を振る。

幽は制止しなかった。しなくても、椿姫の「見」で斬りつけないとわかりきっていた。

空間を裂くような鋭い一撃が、まもりの正面で振るわれる。

まもりの内なる魔を祓う——退魔の斬撃だった。

そうして椿姫は刀を置き、へたれたまもりの両手を握る。

心の隙間を縫うような澄んだ瞳で、椿姫は呆然自失のまもりを見つめた。

「まもりは水遊びで一度も笑っていない」

「……え？」

「それが怨みであれ、化物ならば晴らす時は笑う。なのに、まもりは笑っていない」

まもりは何度もまばたいて、表情筋を不器用に動かした。

「……私、笑っていなかった？」

「全然。少しも。わたしより笑っていない」

その言葉にまもりが、泣きだしそうな顔で笑う。

「まもりは……水面に映る自分の姿を見ろ。自分も水も好きでいたいのなら……辛そうにするな。じゃないと、まもりが永遠に救われない」

飾らない椿姫の真摯な言葉。

自分の現実に気づいたか、まもりは瞼をそっと閉じた。

まもりは声を荒らげることも、泣きだすこともなかったが、心で泣いているのが幽にも椿姫にも知れた。元より叫ぶような人ではない。

氾濫した河川は何も残さないが、しかし崩れた土台を少しずつ積みあげ、再び人を育む清流へ成る。

子供のように暴れるだけ暴れ、叫び続けて、膿を出しきったまもり。

そんなまもりの両手を、椿姫はずっと握っていた。

◆

連日の猛暑が続く、夏のある日。

左右心理オフィスへまもりが訪ねてくる。手土産にカップアイスの詰め合わせを持ってきたので、流が大層喜んだ。

まもりは応接ソファへ座り、幽たちへ進展を話した。

「あの日、私は死んだんです。椿姫ちゃんに選手だった私は斬られ、なにもない……ううん、純粋に水泳が好きだった私だけが残りました」

一度死に、生まれ変わったとまもりは言う。

「スイミングスクールで子供たちへ水泳を教えるアルバイトを始めました。そうやって、大好きな水泳に関わっていくつもりです」

通り雨のあとに広がる、澄みわたる青空のような笑顔。

怨(うら)みの影もない。口調も明るく、これが本来のまもりなのだと、幽は思った。

事件後すぐ、まもりから乖異(かいい)の力は消えていた。再発防止のため、乖異の仕組みを流が丁寧に説明したが、その必要はなかったと幽は考える。彼女の場合、溜めるに溜めた怨み辛(つら)みで、己の世界を回していた。椿姫に斬られた今、原動力が残っていないのだ。

事後処理はすべて流が進めた。

関係各所に連絡を取り合い、夜遅くまで弱音を吐きながら仕事をしていた。特に桜子(さくらこ)へは一番連絡をとったようで、電話するたびに打ちのめされていた。流の頑張りに、幽は頭が下がる思いだ。

ただ、幽が少し引っかかったのは……迷惑をかけた人へまもりが謝ろうとした時、流が止めたことだ。

『君、自縄自縛(じじょうじばく)の気があるよね？　内省(ないせい)が人一倍強い。なら君は謝る方が楽になる。君の謝罪は、懺悔(ざんげ)室の告白に等しい。自分が許されたいんだ。罪の意識を抱えていると思うのなら、一生背負うのが君にとって罰になる……僕も似たような性格だし、わかるよ』

流はそう言って、迷うまもりを説き伏せた。

なので、今回は乖異のかの字もない、プールの故障で話が纏(まと)まっている。

らしいとも思え、らしくないとも思えた。

乖異を解決するのが流の目的であり、後々の障(さわ)りを……二次発生も防ごうとするのだが、今回は必要以上に気を配ったように思えて、幽は直接尋ねた。

尋ねたのだが『え？　なにか変だった？』と当然のように返され、幽も『なにも変じゃないです』と納得した。たしかにおかしい点はない。

一応、報酬は桜子から頂戴したようで、エアコンは完全復活している。

左右心理オフィス的にも最善の解決になったようだ。

「本当はね。今日、椿姫ちゃんに本格的に水泳を始めないかって伝えるつもりだったの。あ、私が教えるんじゃないよ……？　昔、お世話になったコーチへ頼むつもり」

「だった？」

幽が尋ねた。

「うん。椿姫ちゃんの覚悟も知ったつもり……。でも、水泳をやってはいけないって話ではないでしょう？　ならって思ってたんだけど……」

「俺もいいことだと思いますけど」

「いいことだと思うから……椿姫ちゃんにはもっともっといろんな可能性を知って欲しい。だから水泳に縛るわけにはいかないなって、そう思えたの」

まもりは窓に腰かける無表情の椿姫を見つめた。

「わたしはまもり以外に教わる気がない」

殊勝な教え子を持って、まもりは嬉しそうに笑った。

まもりは幽たちへ何度も感謝を告げて、左右心理オフィスを去って行く。憑き物が落ちたその姿に、幽はまもりのこれからの現実を信じた。

流が「さて」と手を叩き、頂き物のアイスを食べようと提案した。

幽が椿姫を誘うと珍しく応じて、三人一緒に応接ソファに座って食べることになる。

流はチョコ味、幽は抹茶味、そして椿姫はバナナ味だった。

よく冷えたアイスを味わっていると、椿姫がぽつりと呟く。

「………………やっぱり抹茶アイスが一番好き」

お気に入りの味ではなかったからか、それとも――椿姫の無表情がいつになく儚げに見えたけれど、幽は椿姫が新しい可能性を知ろうとする変化と捉え、なにも言わなかった。

雑談を交えながらアイスを食べる三人。

「そういえば、まもりさんと対峙した時、なんであそこまで急激に泳ぎが上手くなったの？」

幽は気になっていたことを尋ねた。

あのプールで水牢に閉じこめられた時、人魚のように華麗に泳いだ椿姫。彼女の身体能力を考えれば自然なのだが、こと水泳に関してそれまで常人並の上達速度だったからだ。

「ん。教わってすぐに泳ぎのコツはわかっ――」

椿姫はそう言ってから、しまったといった具合に固まる。

「椿姫？　え？　本当はすぐに泳げたの……？」

椿姫は答えない。誤魔化すように黙々とアイスを食べ始める。

さすがに誤魔化すにはとっても下手すぎたので、幽は黙々とアイスを食べる椿姫を無言で観察し続けた。

さしもの椿姫もプレッシャーに負けたか、観念して口を開く。

「……二人が楽しそうにするから。馬鹿」

八月上旬　立てば芍薬座れば牡丹歩く姿はビイレーン／了

八月中旬　千客万来の招き猫

左右流という男は胡散臭かった。

子供っぽくて弱音をよく吐き、頼りないが油断はならない。本音のわからない面がある。カウンセラーを称するが患者はいない。乖異祓い以外にも「名を扱う祓い屋左右」として、小金を稼いでいるようである。

そもそも、祓い屋左右が具体的に何をするものか幽はわからない。

テレビの超常現象特番で呪術を紹介していた時、以前に流も似たようなことをやっていたのを思い返し、幽はいい機会だしインタビュー形式で尋ねてみた。

「ん？　僕の系譜？　僕のところは神道と陰陽道に日蓮宗系が混ざったものだし、系譜らしいものはないよ。あれだね、雑種犬みたいなものだよ」

これである。

幽はテレビを見ながら、身振り手振りをまじえて呪文は使えないのか尋ねた。

「呪文？　オン・ナントカ・ソウカ……？　ああ、真言ね。カンペ有りなら唱えられるよ。作法も一応知っているし、浄衣を着たら本物のようにふるまえる。それで乖異を祓ったこともあるよ。今考えると本職に知られたら怒られるな……怖くなってきた」

流の胡散臭さがさらに増す。

それは詐欺に近いのじゃ、と幽は訴えた。

「そもそも左右家が異端だしなあ。憑き物も人の魂にではなく、人の意識に巣食う魔と考えた一族でね。時代に寄り添い、人の在り様に応じて祓いの儀式を変えた。様式化したものがないんだ」

意識は近年の概念なので、大昔は「あかずの目」と呼んでいたとのこと。

幽が理解に苦しむ顔をすると、流は首をかいた。

「そうだなあ。恋のお呪(まじな)いってあるよね？　女の子が思春期に好んで使う、可愛(かわい)らしいお呪い。『お呪い』と言うだけあって、れっきとした呪術でね。陰陽の術者が魔を調伏する時代から、恋愛成就の法は存在した。使用するのが紅蘭汁(こうらんじゅう)か、紅い口紅かと違うだけで本質は変わらない。より時代に適した、人に合わせた呪術を、女の子は無意識に使うわけだね」

幽はなんとなく理解した。

つまり流は、現状で効果がありそうな術を使用するわけだ。

「そーゆーことだね。東洋に限らず、これは西洋の魔術にも言える。まあ、恋のお呪いなんて僕は縁がなかったなあ。アハハ……辛(つら)いことを思い出してきたなあ……幽君、しっかり僕へのフォローを頼むよ？」

幽は精一杯フォローした。力強く励ました。

流は自己肯定感に満たされたようで、満足げに頷(うなず)いた。

「まあだから、宗派を起こすわけでもなく、市井に溶けこんだ一族でね。人の暮らしに潜む魔を祓った。魑魅魍魎(ちみもうりょう)を伐倒(ばっとう)する血風録……とは遠い世界の住人だよ」

人の社会に溶けこんだ一族。

じゃあ怪異が絶えるのも早くに察したのでは、と幽は訊いた。

「そうだねー、左右家は『うん、知ってたー』みたいな軽いノリだったよ。社会に溶けこみすぎた結果……ぶっちゃけ、近代じゃあ左右家は衰退していてね。祓いより今日を生きるための糧を望んだ。まあ、それでも、昔の縁は残っているかなあ」

椿姫が流の元へ居着いた経緯を幽は知る。

人間社会に詳しく、怪異にも詳しい、そんな人脈であったのだ。

最後に幽は、怪異と乖異は別物……ですよねと再確認した。

「うん、理が違う。怪異は人の畏れに根付くが、発生源もそれ自体は人じゃない。しかし乖異は人が起こす空想だ。乖異を辿ればそこには地続きの現実が存在する。現象として生まれた幽君は……やはり最後の幻想なんだよ」

幽でさえ胡乱になりかける怪異の在り様に、流は言葉で輪郭を与えた。このところ幽はそのことで少々悩むことがあったので、看破されたらしい。

左右流はこんな男であった。

◆

八月も中旬になり、茹だるような暑さも折り返しとなる。

幽はお昼の冷やし中華を片づけ、オフィス内の清掃をしていた。幽の家事姿があまりにも自然なためか、椿姫は少し不満そうにしたが、「日常生活に溶けこむ怪異は昔から存在するよ」と流が言ったので、文句は言ってこなかった。最近、椿姫が「強く、かっこよく、圧倒的な怪異の在り様」を説いてくるので幽は困っていた。

お盆の行楽シーズンであるからか、テレビのニュースは各地のレジャー施設を紹介したもので明るい話題が多い。

だからこそ、件のニュースは目を引いた。

――連続猟奇殺人事件。いまだ、犯人は捕まっていない。

事件現場は都市部に集中しているのに、手がかりとなる証拠が発見されない。正体不明の闇を相手取っているようで確たるものが何もない。凶器は素手ではないかと、ＳＮＳで噂されていたりする。

そんな経緯もあり、深夜営業を見直す店が多数あるらしい。

今も殺された飲食店の店員が、殺されたリポーターからインタビューを受けていた。

『俺もそうですけど、同僚も怖がって深夜のシフトに入りたがらないですね』

『夏のシーズン中、飲食店は大きな痛手ですね』

両者の痛ましい傷を隠すため、画面の八割以上がモザイク処理されていた。

『近場のビアガーデンはもう営業を停止する方針ですね。ウチも終電までには全員が帰宅できるようにしました。お客さんが殺人事件の被害にあってはいけないですし、都心の飲食店はどこも同じような営業時間になると思いますよ』

『命あっての物種ですからね』

『夜間の出歩きは本当に気をつけて欲しいですね。俺は大丈夫、私は大丈夫、そう思っていたら……俺みたいに殺されますよ？』

怪談のオチのような締めで画面がスタジオに遷移する。スタジオのコメンテーターが、殺害されても現場に出るリポーターの根性を褒めた。

悲惨で救いのない事件。

殺された人は今も殺されたままで、それでも頑張って殺されたまま生き――

言葉が続かず、幽の思考は停止した。

何かがおかしい。何処かがおかしい。けれど幽は違和感がないと捉えている。

（殺されたまま…………なんだ？）

死とはこの世から消滅すること。それが幽の死生観。

死ねば終わり、終わりは先へ続かない。

けれど……吸血鬼としての自分を手放した一穂。水泳選手とした終わった自分を受け容れたまもり。彼女たちを思うと、幽は未来に進めない自分が酷く歪に感じた。

（俺が知らなきゃいけない、何かがあるの……か？）

幽がテレビを無心で眺めていると、テレビの電源が切れた。

「へ？」

事務机に座っている流がリモコン操作したらしい。

「幽君」

「えっと？　なんでしょう？」

「買い物をお願いしたいのだけど。日用品を切らしてしまってね」

さすがにタイミングが露骨だったので幽は尋ねた。

「流さん、俺に隠し事してません？」

「……隠し事？　あ、いや、違うんだ。暗いニュースって辛いじゃないか。僕は感受性が強くてね。他人の辛い出来事が自分事のように思えて、とても辛いんだ。いい大人なのに情けないよ。世界が日常系アニメのようであれば、心穏やかでいられるのにね」

流らしい返答。不審な点はないのが逆に気にかかる。

が、根掘り葉掘り聞くほどじゃないかと幽は切り換えた。

「日用品はセール中に買い置きした方がいいですよ。経済的ですし、そして浮いたお金で嗜好品が買えます！」

「いやあ、幽君はしっかりしてるなあ」

流が心底感心したように言うので、幽はなんだか気が抜けた。

元より普段お世話になっている幽が断ることはない。快く買い物リストを拝領し、お使いへと向かった。


買い物を終えた幽は、レジ袋を両手にぶら下げて帰路につく。

左右心理オフィスの周辺は、中小企業のテナントが集まるオフィス街である。手頃なスーパーがなく、高速道路が通る国道沿いの大型ショッピングモールまで行く必要があった。少し遠いのだが、幽は自転車も使わずに行った。散歩もかねていた。

いつもは混雑する時間帯だが、今日は買い物客が極端に少なく、つい違和感はないか探してしまう自分に幽は気づいた。

(すっかり俺も乖異祓いのメンバーだ)

三人一組。三位一対。そんな単語を思い浮かべ、幽は自然と笑みをこぼした。

と、花火大会のお知らせをビルの壁面に見つける。

花火大会。流や椿姫を誘って三人で行こう。流はお酒を飲みたがるが自分たちの前では控えるだろう。椿姫は嫌々来るだろうが絶対にかき氷を気に入る。

幽はそんなことを思い、それから――

（それから……なんだろう）

花火大会の日付は八月の終わり、自分が世界から消滅する直前。

幽は立ち止まる。

この頃、夜に出歩くと涼風を肌に感じるようになった。大型ショッピングモールも少しずつ秋の準備を始めている。幽が知ることのない世界だ。

（消滅は怖くない。嘘じゃない。……けれど）

最後の幻想として自分がなにをすべきか、なんのために生まれたのか。使命を考える時間が少なくなった。幽は決して忘れたわけじゃない。今を純粋に楽しむ性格が起因しているように思える。

ただ、夜の街をさまよい歩いていた時の、焦燥感が薄らいでいた。

「なんでだろ？　……なんでだろ」

幽は考えた。

こうなると気がすむまで一人考えるのが彼の性分だ。

（怪異でも、消滅が近いならもっと焦るべきじゃないのか……？）

けれど、レジ袋のコーヒー豆を見ていると、幽の焦燥感が薄らいだ。節約したお金で買った嗜好品。桜子からはいろんなお茶の淹れ方を指南してもらっていた。

コーヒー豆の挽き方なんて、消滅する自分には必要のない知識だ。

なのに、と幽は桜子へ指南をお願いした日のことを思い返す――


「桜子さん、いろんな専門スキルを持ってますよね！　美味しいお茶の淹れ方とか、絶対に知ってますよね！　俺も知りたいです！」

「夏野様は話を聞きませんね。いえ、聞いてはいるのでしょうが」

その日、桜子がお茶会の事後処理をするため左右心理オフィスに訪れた。

幽はここぞとばかりに話しかけ、桜子の眉をひそめさせる。お茶会での事件を経て、桜子の為人を知った幽は彼女をもっと知りたくなったのだ。

「私事で申し訳ありませんが……夏野様にご教授するのは大変な手間と根気が要りそうで、ただただ面倒臭そうにしか思えません」

「俺！　頑張ります！」

「夏野様の頑張りは徒労に終わりますよ。なにせ私が頑張る気がありませんので」

「桜子さんの頑張り分を、俺が頑張ります！」

桜子の毒舌を、幽は嫌味を感じさせない笑顔で返す。

一度相手を好きになると、幽はだいたいこうである。

「お断りします」

桜子は助けを求めるように視線をさまよわせ、窓に腰かける椿姫と目が合う。椿姫の「諦めろ」といった目線に、桜子は嘆息を吐いた。

「よいでしょう、ただし条件があります」

「条件……ですか？　なんでも言ってください！」

「私の問いに正しくお答えいただけたのなら、お茶の件を一考しましょう。それでは夏野様――お茶を淹れるうえで一番大事なものとは？」

幽は間髪容れずに答える。

「愛情です！」

「このたわけが」

「ええ……」

幽はちょっと固まった。

毒吐きだが言葉は丁寧な桜子が、わりと率直に叱ったからだ。

「料理もそうですが、愛情はあくまで手間や工夫を凝らすための動機であり、原動力です。確固とした技術がまず第一。たとえ愛情があっても、毎度カチカチに固まったハンバーグを出されては、夫婦の愛情もいつか殺意に変わるでしょう。殺し合いです」

「殺し合いにはならないんじゃないでしょーか……」

桜子の言い分はもっともなのだが、幽は意外に思った。

「桜子さんは愛情が第一だと思っていました。カルラのことがありますし」

「ここでお嬢様の話をされる意味がわかりませんが……。そもそも私は技術を身につけてからお嬢様にお仕えしていますので、技術主義なのは当然です」

「あ、順序が逆だったんですね」

桜子は技術を得たあとで愛情を覚えた。逆なのだ。

それでいて素直に愛情を伝えないのは、カルラの反応を面白がっているのか。自由人の性格ゆえか。でも、好きでお仕えしているのだと幽にはわかった。

「何を勝手に納得しているんですか。でもそうですね、お断りするつもりでしたが、夏野様の困り顔が見たくなりました。……覚悟、なさってくださいね？」

「はい！　いっぱい覚悟します！　桜子師匠！」

「まったく、夏野様は幸せ者ですね。よい師匠に巡り合い、美味しいお茶を淹れる動機がお側にいる恵まれた環境です」

「俺もそう思います！」

「ええ――大切な人へ飲んでいただきたい、その気持ちは大事です」

澄ました表情でそう言って、嬉しそうに教えてくれる桜子。

桜子のそんな姿に幽は親愛を感じ、尊敬すべき人と思った。

——桜子から教わった知識は、一切無駄と思えなかった。

レジ袋のコーヒー豆を見ていると焦燥感が薄らぐ理由を、幽は懸命に考えた。

答えはでなかった。でも考えた。このままでは幽は無為に時間をすごすところだったが、興味の矛先を変える出来事が起きる。

幽の眼前を、老若男女の集団が横切ったのだ。

それ自体は珍しくはない、集会の可能性もある。奇妙なのは全員の歩き方だった。誘(さそ)われるように同じ方角へ歩いていた。

幽は興味をそそられ、列の最後尾に着いていく。

彼等の目的地へはすぐに辿(たど)りついた。

そこは、以前まではシャッター通(どお)りの寂れた商店街だった。

平日の昼間でも営業している店がわずかであり、買い物に不便。だから幽は一度立ち寄ったきり買い物することはなかった。

近年ではよくあるらしい、シャッター通りの商店街だったはずだ。

「繁盛してる……？」

店主と客の声が混ざる喧騒(けんそう)があった。

日光と風雨に長年晒(さら)されたアーケードは茶ばみ、店の看板はどこも錆(さ)びついて文字が掠(かす)れている。しかし、かつてモダンな色合いだったタイルは、今はごった返した人で見ることができない。閉じていたシャッターは開かれ、店先まで商品を並べていた。

乖異だと幽はすぐ悟る。

理由は明らかであった。

お爺ちゃんお婆ちゃん問わず、店主の頭に猫耳が生えている。

商店街を訪れた客に猫耳はない。商店街の住人にだけ猫耳が存在する。誰も彼も猫耳を指摘せず、最初から頭に生えていたように自然体でふるまっていた。

「田中さん！　久々じゃないですかあ、ちょっと寄ってくださいよ！」

魚屋さんの老店主が声をかけ、田中と呼ばれた老婆が吸いこまれるように店に足を運んだ。

老店主が名前を呼んだ時に違和感があったのを、幽は聞き逃さなかった。

「お久しぶりねえ。腰を痛めたって聞いたけど……大丈夫なの？」

「……ええ、ええ、すっかり治りまして！　元気があり余って店を再開したわけで！　田中さん、またご贔屓にしてくださいよ！」

「そうねえ……。ご贔屓に……通わせてもらうわね」

旧知の間柄なのか、二人で談笑をはじめた。

どの店も、店主と客で仲良さそうに話している。ご新規らしき客でも店主が「名前」を聞いてみれば、まるで長年の顔馴染みのようにやり取りを始めた。店主たちがやたら客の名前を知りたがり、知れば何度も呼びかける。幽にはそれが異物のように感じられた。

（でも、昔の商店街ってこんな雰囲気だったのかな。どこか……いつもの乖異と違う）

幽は理由を考え、すぐに答えを得る。

商店街の住人は幸せそうにしていた。

幽は周囲を観察し、商店街の活気に充てられたのか、所在なさげな若い女性へ話しかけた。

「すいません、この商店街ってこんなに流行っていましたっけ？」

一瞬、女性は死人のような冷たい表情で警戒したが、毒気のない幽に表情を崩す。

「うん？　あ、やっぱり変だよね」

「変っていうか……気になります。前はもっと寂れていましたし」

女性はお腹を押さえる妙なポーズで考えていた。

「そうよねー。私もママ友に聞いて、商店街に来たけど……驚いちゃった。なんだかね、理由もなく急に流行ったみたい。物も安いし、今度からこっちで買い物しようかなー」

こっち、とは大型ショッピングモールと比較しての発言か。

突然の流行に関しては他の人も異変と感じているらしい。猫耳と店主が名前を呼んだときに関する違和感だけが、幽にだけ認識されていた。

幽はレジ袋を抱え、大急ぎで左右心理オフィスへ帰った。

「うん、乖異だね。しかし『猫』に『名前』か……」

流は事務机でううんと唸りながら、特撮変身玩具のギミックを動かす。騒々しい電子音が響く中で、流は真剣な顔で熟考していた。

しばらくして、流は片手で顔を隠す。

「ああ、嫌だ嫌――」

「俺、今すぐ調査に行きます」

幽は流の台詞をキャンセルした。

流のいつもの弱音を聞きたくないわけじゃない、素で早く調査に行きたかった。

「待って待って、調査へ行くには、今から考えるってことですか？」

「祓いに行くか行かないか、今から考えるってことですか？」

「違うよ。それが乖異であるなら、僕は依頼者の有無に関係なく祓いに行く」

「……わかってます。俺、流さんのそんな面を尊敬してますし、信頼してます」

幽の返しに、流は困ったような、泣きたそうな複雑な表情になる。

流は特撮変身玩具を机に置いて、深く息を吐く。

「……僕が本物の怪異らしき真祖の吸血鬼に……弱腰になってると普通は疑うよね。なんせ真祖は月を消した。そんな存在が、事件に関わっていると考えるだけで怖くて夜も眠れない。

本物なら会いたいと焦る幽君の気持ちもわかるんだけどね」

幽は首を横にふる。

「流さん、違います。俺が焦っているのは、まもりさんの件があったからです。前は真祖には会いたいと思っていました。……けど、今は違います。真祖の悪意を知った今、誰かに危害が及ぶ前に、俺は乖異へ関わりに行きます」

幽の本音だった。他にも理由はあるのだが、そちらはうまく言語化できていないので打ち明けなかった。

「そっか……そうだよねえ。それが幽君だ」

髪をゆるく搔く流が視線を余所に移すと、微苦笑した。

「……それで、椿姫君はどこへ行くつもりかな?」

「ちゃんと玄関から出るつもり。問題ない」

玄関扉に、竹刀袋を携えた椿姫がいた。

「椿姫！　一緒に来てくれるの……？　ありがとう！」

「勘違いするな。わたしはわたしの責務を果たすだけ」

椿姫は着いて来いといった様子で、玄関扉で待っている。

幽は流に頭を下げて、椿姫に追従した。

「すいません！　俺、行ってきます！　絶対に無茶しないんで！」

流が制止する前に、幽と椿姫は一緒に商店街へ駆けて行った。

夕刻前なのもあり、商店街はさらに繁盛していた。

店主と客で遠慮なしに言いあい、喧々囂々と楽しく商い中。乖異の影とは無縁のようだが、乖異は頭に猫耳となって顕現していた。

「…………ん」

椿姫が人混みに疲れた目をした。

幽ははぐれないように椿姫と手を繋ぎ（かすかな抵抗はあったが）、商店街を一度突っ切ってみる。小さな商店街のようで百メートル程で反対側の出入り口に着いた。

「普通の商店街だよね。椿姫は他に違和感に気づかなかった？」

「わたしに違和感がわかるわけがない」

何度観察しても猫耳以外に目立つものはない。猫耳は異様に目立つが。

幽は困った。やっぱりちゃんと流と話して、調査の方針を固めるべきだった。せめて有用な情報を得てからオフィスへ戻ろうと思い、幽は考える。

悩み抜いた末、幽は名案を思いつく。

「よし！　直接聞いて回ろう！　とてもシンプルで具体的だ！」

「……幽。それはとてもわかりやすい案」

椿姫は、それは名案といった様子で頷いた。

椿姫は脳筋思考である。幽は幽で比較的思考は柔らかいが、真正直な性根である。それゆえに、二人の意見が合うと障害にぶつかるまで邁進する猪コンビと化す。それは、とてもよくない傾向であった。よくないのだが、それを止められる誰かはここにいなかった。

幽たちはさっそく肉屋さんへ向かう。

ショーケースに飾られた手作り値段プレートが、幽には新鮮だった。

「いらっしゃい、初顔だね。この商店街を気に入ってくれると嬉しいよ」

深い皺が刻まれたお爺さんは微笑む。

何を買うのか聞いてきたが、幽は申し訳ないけど買い物客じゃないと丁寧に断る。その上で商店街の現状を含めて、正直に尋ねた。

「うーん、妙なことはなかったかと言われてもねえ」

「お客さんの入りように心当たりとかありませんか？　急に繁盛していて……失礼ですけど、俺すごく驚きました」

「商売繁盛の理由か……お恥ずかしながら私もわからないんだ。本当に急になんだ。店はずいぶん前に閉めていたんだが……客が誘われるように来てね。いいことだが、気味は悪くはあるよねえ」

お爺さんは頭の猫耳を触りながら言った。

本人も心当たりがなく、意識していない乖異。それなら乖異の発症者、大本が別にいるのかと幽は考えた。

「……あれ？　店を閉めていたのに客が来たんですか？」

幽の素朴な疑問。

商いしていない店へお客が訪れるだろうか。

「ああ、それは店を開けるようにって――」

「吸血鬼はいなかった？」

幽たちの問答に焦れたか、椿姫が会話に割って入った。

お爺さんの眉間の皺が濃くなる、悪戯じゃないかと疑うような眼差しだった。幽たちの背後にお客が並んだのもあり、邪魔するわけにはいかないと幽は肉屋さんを離れた。

それから、他の店も回ったが似たような反応だった。

本人たちが自覚していないのなら調査しようがない。幽が困っていると、

「みんなお年寄り」

椿姫の一言で幽は改めて商店街を見渡した。

「みんな？　あ、そういえば店の人は全員お年寄りだね」

店に若い人がいない。これだけ繁盛しているのなら頭の猫耳より猫の手が欲しい状況だろう

に、働き手の若い人がいないのは妙だ。

　幽は唸った。

「……流さんなら、この情報でなにかわかるかな？　一度戻ろっか椿姫」

「――お前ら、なにを探ってやがる」

　ふいに声かけられ、幽はふりかえる。

　椿姫と同世代ぐらいの女の子が仁王立ちでいた。

長い金髪に、攻撃的な目つきで幽を睨んでいる。小柄な椿姫よりも少し背が低く、上下一式ジャージ姿。幼さは残るが綺麗な顔立ちで、将来美人になりそうな気配がある。その金髪少女は、胸に三毛猫を抱えていた。

　三毛猫は金髪少女の胸に抱かれながら欠伸する。

「探ってるんじゃないよ、調査だね！」

「なにがちげーんだ。もしかして、あそこの回し者か？　しかしアホそーな面だなオイ」

　金髪少女は敵意を一切隠そうとしない。

清々しいほどのあけっぴろげな嫌悪感。だからか幽は逆に気にならなかった。椿姫と初めて出会った時のほうがもっと酷かったのもある。

　それに幽は、三毛猫に興味を惹かれていた。

「可愛い猫だね。名前はなんて言うの？」

「はあ？　お前さ、人の話を聞かねぇ奴って言われねぇ？」

「え!?　この三毛猫、ひょっとしてオス!?　わー、撫でていいよね」

「いいよねってなんだ。殺すぞボケ。……つかさ、店の前でボーッとしてんじゃねーぞ。商売の邪魔」

口の悪い金髪少女を、幽はもう信用していた。

だって猫好きの人だから。だって猫好きに悪い人はいないから。曖昧模糊の根拠である。しかし、幽にとっては確たる理由だ。猫好きは寂しがりの傾向もあり、幽はそこへ勝手に共感もした。

「ごめん……俺、邪魔だよね。じゃあ場所を変えて話そっか」

「なんでオレがお前と話さなきゃなんねーんだ。ぶん殴るぞ」

「俺、ちょっと調査もしているんだ。商店街の人だよね？　ちょうど商店街の若い人を探していたし、猫も触りたいし、これは一緒に話す必要があるね！」

幽は実に無害そうに微笑む。

金髪少女的に「こいつはロクでもない奴」と感じたのか、瞳に警戒の色が混ざる。椿姫も椿姫で幽をロクでもない奴を見る目で監視していた。

「あー、調査な。へへっ……いいぜ、オレに着いてこいよ」

金髪少女は悪戯めいた笑みを浮かべ、顎で指示した。

幽は人懐っこそうな猫に触れて尚且つ調査できるならと、椿姫も大人しい猫に触りたそうにし、二人は金髪少女にあっさり従った。お猫様は強かった。

商店街の路地裏。民家と民家の隙間まで連れてこられた。

幽がかつて住んでいた路地裏とは違い、青いポリバケツや観葉植物が置かれ、生活感がある。勝手口もあるので裏通りらしい。

「お前らさ。調査調査って、なにを調べに来たわけ？」

金髪少女がぶっきらぼうに尋ねた。

「この商店街が急に繁盛した理由だよ。理由がないらしいけど……そんな訳ない。だから俺たちが調査に来たんだ。なにか知らない？」

「知らねーな。っつかなに、暇なのお前ら？　自由研究でもするわけ？」

「よかった。知ってるんだ」

にこやかな幽とは対照的に金髪少女は顔を歪め、その反応で確信した。

ほぼほぼ勘だが、幽は言うだけ言ってみた。見当違いなら謝る気でいたが、こういう時に作為のない天然スマイルで事を成すのが幽の怖い面である。

「知らねーっつたろ！　アホか、馬鹿か、間抜けかお前」

「ねえ……吸血鬼を知らない？」

椿姫が金髪少女との距離を詰めた。

間違いなく乖異と関係ある敵愾心溢れる少女だけに、椿姫が無礼討ちしないか幽は肝を冷やしたが、その気はないらしい。相手が子供だからか、猫を抱えているからか。いや、無暗やたらに斬る子じゃないとわかっているが、と幽は少し自信がなかった。

「知らね……いや、知ってるな。そーか、お前ら吸血鬼の関係者か」

（……真祖の吸血鬼。やっぱり絡んでいた）

真祖の企みが図れず、幽は金髪少女と商店街のことが心配になる。

「なあ……お互いに自己紹介といこうじゃねーか」

金髪少女は挑発的な目つきで言った。

「オレは……鏑矢の鏑に、木と書いて鏑木。鏑木沙耶。っつってもわかりにくい漢字だよな。お前らの名前は？　わかりやすいのか？」

「俺は夏の野原の幽霊って書いて、夏野幽。怪異っぽい名前だよね！　椿姫は、神に座ると書き、花の椿に姫と書いて、神座椿姫！　可愛くてかっこいい名前だよね！　俺、椿姫の名前大好きなんだ！」

幽の真正直さに、逆に照れたりする者が多いが、沙耶の反応は違った。

「そーかそーか。いや、わかりやすい奴で助かるぜ」

沙耶は「こいつ馬鹿じゃねーの」といった見下す目つきで嘲笑し、三毛猫の頭を撫でながら三毛猫へ話しかける。

「……だとよ？　爺ちゃん、ドギツイのを一発頼むぜ」

三毛猫は欠伸(あくび)したあと、

「任せなさい」

と、しゃがれた老人の声で喋(しゃべ)り、《にゃあ》と大きく鳴いた。

◆

幽たちは、吾輩は猫だと思うようになった。猫の名前は多分ない。

最後の幻想として、幽はどこで生まれたかとんと見当がつかぬ。薄暗いじめじめした路地裏でにゃあにゃあと泣く猫と一緒に生活したのは記憶している。

——割愛。

それから色々あった気はするが、今は猫である。なぜなら幽の頭に猫耳がぴょこんと生えていた。さような事実があり、幽は猫である。

仲間の猫もいた。椿姫という。

同じように頭に猫耳をぴよこんと生やし、澄んだ在り様の気高き野良の猫である。幽はこの猫をどの猫よりも大事に扱った。

「にゃー！」

「……うー」

幽は元気よく鳴くが、椿姫は低い声で必ず返す。

嫌われていると幽は思うたが、椿姫はつかず離れずで着いてくる。椿姫の守りたい距離があるのならば尊重したいと幽は思うた。

空が赤みを帯びた頃、猫の集会とやらに初めて猫の額を出す。

商店街から少し遠のいた駐車場。そこで種類の違う猫がたくさん集うていた。幽や椿姫が近づくと猫たちは警戒声で鳴いた。多分、幽たちが大きいからである。

「……にゃー。……にゃー」

しかし幽が寂しそうに鳴けば猫たちは警戒を解いた。

頭に猫耳が生えているのなら猫と思うたのかもしれぬ。人のように大きな幽を見て、使える新入りと考えたのかもしれぬ。

彼らに認められた幽たちは、もはや猫だった。

猫ゆえに、二人は見知らぬ民家の縁側で丸まった。

そうして二人は夕陽をたくさん浴びていた。

「まあまあ、大きな猫さんだこと」

襖の奥から優しそうな老婆が現れる。

人のように大きな猫なのだが、老婆は慌てない。長い長い人生という経験が、老婆の土台に築かれていたのだ。大木のような老婆の人柄を知り、椿姫は膝でゴロゴロと甘えた。

「甘えん坊の猫さんねー、どこから来たのかしら」

幽は羨ましくなり一緒に甘えようとしたが、

「……うー」

椿姫に睨まれたので大人しくした。

「はいはい、喧嘩しないの。みんな仲良くよー」


「……ええっ⁉　何してるわけ幽君たち⁉　何プレイだよ⁉」


どこかで見覚えのある男が現れた。

胡散臭そうな男は老婆へ平謝りする。

老婆から簡単な事情を聞いて、「やっぱり性質の悪い乖異だったか。嫌だな。怖いな。呪われたくないいな」と弱音を吐いた。

男は許しを得てから縁側に上がり、幽の手をとる。椿姫は男を警戒したように唸った。

「さて、通用するかな……と」

男は左手の先を見つめ、不思議な言葉を七回唱えた。唱えたあと「三鬼の文字は……どう書いたっけ……」といい加減なことを言いながら、幽の右手に指で文字を書き、強く息を吹きかける。

幽の小指がピクピクと動いた。

「お兄さん、祈禱師なのね」

「厳密には祈禱師じゃないのですが……見習い、紛い物、どれも違うかなあ。お婆さんよくわかりましたね」

「うちのお婆さん世代だけど、この土地は色々あったから……。猫か、狐の憑き物かい？」

「野狐の類いじゃないですね。小指が反応したので呪詛です」

「……そうなのだろうねえ。なら商店街の繁盛もよくないのだろうねえ……沙耶ちゃん、あんなに嬉しそうなのに……」

老婆の悲しそうな瞳に、幽も悲しくなった。

「お婆さんのお婆さんね……明治か大正かな。なら、僕が知っている術でも効くだろう。すいません、重ね重ね申し訳ないのですが、和紙と硯と墨と筆あります？　お貸しいただけると助かるのですが……」

「はいはい、お爺さんの習字用具がありましたね。ちょっと待っててくださいね」

優しい老婆のご厚意に、男は深々と頭を下げた。

老婆が持ってきた習字用具を借りて、男は丁寧に墨をする。と並行して、和紙で器用に人形を作って、二つの人形に「鬼」と止めを大きくはねた文字を書いた。そして、はねた文字の空間へそれぞれ「夏野幽」「神座椿姫」と達筆に、誰かの名前も書く。

「お兄さん器用ねえ」

「他に覚えることがなくて、一時期こればっかり学んでいましてね。……今の両親にはよい顔されませんでしたけど。いやあ、僕は期待を裏切ってばかりだなあ」

男は人形を両手に持つと、幽と椿姫の鼻先で揺らめかせた。

ゆうらゆうらと、人形と誰かの名前が揺れる。蝶々のように揺らぐ人形を、猫の好奇心で幽たちはじっと見つめ――

パァンと乾いた音が鳴った。

男が――流が、人形を離すと同時に柏手を打ったのだ。

人形に書かれた名前「夏野幽」が、虚を突かれたようにスルリと意識へ滑りこみ、そこでようやっと幽は自分の名前を思い出した。

「な、流さん……あれ、俺……猫じゃない？」

「君の名前は？」

「夏野幽、です」

「よろしい。はい、君の名前は？」

と流は椿姫にも問いかけ、椿姫は「……神座椿姫」と失態を恥じるように告げた。

二人は正気に戻った。……が、頭の猫耳はそのままだった。

幽が頭の猫耳を引っぱっていると、流は困った顔で告げる。

「やれやれ、僕は信用がないね」

幽は恥と申し訳なさで顔が赤くなった。

流に迷惑かけたばかりじゃなく、流を信じるといった言葉が嘘になった。

「……ごめんなさい」

「僕に責任があるから、謝る必要はないさ。けど、怪異である君がかけられるぐらいだ。よほど強烈な呪詛のようだね。幽君に何度連絡しても反応がないから……驚いた。『猫』と『名前』と聞いたが、予感的中のようで怖いよ。ああ嫌だ嫌だ。動物が関わる呪いは本当に嫌だ」

流は今度こそ言いきり、片手で顔を隠した。

老婆は「まああ、これは懐かしいものが見られました。お礼に皆様へお茶を淹れましょうね」と、世話を焼きに襖の奥へ消えた。

「あの、流さん、さっきの術」

「自分の名前を意識させる術だね。君にも効いてよかったよ」

「俺の名前、仮名です。流さんが僕に与えた名前です」

偽りの名前で効果があった理由を知りたかった。

なんともない質問だと思ったのに、流はなぜか辛そうに笑う。

「……無意識領域でも『夏野幽』が自分の名前だと思えるぐらいに、名前が存在に定着したんだね。夏野幽は仮名じゃない、君の本当の名前だよ」

「夏野幽が、俺の……本当の名前」

　幽は胸の内が熱くなるも、すぐに物寂しさで上書きされた。誰にも悟られないように、幽は笑顔を固定させる。無自覚の行動だった。

「……流さん！　俺、転んでもただでは起きないタイプないんで！　しっかり情報を集めました！」

　幽は一連の出来事を元気よく話していく。

　幽が話し終えるのを、流は黙って聞いた。

「僕の所感じゃ、その子と幽君の相性は悪そうだね」

「怪異(おれ)と呪詛って相性悪いんですか？」

「いや、単純に性格の問題だよ。ひねくれてねじくれた性格のようだ。これは骨が折れそうだな。ああ嫌だ嫌だ。ひねくれた少女の相手をするのは本当に大変だ」

「ひねくれて……そうです？」

「うん、幽君がそんな感じだし、相性悪いなって」

　いつもは解医(かいい)の確信が持てるまで表に現れない流だが、今回は最初から一緒に行動するようで、いつになく弱気の表情だった。

「情報が集まる前に会いたくはなかったけど……仕方ない。これは僕の領分のようだ。お婆さんにお礼をちゃんとしてから、解医へ向けて行動しようか」

ちょうど老婆がお茶を淹れて戻ってくる。

幽はめいっぱい感謝を述べながら老婆と和やかに雑談し、椿姫は「にゃあ」と鳴いて老婆に寄りそっていた。

なんだか微妙に、椿姫が猫の意識のままのように幽は思えた。


流は決めると行動が早い。

石橋を叩いて渡る性格……というよりは石橋の上をカタパルトで射出されたように通過するために、情報収集や根回し等の下準備をしっかりする性格なのだろう。弱音は多いが、弱気になっているわけではないと幽は思う。

だから流のとった行動はごくごく自然なものだった。

老婆へのお礼をすませ、夕日が沈みかけている頃。

商店街にある「鏑木食堂」に、三人は客として居座った。

年季が入った食堂のようで、光沢があったろう椅子は色褪せ、壁に貼られた手書きのお品書きは、日に焼けたのか一部文字が掠れている。家庭料理が主で凝ったものはなく、シャッター通りだった時も食堂は開いていたので、商店街の住人がよく利用するのかもと幽は思った。

鏑木の看板があるので、間違いなく沙耶の実家。

「すいませーん、生姜焼き定食一つー。うーん、枝豆付きビールセットは……我慢かなあ。我慢かあ。我慢だよね……」

流はそこで注文をした。食堂だからだ。

隣接した調理場から、元気なお婆さんが「はぁい！」と返事した。

なにせ、店員が注文を取ってくれない。お婆さんが返事するしかないのだ。

「俺も生姜焼き定食で！　大盛り！　椿姫はなんにする？」

「わたしも同じので。それと冷や奴が食べたい」

注文を取ってくれない店員こと沙耶は、顔を真っ赤にして突っ立っていた。

羞恥か怒りか、幽は判断に迷う。

「よく平然と来られるなお前ら……しかも一人追加かよ。クソが」

純然たる怒りだった。

「はいはい、もう一人追加された僕ですよ。君が憤るのもわかるよ？　外でつっぱったところで家では人の子だ。家族の前で意地を張り続けるのは気恥ずかしいよね」

「生姜焼き定食、楽しみだなあ。ねえ、ご飯はおかわり自由なの？」

「……さっきの三毛猫は？」

沙耶の額に血管が浮いた。入店前に流から「二人共いつもの調子でよろしく」と言われていたが、煽る結果になったらしい。煽ったつもりがない幽は解せなかった。

「ぶっ殺すぞっ！」

沙耶がテーブルへ叩きつけるようにお冷やを置いた。

「沙耶ちゃん！　お客さんに喧嘩を売らないのっ！」

お婆さんに一喝され、沙耶は店の隅っこへどすりと座る。死ぬほど機嫌が悪そうに、幽たちを睨んできた。

「すまないね、沙耶ちゃん。なんせ僕たちは客だから」

「……オッケー。おっさん、お前も敵な」

沙耶は舌打ちした。

流は基本的に相手を「君」で呼ぶ。「ちゃん」はわざとだ。煽るのはよくないと幽は思うが、相手の調子を崩すのは流の術でもあるので見守った。そんな幽自身もナチュラル煽り体質だったりするが、それは一旦置くとする。

沙耶が発症者かはまだわからない。

発症者へ乖異の仕組みを教え、「不可思議な現象は地続きの現実である」と意識させて解医が果たされることもあるが、逆にこじれて悪化する場合もある。

最たる例は「話を聞かない者」「猜疑心が強い者」の二者。

沙耶はどちらにも当てはまるだろう。だから流は、まずは沙耶の反応を観察すると幽たちに伝えていた。

『ありのままを伝えて信じる人なんて滅多にいないいんだけどね。幽君みたいな存在は本当に貴重だよ。まずは相手と信頼を築こうとするんだもの。呪術も詐欺も解医も根っこは似たようなものでね、タイミングと信頼が大事』

とも言った。

ただ、流が沙耶と信頼関係を築こうとしているようには、幽は思えなかった。

「ほらよ、生姜焼き定食だ。さっさと食べて、くたばりやがれ」

「やあ、美味(おい)しそうな生姜焼き定食だ。沙耶ちゃんも作ったりするのかな？」

この調子である。

配膳しにきた沙耶はバレないように流の足を蹴飛ばし、また隅っこの席に座った。

「沙耶ちゃんはお料理が上手なの！　商店街の顔見知りにしかお出ししていませんが、これまた好評で！　孫可愛(かわい)さもあるかもしれませんけどー」

調理場の元気なお婆さんは沙耶の祖母らしい。

「それは食べてみたいなあ。しかし美味しい生姜焼きですね。ほどよい甘みと辛さで値段も手ごろでボリューミー。これから毎日通(かよ)おうかなあ」

沙耶が汚物でも見るような目で流を睨んだ。

「あら嬉(うれ)しい！　けど……もうすぐこの店、畳もうと考えてるんですよー」

流は箸を止めた。

「どうして？　今は商店街も繁盛していますし、客も多いでしょう？」

沙耶のお婆さんは困ったように笑った。

「以前から……商店街の土地一帯に、不動産売買の話がきていていまして」

「今どき？　それはまた景気のいい話ですね」

「ここだけの話ですよ？　ここら一帯、大昔に事件があった曰くつきの土地でね？　高騰することなく放置されていたんですが……海外資本が参入したとかで」

「……ああ、海外からすれば土地の因縁なんて気にしないか」

流は寂しそうに言った。

よくある話なのだろうか。その過程で絶えた怪異があるのかもしれない。記録にも記憶にも残らなくなった怪異を幽は静かに偲んだ。

「都心も近いし、放っておくには勿体ない土地でしょうね」

「ええ、それで私たちもちょうどいいかなって」

隅っこにいた沙耶が勢いよく立ちあがる。

「オレは納得してねぇっ！」

流がひねくれ者と称した沙耶。

酷い目に遭わされたが、幽は沙耶を憎いと思えなかった理由がわかった。沙耶の怒りは混じりけのない純粋なもので、耳を傾けたくなる叫びだったからだ。

「……孫はとても優しい子なんです。私たちを気遣ってくれて、みんなへ商売を再開するように薦めたのも沙耶ちゃんです」

孫自慢するお婆さんの目は優しかった。

「そうらしいですね」

流は見透かすように沙耶と目を合わせる。

それが神経を逆撫でしたか、沙耶は顔を赤くさせた。いくらか気恥ずかしさもあるのではと幽は思った。

「……だいたい、おっさん、てめぇはどこの誰様だ。したり顔でしゃしゃんなよ」

威嚇する沙耶へ、流は名刺を渡した。

「表はカウンセラー……裏では祓い屋をしている左右流だ。左に右と書き、なんでも流れると書いて左右流だよ。何事にも捉われない、自由を感じる名前と思わない？　思うよね。僕は思うなあ。優美な名前だよね？」

「へー。ほー。無責任で駄目人間臭のする名前だな」

沙耶は名刺をナイフのようにチラつかせた。

「盛った雄猫にしてやる。正気に戻った時は……おっさん留置所かもなぁ？」

どこからともなく《にゃあ》と、猫の鳴き声が聞こえた。

沙耶は歪んだ笑みを浮かべていたが、すぐに素面になる。

「……あ?」

流は黙々と定食を食べていた。

また《にゃあ》と鳴き声が、追加で《にゃあ》と二度鳴くが、流は流のままだ。

「……僕の名前を見聞して『なんでも流れそうだ』って、少しでも意識したようだね。なら僥倖。この呪詛は、僕にはもう通用しない」

流は隠したが、左右流は本名ではない。

左右流は屋号であり、呪い避けの名でもあるらしい。本名に関して流は口を閉ざし、幽たちにも絶対に教えてくれなかった。

「沙耶ちゃん! 猫をお店にあげたらダメって言ったでしょ!」

「沙耶ちゃん、お婆さんもこう言ってる。飲食店に猫は厳禁だよ?」

見てわかるぐらい、流への怒りで沙耶の肩が震えた。

涼しい顔でわざとらしく食事する流に、沙耶は舌打ちする。

「……へっ、いいぜ? お前とは徹底的にやってやる」

「それは都合がいいね。一方的に商店街の現状を終わらせても……ほらさ、その、良心の呵責がね? とても耐えられそうになかったよ」

「はっ! おっさん、やっぱ不動産業者の回しもんかよ」

「まさか。ひねくれた子供を諫める、立派なおじ様だよ」

怒りが臨界点を超えたか、沙耶は真顔になった。幽はこの表情に見覚えがある。自分へ殺意を向けた時の、椿姫の無表情がコレに似ている。

ともあれ流の狙い通り、流と沙耶の対立構造が生まれた。

流の煽りも、呪詛に対処しにくい幽と椿姫へ矛先を向けさせない意図があった。どこまで本気か冗談かわからない流は、ビールセットを頼むか悩んでいる。

「ビール。仕事。ビール。仕事。ビール。仕事。大丈夫、僕は意思の強い男、左右流。最近も完全受注生産の変身ベルトを我慢できたじゃないか。幽君の制止のおかげで」

「ご飯のおかわりお願いします！」「抹茶アイスない？」

「……っつーかさ。オレの敵ならさっさと店を出ていけよ、お前ら」

沙耶はそう言うが、食べ終わるまでは店を追い出しはしなかった。

幽は沙耶のよい点を一つ見つけた。


流は本格的に祓いを始めると、幽たちへ言った。

しかし流は沙耶へ特に何かするわけでもなし、まずは姓名判断の易者として商店街に居ついた。易者の道具はドンキで揃えたとか。

繁盛記念セールで、鑑定料金は無料。

無料より高い物はない。商売人の土地だけあって警戒され、流の胡散臭い雰囲気から当初は誰も寄りつかなかったが。しかし、腕は確かなようですぐに客がついた。流は健康を占い、具体的な解決・対策案も教えてくれるので、老人ばかりの商店街でウケた。

住人の悩みも聞いてあげているらしい。

「……僕さ、カウンセラーとして優秀だと思うんだけどなあ。本業も流行って然るべきと思わない？　思うよね？　おかしいよね？」

代わりに流が抱えた悩みを、幽が聞いてあげたりした。

そうやって住人と親睦を深める流であったが、そのことが沙耶の逆鱗に触れる。

「おっさん！　ブサイクな面を晒してなにを勝手に商売してやがる！　あんま舐めた真似してんじゃねーぞ？　商いの邪魔だ邪魔！」

「鏑木食堂へ通って、商店街にお金を落としているよ。僕は大人だからね、ちゃんと経済を回している。沙耶ちゃんのお婆さんも喜んでいるし、悪いことないよねえ？」

「……汚ねぇ真似しやがる」

身内に取り入るような真似をされ、沙耶の怒りが増した。

そして怒れる沙耶のストーキングにより、左右心理オフィスの住所がバレる。商店街と距離的にそこまで離れていないのが特にマズかった。

結果、猫被害が発生する。

まず、雑居ビル周辺に猫が集うようになった。付近の者は「誰かがこっそり餌づけしているのでは？」と噂し、集まった猫は流へ異様に懐いてみせる。これにはビルのオーナーが酷くお怒りになり、流は土下座で弁解した。

さらには、猫に監視されるようになった。

買い物帰り、幽は猫に晩御飯を略奪された。夜中に猫がいっせいに鳴き、猫の合唱で安眠妨害。酔って帰宅した流の顔面に、ひっかき傷があったりした。

沙耶が猫を使役し、嫌がらせしているのは明白。

呪詛が効かない代わりの、子供らしからぬ、子供らしい嫌がらせ。

「いや、ほんと、ひねくれた子供だよ。痛ててて……」

流は幽に治療されながら愚痴を吐いたりした。

こうして、流と沙耶の争いは激化する。

「おっさん、お前も懲りない奴だな。ま、根性は気に入った。褒めてやる。よかったな、おっさんの華のない人生に少しは彩りがついたんじゃねーか？　ほら、舞いあがって車道に飛び出て、さっさとあの世に逝ってくれ」

「美人に褒められたらそーなるけどねえ……貧相な子供相手じゃねえ」

「はっはっは。死ねやっ！」

争いは熾烈を極めるが、血で血を争うようなものにはならなかった。いや、流のみ流血しているが、殺伐とした怪異祓いとは無縁なもの。

これが、市井に溶けこんだ左右の祓いなのだと幽は知る。

一方で、幽は図書館に足しげく通った。

幽は流に頼まれて、商店街の土地に纏わる怪異譚を調べていた。幽が商店街に行っても呪詛の的にされるだけなので、流の仕事を受けもつ形になった。ミミズがのたうち回ったような古い文献の文字を、頭痛に耐えながら睨めっこする。

解読できた文字に「神座」があり、幽はさすがと思った。

また、化け猫の怪異譚が記された文献に「左右」の文字があった。あの土地で大昔に似たような事件が起き、その際も左右家が解決したのではと幽は推測する。

流の仕事を体験できて、幽は楽しかった。

そして椿姫は……椿姫はといえば。

微妙に呪詛が解けきってないのか、たまに猫仕草をする。頭の猫耳で聞き耳を立てたり、顔を洗ったり、なにもない空間をじっと見つめることが増えた。

極めつけは幽が朝起きた時、自分の寝床に椿姫が潜りこんでいたことだ。

「のうわぁ!?」

さすがに幽も驚いた。

心許したように熟睡する椿姫に見惚（みと）れ、驚きすぎたせいか心臓が異様に高鳴るが、幽に一切の自覚はない。

椿姫の猫化現象を流へ相談した。

「けど椿姫君、普通に受け答えするよね……？　ううん……？」

「俺たちの猫耳は取れていないですし……なにか影響あるとか？」

「頭に猫耳が生えてる商店街の人に、猫化の素振りはないよ。幽君もそうだよね？　うーん、性格の問題かな……。幽君も椿姫君も素直な性格だけど……幽君に兆候はない。気に入ったのかなあ、猫化」

「え？　気に入った……の？」

椿姫は表情を変えずに、「にゃあ」と答えた。

（神座当代のプレッシャーは半端ないのかも）

（いいじゃない猫逃避）

そんな結論で結び、幽たちは椿姫の自由にさせた。今日も椿姫はお世話になった老婆の家で日向（ひなた）ぼっこ。猫の集会へ顔を出し、気ままな猫のその日暮らしだ。

そんな慌ただしい日々（一部除く）をしばし送っていた。

暑い日の光を浴びながら、その日も幽は商店街へ通った。

商店街は連日賑わいを見せるので、客足が一旦落ち着く夕方前に、図書館帰りにお買い物をするのが日課になった。買い物客として通うなら沙耶も追い返したりはせず、猫に商品を略奪させたりもしない。幽も猫に略奪されたくないので、商店街に通っている。

商売自体は真っ当なのでそこに不満はないのだけど、と幽は悩む。

(乖異を祓う立場の俺が、お客として買い物してよいのかな)

そういうところで悩むのが幽だった。

商店街へ向かう前に、椿姫の様子を見に行く。今頃は日陰になった駐車場で、猫と一緒に涼んでいるのかと思ってみれば、

「あ。沙耶ちゃん！」

猫が集まる駐車場で、沙耶が猫の頬を撫でていた。

椿姫はいない。老婆のところかもしれない。

「ちゃん付けするんじゃねぇーよ。オレはお前の友達でもねーし、家族でもねーし、っつか敵だろう。気軽に話しかけるんじゃねーっての」

「沙耶ちゃん、猫にすごく懐かれているね。普段からお世話してるの？」

リラックスした猫を前に、声を荒らげない沙耶と幽は話したくなった。

沙耶は露骨に嫌そうにする。

「お前さぁ……ほんとさぁ……」

「大丈夫、今日も買い物客だから。商売の邪魔とかしてないよ」

　幽が座ると猫が寄ってきたので、頭のてっぺんを撫でてあげる。

　頭に猫耳が生えて以来、野良に懐かれやすくなったのは利点であり、欠点は髪の毛が洗いにくいのと受話口を当てる耳を迷うことである。

「チッ……仲間扱いされてるよーだな」

「ここの猫は人馴れしてるね。都会では結構珍しくない？」

「あ？　まー、爺さんたちが世話してっからな。昔から猫に甘い土地らしいぜ。それに、ちゃんと躾てるし、この駐車場も身内の土地だ。別に余所様に迷惑はかけてねーよ」

　沙耶は猫の喉を撫で、表情を和らげた。

　猫と戯れたからか。商店街の話をしたからか。両方だと幽は思った。

「猫もそうだけど、沙耶ちゃんは商店街の人たちが大切なんだね」

「オレの家族だからかな」

　沙耶は言いきった。

　血の繋がりがなくても赤の他人を家族と呼ぶことがある。それぐらい幽も知っている。けれど、まるで本当の家族だと言いきった沙耶へあえて尋ねた。

「沙耶ちゃんと……血の繋がりはないよね？」

「だからよ、ちゃん付けで……はあ、もういいや。お前はあのおっさんと違った意味でめんどそーだし。血の繋がりはなくても家族は家族。わかんねーの？」

「……うん。よくわからない」

家族の知識はある。人の営みだとわかる。

友達とは違うのだと思うが、幽は今一つ理解できなかった。

「んだよ、家族いねーのかよ」

「それに近いかな。昔は、当たり前のようにいたっぽいんだけどね」

「おい、勘弁してくれよ。オレは敵の暗い話なんて聞きたかねーよ」

沙耶は追い払うように手をふった。

それでも穏やかでいた幽に、疲れた顔を見せる。

「はあ……あー、あれだ。仲間。仲間だ。家族はわかんなくても仲間ならわかるだろ？」

「仲間……？」

怪異はこの世からすでに絶えている。

最後の幻想である幽に同種の仲間がいるわけがない。その事実は幽の存在に強く刻まれているが、「仲間」と言われて幽はなぜか得心できた。

「沙耶ちゃんにとって家族……仲間ってなに？」

「あ？　んなもん決まってるだろーが。お互いに隠し事なく、信頼し合える奴だ。そんで相手が困っていれば助けて、苦労を一緒に分かち合う。お前、そんな奴もいねーの？　寂しい奴。おっさんや人形みてーな姉ちゃんはちげーのかよ」

「流さんも椿姫も俺の大切な人だよ」

けれど、一切隠し事がないかと言われたら、それは嘘だった。

「はっ、あのおっさんは胡散臭そうだしな。仲間と呼ぶには躊躇うってか？」

「そんなことないよ！　……たしかに流さんは本音のわからないところがある。それに本気か冗談か悩む喋り方もするし、なにを考えているか教えてくれない時もあるけれど……信頼できる人だよ！」

「それ、信頼していい人間じゃねーだろ」

傍から見ればそうなのかもだが、幽は信頼できると思えた。

理屈、というより日々の積み重ねからそう感じていた。

「沙耶ちゃんも流さんと話してみるとわかるよ」

「お前はアホか？　ああ、アホだったな。敵同士で意味のねー話をするドアホウだ」

「意味はあるよ。俺は沙耶ちゃんと話せて、商店街を大事にしてるって知れたよ」

幽は微笑んだ。

「それが敵同士で意味ねーっつってんだアホ。祓いがなにかは知らねーが、オレと敵対してどーにかするつもりなんだろーが」

「敵対って言っても、お互いを理解し合おうとしちゃいけない理由にならないし」

「お前は人がいいな……ああ、そうだな。うん、ほんとお前は人がよさそうだ」

沙耶は納得したように両腕を組んで何度も頷いた。

沙耶の嗜虐的な笑みを、幽は疑問に思ったのだが、猫が寄り添ってきたので撫でているうちに綺麗さっぱり忘れてしまった。

次の日。

図書館にいた幽は化け猫怪異譚の悲惨な結末まで文献解読を終える。隣人同士が妬み合い、血で血を洗う悲惨な結末に幽は顔を曇らせ、もう十分かと調べ物を打ち切ることにした。

図書館のガラス扉を開けると、強い日差しが幽を襲う。

蒸すような熱気に、冷房の効いた図書館へ戻りたくなる。路地裏生活の苦労はこの比じゃなかったのに、自分がひどく弱くなった気がした。

今日も、商店街で買い物してから帰る予定だ。

手段は乱暴この上ないが、沙耶の商店街に対する想いは好きだった。

だから今回の乖異は解決しないとは言わないまでも、全員が幸せな結末になればいいと、そんな現実を幽は信じた。

（流さん、具体的にどうするかは全然教えてくれないけど）

それは、今回に限らずの話だった。

流は調査方針を伝えるが、肝心な部分を伝えないことがある。胡散臭さが増す要因の一つなのだが……作戦というより性格の問題だと幽は思う。

一人ですべてを抱えこむ、そんなきらいがある。

もっと自分たちを信頼して欲しかったが、今回の事件の初っ端、流の信頼を裏切る真似をしていると幽は猛省した。

（信じてもらえない……よな）

「坊主」

呼びかけられて幽は立ち止まるが、誰もいない。

「坊主、ここだよ」

しゃがれた老人の声。至近距離からだ。

周囲は雑居ビルばかりで、側に人が隠れるスペースはない。幽は声のした方角に見当をつけて頭を低くし、近くに停まっていた車の下を調べる。

そこでは、沙耶に抱っこされていたあの三毛猫が一匹、影で涼んでいた。

「こんな場所からすまないね。今日は暑く、猫の身では敵わん」

老人の声で喋る猫。実に怪異っぽい猫。凛々しくて大人しそうな猫。

心の琴線がギターのようにかき鳴らされ、幽はたいそうトキめいた。

「いえ！　全然！　気にしてないんで！」

「そうかい？　以前はすまないことをした。沙耶の敵と思ったんだ」

「いえ！　全然！　ほんと！　俺、妖しくて怪異っぽいし！　仕方ないかなって！」

「坊主に話がある。こんな場所ではなんだし、ついてきて欲しい」

以前と似たパターン。

警戒して当然。相手の出方をみるのが当たり前なのだが、

「はい！　もっと涼しいところへ行きましょ！　路地裏とかどうですか!?」

幽の笑顔はここ一番のものだった。

今を純粋に楽しむ性格が思いっきり悪い方に作用する。今この場に置いて一番怪しいのは幽に外ならない。あわよくば撫でさせてもらえると考えている、うつけ者だった。

幽と三毛猫は、雑居ビルの隙間へ移動する。

久々の路地裏空間に、幽は若干冷静になる。

立てた尻尾をたゆませる三毛猫の話を、幽はいろいろ我慢して待った。

「儂はな、沙耶の祖父なんだ」

「猫の……お爺ちゃん？？？　沙耶ちゃんは人だから……うん？？？」

幽は混乱した。

並大抵のことは受け容れるつもりでいたが、猫がお爺ちゃんというのは予想外だった。

「勘違いしないでおくれ。儂は、亡くなった沙耶の祖父だ。今は猫の身だが、元は人間だ。魂がこの猫に憑依しておる」

「あ、納得できました」

「納得するのかい？　儂が言うのもなんだが、理解が早いな坊主」

「ある程度の事情は知っているので」

三毛猫のお爺ちゃんは「ふむ？」と言って、その場へ尻をつけて座る。

ぺしりぺしりと尻尾で地面を叩き、考えているようだった。

「やはり坊主に相談しようと思う。事情を知っていると言ったが、どこまでだ？」

「沙耶ちゃんが力を得て、商店街を繁盛させているまでは」

「沙耶が？　いいや、それは違う。呪詛は儂の力だ。正確には儂の魂を依り代に、この猫が呪詛の力を得ておる。儂は商店街の皆へ力を分け与え、商売繁盛させている」

「お爺ちゃんの……力？」

発症者が猫とは、幽は考えつかなかった。

いや、正確には亡くなった沙耶の祖父だ。けれど……死後の魂が乖異を起こすことはありえるのか。それはもはや乖異ではなく、昔話の怪異譚ではないのか。

悶々と考える幽へ、三毛猫のお爺ちゃんがさらに言葉を続ける。

「化け猫とはそういう類いではないのか？」

たしかにそうですと、幽は頷く。

人が猫の魂に憑かれたり、逆に人の魂が猫へ憑いたりと、典型的な化け猫怪異譚。なら、この三毛猫は本物の怪異なのではと、幽はより猫が愛おしく思えた。

「その……なんで猫になったんです？」

「もっともな問いだ。坊主は吸血鬼の存在を信じるか？」

幽の拳に力が入る。

「——信じます」

そう答えたのは、話を合わせたのか、自分が吸血鬼の存在を信じたいからか。

一体どちらなのか幽は判然としなかった。

「……少し、沙耶の話をしよう。沙耶は早くに両親を亡くした寂しい子だ。それを商店街の皆は憐れんで面倒をみるようになってな。可愛い孫ができたと全員で可愛がった。まあ、喧嘩っ早い連中の元で育ったから、少々……なんだ」

三毛猫のお爺ちゃんは言葉を詰まらせた。

「元気いっぱいな子です」

「……そう！　少々元気いっぱいになりすぎたが……とても良い子だ。儂だけでなく、商店街の皆も家族だと思ってくれてな。客足が遠のき、シャッター通りになった商店街の行く末も気にする優しい子だ。一生懸命、商売の案を出してくれたりもしたよ」

それは幽にも伝わっていた。

沙耶が商店街大好きっ子なのは、粗暴な態度の端々に滲んでいる。

「そんな時だ。土地売買の話がきてな」

だから、沙耶は許せなかったのだろう。

大切な場所を脅かされて、怒りが沙耶を支配した。

「儂も反対していたのだが……病で逝ってしまってな。死んでも死にきれんというのに」

「……じゃあ沙耶ちゃん、お婆ちゃんと二人での生活なんだ」

沙耶の心境を考えると、幽は胸が締めつけられる思いになる。

「ここからは伝聞だが……儂の死後に、沙耶は吸血鬼に出会ったらしい。しんそ？　と名乗る『黒い服を着た変な奴』と沙耶は出会ったそうだ」

「真祖……吸血鬼が呪詛の力を与えたの？」

弱った人間を呪い引きずりこむ真祖に、幽は怒りを覚えた。

怪異である自分が、そう思う資格はないのかもしれない。けれど、かつて追いつめられたまりのことを考えると幽は真祖が許せなかった。

「吸血鬼は沙耶に教えただけだ。ここは、化け猫の謂われがある土地でな。大昔、化け猫のおかげで栄えたことがある。吸血鬼は伝承を沙耶に教えただけなんだよ。沙耶は儂の衣類の切れ端を燃やし、一番親しい三毛猫に煙りを嗅がせた。するとだ、強い未練を残していた儂の魂はこの猫に宿り、力を得た」

魂魄憑依法。そうして人は猫と成った、ということらしい。

三毛猫のお爺ちゃんは商店街の方角へ顔を向ける。

「相談は言うまでもない。——なあ、そっとしてやれんか？」

すべてを言わずとも、幽にはすべて伝わった。

幽は吸血鬼に憧れた一穂を思い出す。

一穂は自分の居場所を守るため、怒りに我を忘れて幽を襲った。当然だ。自分の居場所は自分そのもの。脅かされれば誰でも激高する。

「この力で誰かを不幸にはせん。商店街が立ち直れば儂は消えるよ」

暴力に訴えもするが、こと商店街に関して沙耶は正攻法だ。力を使ったとはいえ、誰かが不幸になるものではない。幽は商店街で買い物したが、品物は良質で価格も手ごろ。暴利をむさぼるものではなかった。

一穂の事件とは状況が異なる。

これは全員が幸せになれる乖異だ。

そんな乖異が、この世に一つぐらいあってもよいだろう。

真祖の暗躍も気にかかるが、それよりも幽にとってみんなの笑顔が勝った。

「俺、流さんと話してみます」

幽の返事に満足したのか、三毛猫のお爺ちゃんは「にゃあ」と鳴く。

それは、呪いとは無縁の優しい鳴き声だった。


その晩、左右心理オフィスで幽は流を待った。

幽は「話があります」と流へメッセージを送ったが、商店街以外に立ち寄る場所があるとかで今晩は帰りが遅くなるらしい。椿姫はもう寝ている。なんだか満足げに帰宅したので、よい成果があったようだ。

幽は窓辺に腰をかけ、夜空を見上げる。

汚れた空気と都市の明かりのせいで星々は鈍く輝き、刷毛で塗られたように薄く広がった雲が、三等級未満の星々を消す。都会の濁った夜空。濁った闇は怪異が巣食う居場所なのに、この夜空の下に怪異はもう存在しないらしい。

幽は少し膨らんだ半月を眺める。

（……真祖の真意が読めない。怪異の同族を増やすために行動しているのかな）

もうすぐ満月。内なる獣が呼び覚まされ、怪異が蔓延る暗夜の時。幽が最後に見ることになる怪異の月だ。

秋の名月を幽が見ることはない。

「ただいまー。幽君ホントごめん、先方と話が立てこんで遅くなった。歳をとるほど疲れがとれにくいのに、大人ばっかり夜まで仕事するっておかしいと思わない？　僕は思う。普通は逆じゃないかな？　社会は僕に厳しいよ。辛いなあ」

呼吸するように弱音を吐き、流が帰宅した。

仕事でお疲れモードの流へ、幽は糖分たっぷりのコーヒーを淹れながら、今日の出来事をすべて話した。このまま何もしなければ沙耶たちは幸せだとも言った。

流は事務机でコーヒーを飲みながら、癖のある毛をゆるく掻く。

「そうだねえ、猫の話は真実八割、嘘二割ってところかな」

「……嘘ですか？　お爺ちゃんの話は嘘があるようには思えません。沙耶ちゃんが商店街を大事にしているのは、流さんも感じてますよね」

「呪詛の闇を隠したのがまず一割の嘘だ」

流は冷静に言った。

「幽君に図書館で文献を調べてもらったけれど……化け猫が土地を栄えさせた結果、最後はどうなったかな？」

「……衰退しました。転落と言い換えてもいいぐらいに」

幽は正直に告げた。

相談を持ちかけておいて都合の悪いところだけ隠すなんて、幽はしたくない。

「呪詛もお呪(まじな)いもね、人を呪(のろ)い、人を縛るものだ。制約には犠牲があり、術(じゅつ)から外れた行動をすれば反動がある。古代の恋愛成就の法も、乙女の恋のお呪いも関係ない。一度誤れば等しくしっぺ返しが待っている。怨念(おんねん)に指向性を持たせたものが、呪術といっていい。だからこそ怨念が一度噴出すれば、惨事になるだろうね」

　あの土地であった過去の大惨事。

　一度は繁栄を喜んだが、長屋の住人同士はお互いを嫉妬(しっと)し、疑い、憎みあい、そして大勢の血が流れた。子猫のために魚を盗み、無残に殺された親猫の怨念が長屋を襲ったのだ。最初は人間に贄(ぜい)を与えてからと、それはそれはひねくれた呪いであった。

「名前を扱う呪詛のようだしね。危険極まりない」

「でも、沙耶ちゃんの想いは純粋です。お爺ちゃんも力で誰かを不幸にしないと誓いました。それに流さん。これは化け猫の怪異譚(かいいたん)じゃない、乖異(かいい)です」

「うん、これは乖異だ」

　それが問題だという口ぶりだった。

「もう一割の嘘、というより本人が嘘を吐(つ)いている自覚がないね」

「……事実の誤認ですか?」

「その三毛猫はね。『亡くなったお爺ちゃんの魂が宿った猫』じゃなく、『沙耶ちゃんが乖異で思い描いた、亡くなったお爺ちゃんの魂が宿ったように見える猫』だよ」

「え……」

流が淡々と事実を告げる。幽の頭は理解を拒んだ。

「乖異の発症者は沙耶ちゃんで間違いない。乖異は人が起こし、その根底には地続きの現実が存在する。しかし亡くなった魂が猫に宿ることはない。猫が己の意思で人語を解するわけがない。この世から、怪異はすでに絶えている。……例外を除いてね」

空想を終わらせる男は、最後の幻想へ告げた。

いつものゆるい空気は消え、乖異祓いの流がそこにいた。

「ここ数日、観察していたが……沙耶ちゃんの言葉は、猫の動きとタイムラグなく連動していた。乖異が現実を上書きし、沙耶ちゃんの意思が猫を操っている。三毛猫も、本当に自分の意思で喋っているわけじゃない。あれは沙耶ちゃんの喋って欲しい言葉だよ」

「本当に、まったく自覚がないんですか？」

「ないだろうね。沙耶ちゃん本人も『お爺ちゃんの魂が宿った猫が、呪詛を使っている』と信じきっている。だから、本人へ真実を伝えても無駄だろう」

「それは――」

それは、幽にとってキツい話だった。

両親を早くに亡くし、お爺さんも亡くし、商店街さえ奪われる。起死回生の呪いは全部自分の一人相撲。再び出会ったと思ったお爺ちゃんは普通の猫だ。

五臓六腑が鎖で縛られ、地面に繋(つな)がれたみたいに重く感じた。

本当に幸せな空想の余地がないのか幽は探した。

「僕は解医(かいい)を行うよ」

重い言葉だった。

流の表情は普段と変わらない穏やかなものだ。たとえ間近で炸裂(さくれつ)弾が破裂しても、きっと表情を変えないだろう。そんな覚悟が幽に伝わった。

「これ以上、呪詛と承知で力を使うのであれば影響が出るだろう。過去の惨劇を知る者も多いなら、商店街の繁盛が化け猫の力と考える者が現れる。住人が不安がり、乖異に負の影響を与えるかもしれない。そうなれば取り返しがつかない。最悪だ」

左右流(さゆう)はいつも最悪を想定する。

嫌だ嫌だ最悪だと弱音を吐き、最悪を回避しようとする。

「もう一度言うよ。これは乖異だ。現実にどう影響するかわからないなら、僕は祓う」

決定事項が告げられる。

幽は言葉を探したが、沙耶の心境を考えると頭が空になった。

と、流が顔をしかめて不機嫌そうにした。珍しい表情だった。

「……三毛猫は自分の意思を持たない。幽君に情で訴えるよう三毛猫へ命令した誰かがいる。

こんな手でくるのなら、僕も少し荒療治をさせてもらう」

流(ながれ)は荒療治の内容を詳しく語るも、幽(ゆう)の頭に入ってこない。

異議を唱えたくても、結局、幽は何も言えなかった――


翌日、流は荒療治を決行するため、幽と椿姫(つばき)を連れて商店街へ赴いた。

この話は沙耶(さや)に出会った日から進めていたようで、昨晩はその打ち合わせだったらしい。流の伝手(つて)と、大和路(やまとじ)との一件で作った縁を利用して、先方に話をとりつけたとか。あとはタイミングを待っていたと流は語った。

こうと決めた時の流の行動は本当に素早い。

その日、商店街は営業を昼で終えた。

午後からは住人全員が、商店街の角にある事務所に集まった。

事務机やソファは脇に片づけて、パイプ椅子(いす)を並べて全員で座る。商店街の住人は手元の資料と、ホワイトボードの文字を何度も確認した。

土地売買における説明会が開(ひら)かれていた。幽たち三人は事務所の隅で黙って成り行きを見守っていた。

几帳面そうな男がボードの前で説明している。不動産会社の人間だった。

「資料だけでは不明な点が多いと思われますので……この事務所をお借りし、以後、私がこの商店街での相談役を受けもちます」

「アンタが儂らの仲介人ってことか？」

「はい。契約を進める上で見慣れない単語を目にし、ご不安になられるかと思われます。その場合、代理人として弁護士を雇っていただき……費用も弊社で負担致します」

内容は商店街と対等なもの。むしろ好条件。

不動産会社側も潤沢な資金があるようで、双方が得する話だった。

説明会もひと段落ついたころ、事務所の扉が勢いよく開き、沙耶が現れる。

「なにやってんだよ！　みんな！」

部活帰りなのか、沙耶は体操着入れを乱暴にぶん投げた。

「騙されるんじゃねーよ！　そうやってこいつらはオレたちの商店街を奪うつもりだぜ！　卑怯な手だ！　呪いより性質がわりぃよ！」

憤慨する沙耶を大人たちは心配そうに見つめた。

なぜそんな目をするのか、沙耶にはわからない。

皆と同じ立場でいたと思っていた少女は、視線をさまよわせた。

住人の頭に生えていた猫耳が、少しずつ消えていく。沙耶が与えた「名前で相手を操る」呪いの消失。土地売買を前向きに進める彼らの姿に、少女が大きく動揺した証だ。

表情を失う沙耶だったが、すぐに怒りを表した。

「てめぇのせいだな。おっさん！　てめぇの仕業だな！」

沙耶は事務所の隅に立っていた流を睨む。

「僕のせいだね。僕が、みんなにこの話を薦めた」

流は真顔でしれっと言った。

沙耶は流の胸倉を摑み、表へ引きずりだそうとする。流は抵抗することなくついて行き、竹刀袋を携えた椿姫もあとを追う。幽は沈痛な面持ちの住人へ頭を下げて、流になりゆきを任せてもらうようにお願いした。

シャッター通りまで流を引きずり、沙耶は叫んだ。

「みんなをたぶらかしたな!?　汚ねぇ真似しやがって！」

「汚い真似はお互い様だよね？　ひねくれ者にはこれぐらいが丁度いいさ」

沙耶は大きく舌打ちした。

憮然とした態度で流へガンを飛ばし、正当性を主張するように沙耶は怒鳴る。

「なんもわかってねぇ部外者が、余計なことするんじゃねぇ！」

流は少女の瞳を覗きこむように目を合わせた。

自分の行いからは決して目を逸らさない、流の心情を幽は汲んだ。

「何もわかっていないのは君だ。本当に、客足が遠のいたからお店を閉めたと思うのか？　無理矢理に土地買収されそうになっていると、本当にそう思っているのか？　そんなもの、一つの要因にすぎない。膝や腰を悪くした者、持病が悪化して息子夫婦と住むことになった者、理由はそれぞれだ」

沙耶は一瞬、心配そうな顔になる。

「……なんで、お前なんかにっ」

「知らなくても無理はないよ。みんな、君に教える気はなかったのだから」

沙耶は悔しそうに唇を噛む。

なぜ敵である流に打ち明けたのか。なぜ自分に相談してくれなかったのかと、そう言いたそうにした。

「大人同士でしか話せないこともある。お酒の力に頼りはしたけどね。君は……みんながなんで一度閉めた店を再開したのか考えたことがある？」

「……商店街を守るために決まってるだろうが！　知った風に喋るな！　殺すぞ！」

「君だよ。君のためだ。心配されたままの子供が、子犬のように吠えるなよ」

流は毅然と言った。

沙耶は殺意がこもった瞳で流に吠える。

「うるせぇうるせぇうるせぇうるせぇ！」

気づけば、商店街のあちこちに猫が集まっていた。

看板の裏から、路地裏から、ゴミ箱の陰から、商店街のアーケードの隙間から、幽たちを取り囲みアーモンド状の瞳で凝視する。あの三毛猫も沙耶の足元までやって来て、幽たち三人へ敵対するように唸った。

「爺ちゃん。猫たちにあのクソ野郎を痛めつけるように命令してくれ、ちっとばっかしやりすぎてもいいぜ？　半年は起きあがれねぇぐらいにな」

三毛猫は呪うように《にゃあ》と鳴く。

身構える幽と流であったが、他の猫たちは動かない。彼らはしっぽ巻き座りして、事態のなりゆきを見守っていた。

「な、なんでだよっ!?　お前たちもそっちにつくのか!?」

沙耶の疑問に椿姫が答える。

「商店街のボス猫はわたし。わたしには逆らえない」

「はあっ……!?」

椿姫は猫のように手を丸め、シャードボクシングした。

「強いほうが偉い。動物は本能で動くからわかりやすい」

椿姫が商店街の猫と交流していたのは知っていたが、ボス猫になっているとは幽は思いもつかなかった。群れがあれば頂点を目指さずにいられない性格なのか。

流もこれは想定できなかったようで、声を漏らして笑った。

それを嘲りと受けとったか、沙耶の顔が真っ赤になる。

「どいつもこいつも……なんだよ！　オレを馬鹿にして……子供だと思って！」

恥と怒りと疎外感と背伸び。ごちゃごちゃの感情を整理することなく、沙耶は判然としない複雑怪奇な表情で叫ぶ。

「爺ちゃん！　オレを呪え！　オレを猫にしろ！」

「沙耶……本当にそれでいいのかい？」

三毛猫は躊躇った。それは本当に実の孫を案じるようだった。

「いい！　かまわねぇ！　一方的にやりこまれて……このまま引き下がれるかよっ！」

「……沙耶が、それを願うのなら」

そうして三毛猫は、少女の願いを応えるように《にゃあ》と小さく鳴いた。

沙耶の頭にぴょこんと猫耳が生え、金色の猫目となる。

「乖異：化け猫」が成る。

猫の身体能力を得た沙耶は、商店街を縦横無尽に飛び跳ねる。大きなスーパーボールが跳ねるみたいに、壁から看板へ、看板から天井のアーチへ飛び移った。

猫化した沙耶は手足を地につけて、幽たちの隙を窺っている。

「……椿姫君。一切傷つけずに彼女を大人しくさせて欲しい」と流は願う。

椿姫は「にゃん」と答えた。

結論から言えば、勝負は一瞬で決まった。

竹刀袋から刀を取りだす椿姫を前に、沙耶は低い声で唸り、幽の目では追いきれない速度で商店街を駆けめぐる。確実に、人の速度を超えていた。

それでも、椿姫にはただの大きな的でしかない。

椿姫は動じることなく、納刀したまま腰だめに構える。そして沙耶の突進に合わせ、椿姫は腰を捻るように抜刀した。

椿姫の一閃――金切り音が響く。

幽は思わず耳を塞いだが、耳鳴りがやまない。

沙耶は千鳥足で歩き、椿姫がカチリと納刀したと同時に突っぷすように倒れた。

高速の居合いを沙耶の耳元で発生させ、音で三半規管を麻痺させた。椿姫は後日そう語る。

「強引な抜き方で刃こぼれするから婆様に怒られる」とも言った。

ようは簡易音響爆弾なのだと幽は思った。

「ぐっそ……なん、だよ。なん……だよ、くそう……っ」

沙耶は呪うように罵った。自分も世界も現実もすべて呪った。

離れていてもあの音だ。ほぼ零距離で食らえばろくに身体が動かせないのだろう。

「……沙耶ちゃん」

勝負は終わり、悶(もだ)える沙耶へ歩みよる流。

されど手負いの獣ほど怖いものはない。ましてや相手は人間だ。失うものがなければ、なりふり構わずに牙を剝(む)く。

「なん……でだよ……。オレは……みんなが、大切なだけなのにっ……！」

鋭利な歯を剝き出して、沙耶は一矢報いるべく、流の首元を狙って飛びかかる――


――あの夜、不動産会社と商店街の橋渡しをすると流は言った。

沙耶本人に自覚がなく、乖異(かいい)を説明しても話が拗(こじ)れるのならば、「呪いそのものを必要としない状況にする」と荒療治の内容を語った。呪いを呪いとして祓(はら)い、現実を強く意識してもらうのが流の解決策である。

商店街の住人とも話をつけ、この話は流が率先して進めた体(てい)にするらしい。実際そうなのだけどね、と流は自嘲(じちょう)気味に笑った。

「つまり僕は嫌われ役だ。いつものことだね」

普段の日常と変わらない表情で、当然とばかりに流は言った。

幽は返す言葉がなかった。

流が正しい。

沙耶の境遇を考えたが、乖異を放置する理由がない。正論が幽に重く圧しかかる。幽の感じた重みは、沙耶にすれば余計なお世話かもしれない。それでも想わずにはいられなかった。

結局、幽は何も言えずにいる。

だって乖異への対処の失態をフォローされたばかりか、解決策は流が導いたもの。ここでまた我を優先し、流の信頼を再び裏切りたくなかった。

「……本当に僕は信用がないね。仕方ないか。そうだねえ」

幽が淹れたコーヒーを、流はゆっくりと飲む。

立ったままの幽は黙って待つが、

「怪異と乖異の違いってなんだろうね」

流の継いだ言葉はなんともない問いかけだった。

「……怪異は人に根づくが、乖異は人が起こす。流さんそう言ったじゃないですか」

「あれは種別みたいなものだよ。赤色と青色は別の色だけれど、具体的な違いは説明し辛いよね？　違いは色でしかないが、でも同じ色だ」

「えっと、感性的な話は好きですよ」

ズギャーンでババーンでドガガガと説明されても、幽には伝わる。

人の意思と感情がこもった言葉ならば、幽は意図を汲もうとする。

「では幽君、怪異はどうやって形になる？」

「……祓いきれなかった穢れが、人の恐怖や畏れを媒介にして形になります。夜のとばりを人が『怖い怖い』と畏れるほど、闇は渦を描いていき、そうして怪異の顔を表します」

流は満足げに頷いている。

しかしこれは以前に流が教えたものだがと、幽は訝しんだ。

「でも、闇は人に負けました」

「そうだね……幽霊の正体見たり枯れ尾花。怪異が絶えた原因を、これ程わかりやすく説明しているものはない。未知は怖い、正体不明を人は畏れる。だから人は成長した。未知を未知のままには決してしなかった。そうやって人は発展し――高度な情報社会を築いた。今は誰もが容易く、正体不明を探れる世の中になったね」

最後の幻想である幽を除き、そうして怪異は絶えた。

人間の飽くなき探究心が、闇を打ち破ったのだ。

「けれど……穢れが、今度は人を起点に現象を起こすようになった」

「そう、人の空想は目を付けられた。……あれ？　おかしいね、幽君。どちらも人を起点とするのであれば、これでは違いがないように思えるよ？」

自分がその答えを知るわけがないのにと思ったが、流は確信したように言葉を待っているので、幽はそれに釣られた。

「違い……感じ方ですか？」

難しく考えずに言った。

言ったあとで、思ったよりしっくりくる解答だと幽は思った。

「そうだね。その感性はよいものだ」

流のお墨付きもあり、幽は言葉に自信を持つ。

「俺が出会った人はなんていうか……世界への……現実への理不尽に対し怒るようにして乖異をふりまきます」

「怪異譚と似ているね」

「似ているようで……違うんです。怪異は理不尽を起こし、人を試し、人を呪い、時には人に教訓を与え……闇の住人として、闇の色濃さを畏れで伝えようとします。怪異は人に根づくってのは、本当にその通りで……けど、怪異はそれまでなんです。始まりも終わりも、濃霧のように突然現れて……いつかは消えゆく存在です」

幽は怪異を語りながら自分の解を見つけていく。

流に誘導されたみたいだが、不思議と嫌な気持ちはしなかった。

「でも、人間が起こす乖異は違います。始まりは人間の現実から始まって、終わりも人間の現実がずっと続いているんです。解医がされても、人間の物語が終わるわけじゃない」

自然な回答が幽の頭に浮かぶ。

幽は頭で推敲せずに言う。

「乖異は人の聲なんだ」

続ける言葉を、思考と一切のラグもなく放つ。

「理不尽に対する叫びなら、それはきっと嘘偽りない声だ……。怨みを晴らそうと叫ぶなら、それは純粋な声だ。大事な居場所を守ろうと叫ぶなら、それは本気の泣き声だ！　そこに良いも悪いもなくて……だって、叫びは叫びでしかないから！」

幽はそこで息を吐いた。

溜まっていたものと一緒に吐きだした。

幽の中で膨らんでいた風船を針で突いた、当の流は素知らぬ顔。君が勝手にその答えに辿り着いたんだよと言わんばかりの澄まし顔だった。

「カウンセラーはね、患者の妄執を切り捨てることはない。相手の話を聞き、長い長い時間をかけて癒やすんだ。でも僕は、祓い屋の左右流でもある」

「それが間違いだとしても？」

「幽君、最初から僕たちは間違えている」

間違いを犯したと告白する者と思えないほど真っ直ぐな瞳だった。

「僕の正当性を主張しているわけじゃないよ。なんせ、正しさなんて最初から存在しない。僕はね、僕の在り様しか語っていないんだよ」

正しさで過ちを隠したくない。

流はそう言いたげに目を逸らさなかった。

「乖異の発症者もそうだ。椿姫君だってそう。皆、己の在り様を君へ語りかけている。それなのに最後の幻想である君が、いつまでもしみったれた現実にしがみついていてどうする？　これは乖異譚なんだよ」

流は挑発するように言った。

だったら大いに後悔させてやる、と幽は思った。そっちがその気ならこっちだって、と幽は思った。そうして幽は尊敬する流へ告げる。

「荒療治の件……俺は納得できません！」

「うん、それでこそ幽君だ」

流はにっこりと笑い、コーヒーを飲み干した。

空になったマグカップを持ちあげ、流は申し訳なさそうに頼む。

「すまないが、コーヒーを二つ頼むよ」

「二つ、ですか？」

「これから平行線の話が延々と続くんだ。だから、僕と幽君の二人分。栄養ドリンクに頼りたいところだが、徹夜と栄養ドリンクの合わせ技は次の日にとても堪える。堪えるというか倒れる。ああ嫌だ嫌だ。無理が利かなくなった自分の身体が嫌だ」

流は老けこんだように溜息を吐いた。

そんな流だからこそ、幽はとびきり熱い目覚ましのコーヒーを淹れた——

——沙耶の牙が、幽の右腕に食いこんだ。

ボールペンを乱暴に押しこまれたような痛みが右腕に走る。幽はこれぐらいへっちゃらだよと強気の表情を作るが、沙耶は血に驚いたようですぐに口を離し、居たたまれなさそうに幽を睨む。

優しい子だ。やっぱりひねくれてなんかいない。幽は思った。

「頭おかしいんじゃねぇのかてめぇ。最初からアホと思ってたけどよ」

ほんの少しひねくれてるのかもと幽は思った。

「……なんで、そんなクソ野郎をかばうんだよ」

「俺たちは共犯者だから」

平行線の話は、夜が明けても終わらなかった。

もっと時間をかければ代案が思いついたかもしれない。しかし早期解決するべき乖異なのはたしかで、幽にも残された時間は少ない。

だから幽は共犯者になることを決めた。

納得できないが、幽（ゆう）はそれで納得した。

一人で抱えがちな流（ながれ）の重荷を少しでも奪い、自分の我（わ）が儘（まま）に付き合ってくれた流の信頼へ幽は応えたかった。

「全員さ、気持ちは同じだよ。大事なものの方向性がちょっと違うだけで……ほら」

幽は背中に感じる視線を教えてあげた。

事務所の玄関口に大人たちが集まり、心配そうに見守っている。沙耶（さや）の瞳（ひとみ）とみんなの瞳、瞳の分だけ想いがある。見ている方向はちょっと違っていた。

流は商店街を見渡してから言った。

「……僕が何もしなければ幸せなままなのかもね。でもね、このままじゃ次の……沙耶君の新しい世代が始まらない」

最後まで、流は沙耶の前に立ち塞（ふさ）がる障害でいた。

「大人の気持ち、わかってやれよ。君もすぐに大人になるのだから」

沙耶は、シャッター通（どお）りの商店街を無表情で見つめた。見慣れた光景でも眺めるように、なんの感情も表に出さなかった。

「はっ……相変わらず……寂れてんな……」

素っ気ない言葉は感情に溢（あふ）れていて、幽の心を打った。

沙耶はちょっと前にはあった喧騒（けんそう）に想いを馳せるよう、静かな商店街で耳を澄ます。

沙耶の瞳が人のものへ戻る。頭の猫耳が消えた。

化け猫の呪いは必要ないと沙耶が認めた証。乖異は呪いとして祓われた。幽や椿姫の猫耳もとっくの前に消えていた。

無言の主を心配したのか、三毛猫が沙耶に寄りそい、「にー」と鳴く。

「……爺ちゃん？」

呪いとは無関係な、ただの猫の鳴き声。

それがどういうことか悟った沙耶は瞼を震わせる。三毛猫が「にーにー」と鳴く姿に絆されたか、流は胡散臭い祈禱師のように少女を騙す。

「まだお爺ちゃんの魂は残っている。最後に言いたいこと全部言いなよ。誰が死んでも、それですべてが消えるわけじゃない。残るものはきっとある」

沙耶は三毛猫を抱きあげる。

三毛猫が苦しくならないようにそっと抱きながら、沙耶は言った。

「爺ちゃんが好きだった商店街は守れなかったけどさ……。爺ちゃんが好きだった商店街より活気溢れる商いの場を作ってみせるよ。絶対に。必ず。オレを信じてくれ。だから、あの世で見守っててくれよな、爺ちゃん」

にーにーと鳴く猫の頰を、沙耶は手の甲で優しくこする。

ほんの少し捻くれた沙耶のことだ。もしかしたら流の嘘を見抜いたのかもしれない。だから

沙耶は泣きたい感情をすべて怒りに変え、反骨の相で流を睨む。

それは、力強く未来を見据えた瞳だった。

化け猫の力は消え、少女の力だけが残される——こうして解医は果たされた。


沙耶は不動産会社の話を聞くと言い、大人と一緒に事務所へ戻った。

地に足がしっかりついた強い子だ。自分たちが祓わなくても、いつか沙耶は乖異を手放していた気がする。幽はそう思った。

橋渡し役の流は、混乱している不動産会社の人のフォローへ回った。幽と椿姫はシャッター通りの商店街で流を待つ。部外者がこれ以上介入するわけにはいかない。

幽は消えた猫耳に胸を撫でおろした。

ふと横を見ると、どこか寂しそうな椿姫に気づく。

もう野良猫に仲間扱いされなくなったのが辛いのか、椿姫は消えた猫耳を探すように無言で頭をぺたぺたと触っていた。椿姫の新たな側面だ。

一つ失っては、一つ生まれる。

失って初めて新しい面が見えてくる。

——死んでもすべてが消えるわけじゃない。

流の言葉を思い返しながら、自分が消滅した後になにが残るか幽は考えた。

「――ねえ、今日は商店街お休みなの？」

自分への問いかけだと思い、幽はふりかえった。

いつかの、この商店街へ来た時に出会った、幽が声をかけた若い女性。

「…………え？」

認識して初めて気づいた異常性。

なぜ今までわからなかったのか。幽は自分の不出来さを大いに責め、その場で放心しそうになった。

女性は気さくな態度で返事を待っていたが、幽の態度を不思議がる。

「……あれ？　もしかして、今日は来ちゃダメな日とか？」

「いえ……商店街、もう……閉めちゃうみたいです……」

声に出すのがやっとだった。

幽は無意識に自然を装った。

「え？　そうなの？　あんなに繁盛していたのに……変なこともあるものね。いい商店街だったのになあ」

女性は自身の異変には気づかず、そのまま去って行った。

椿姫も異変に気づいてはいない。ならこれは、幽だけの違和感――乖異だ。

（一体いつ？　いつから？　でも俺の知る限りじゃ――）

最初に出会った時から、彼女はとっくに死んでいた。

まともに直視できない無残な姿で自分と話していた。死臭を放ちながら、死んだことを忘れたかのように夕飯の食材を買っていた。

血が凍ったように、幽の全身が固まった。

（今の人だけじゃない。俺は、この乖異を知っている……！）

死者のいない猟奇事件。頭が理解を拒む事件。

殺された死者がインタビューに答える。そんな馬鹿な現実があるはずがない。誰も彼も、殺された当人ですら気づかないなんてありえない。

ひどい立ち眩みが幽を襲った。

混乱から立ち直れないでいると、流が戻ってくる。流のなんでもなさそうな顔に、幽は冷静さを取り戻し、いち早く報告した。

「流さん！　例の猟奇事件――」

幽の叫びに、流の表情が強張る。

その表情に幽はすべてを察した。

「……知っていたんですか？　最初から？」

「あれが乖異絡みなのは知っているよ」

二人の態度に異変を悟ったか、椿姫は凛と佇む。

不穏な空気が漂う中、唯一、流だけが自然体でいた。

「幽君、何が違和感なんだい？」

「死者が死んでいません。誰にも、世界にも、死を認識されていません」

「ああ、言われてみれば確かにだね。……それでも、それが自然だと思える僕がいる。とても怖いね。尋常じゃない影響力だ。本当に酷い話だ。最悪だ。悪夢のようだよ」

流は唾棄するように言った。

「そこに気づいていたわけじゃないんですか？」

「あの猟奇事件……乖異絡みの事件なのは間違いないのに、何一つ異変を感じられない。だから逆に、乖異であると確信しただけだよ。僕に幽君みたいな力はないさ」

「けど、なんで急に俺は……」

「急に違和感に気づけたか？　怪異である夏野幽にとって『死』とは、死ねばそれまでの現象だったのだろうね。祓われれば跡形もなく消えてしまうような。その点は怪異らしくある」

いろんな何故が幽の頭に浮かんだ。

何故、流は捜査を中断したのか。何故、流はなにも知らないフリをしたのか。何故、流は乖異であるのに放置したのか。何故、流は自分たちに黙っていたのか。

何故……《最後の幻想》夏野幽の死生観は変わってしまったのか。

幽が疑問を口に出す前に、流が語る。

「世界の現実を書き換える乖異の危険性は知っているね？　一穂君のように己の世界に凝り固まり、ビルを洋館に変えてみせた。でもね、普通はそこまで至らない。一穂君も結局は高層ビル群を前に、世界の現実に負けた。……人は生きる以上、誰しもが現実にぶちあたる。だが、この乖異は己の現実がまったく揺らいでいない。恐ろしいことだよ」

怨み辛みで聞く耳を持たなくなった、まもりを幽は思い出した。

「……この乖異の発症者は頭がイカレている。まともな感性を持ち合わせていない。死者の死を認めない。そんな現実を由とする人間なんて存在してはいけない」

祓い屋左右流として、祓う意思を示した。

が、流は幽から目を逸らし、弱気な態度を見せる。

「でも……この乖異にはたぶん僕も、幽君も……椿姫君でも勝てない」

椿姫の肩がわずかに動いた。

「だったら、放置するんですか？」

「それはないよ。僕がいる限り、乖異を放置することは絶対にありえない。ただ……ただ……幽君に辛い選択を強いるかもしれない……」

口に出すのも憚られる、そんな口ぶりで流はそれ以上口を開かなかった。

左右流という男は胡散臭かった。

子供っぽくて弱音をよく吐き、頼りないが油断はならない。本音のわからない部分が大いにある。

目的のためなら手段を選ばない面もあった。

というより、恐らく、それが流(ながれ)の真(しん)に近い。

けれど結局は非情になりきれず、一人で抱えこむ性格も内包した、二律背反めいた人柄だからこそ——

「大丈夫。俺、流さんを信頼してるんで」

幽(ゆう)は流の共犯者(なかま)になると決めた。いや、とっくの昔に決めていた。

八月は終わりに向かい、そうして夏の最後が訪れる。

平成最後の夏、最後の幻想がはじまる。

八月中旬　千客万来の招き猫／了

八月下旬　カストラートの吸血鬼

処暑（しょしょ）がすぎ、すごしやすい涼やかな日々が続いていたが、まだ自分の出番は終わっていないと夏の日差しが存在を叫ぶ。

今日は朝から猛暑だった。

ぶり返した暑さを楽しみながら、幽（ゆう）は額に汗をかいて働いた。左右（さゆう）心理オフィスをずっと大掃除していたので結構な運動量である。

八月下旬。幽の消滅が迫っていた。

別に誰かに「君は夏が終わると消滅するよ」と言われたわけじゃない。しかし、自然発生的にこの世に生まれた時、タイマーが零へ進んでいく感覚が幽にあった。それは怪異らしくない幽の怪異性。在り様は蝉に近い。

（……蝉は自分が一週間の命だって知っているのかな）

多分、蝉は知っていると幽は思った。

あんなにも騒々しく鳴いて自分の存在を知らしめているなら、命の期限を知っている。蝉の一生を哀れと思えど、悲壮だと感じる人はいないはず。

（怖いと思うはずがない。だって俺は……最初からそう決められた怪異だ）

どこかで幽は満たされていた。己の責務を果たそうとする二人と夏をすごし、なんだか自分も誇らしい存在だと思えた。

——惜しむらくは、怪異として何も果たせなかったこと。

騒々しく鳴いたまま生涯を終えた蝉に、幽は共感する。

「幽、まだ掃除していたの？」

帰宅した椿姫が窓際に立っていた。

椿姫は軽い運動がてらパルクールをしに街へ出かける。わずかなでっぱりを利用して壁面を駆けるように登ったりすることは、はたして軽い運動なのか不明だ。最近、雑居ビル群を疾走する忍者少女が、この近辺で出没すると噂されていた。

「おかえり椿姫！　掃除は俺の使命だしね。頑張った！」

「掃除を使命としないで。怪異としての自覚を持って」

つめ寄る椿姫から幽は目を逸らす。

「逃げた」

「きょ、今日は帰りが遅かったね！　なにかあったの？」

「……婆様が言うには、わたしの性質は『斬る』に傾いているらしい」

「へー。椿姫らしくてカッコイイね！」

「だから鈍らないよう己を研いだ」

「へー。……へー？　なにかやったの？」

今度は椿姫が目を逸らす。

「逃げた」

「逃げてない。幽と流がうるさく言うと思って、黙っただけ」

事務机でノートPCと睨めっこしていた流が顔をあげた。

「え？　なになに？　怖い発言はやめて欲しいなあ。世間的に僕は大人だから、責任を負うのは僕なんだよ。大人もね……怒られると泣いてしまうんだ。その事実でまたさらに泣けてくるんだよ。切ないよ？　尊厳なんてないよ？　つらいよ？」

流の言葉は妙に説得力があった。

「流は大人子供だから問題ない。いっぱい泣いていい」

「僕は子供のように遊びたいだけで、子供みたいに怒られたいわけじゃないからね？　ところでだ、椿姫君。噂の忍者少女が、野生の烏を従えていた話を耳にしたのだけど」

「わたしは忍者じゃないから違う」

椿姫は追及を逃れるように冷蔵庫へ向かう。

神座の鍛錬法だろうか。自分より怪異らしい椿姫が幽には少し羨ましかった。

「あ」

椿姫が声を漏らす。冷蔵庫のアイスに気づいたらしい。

テレビでジェラート特集が流れた時、椿姫が食い入るように画面を観ていたので、幽が買ってきたものだ。もちろん抹茶味がある。

「幽。幽。ねえ幽」

椿姫は三回名前を呼んだ。

「一緒に食べよっか。俺も掃除を終えたところだし、自分へのご褒美！」

「ん。今日は空気が澱んでいる、心を清めるために抹茶味」

「……空気、澱んでる？」

カラッとした夏の青空を幽は窓越しに眺めた。

「僕もいただこうかな。考えごとばかりで糖分が欲しくて欲しくて」

流はノートPCを閉じて、腕を伸ばしてストレッチした。

三人で応接ソファに座り、カップアイスを食べる。

いつもの日常。夏の初めに比べて、三人の距離感は少し変わっていた。この居心地のよさは仲間だからかと幽は感じた。

幽はこの場で自身の消滅のことを告げようか迷う。

けれど、何も言わずに消えるのが一番怪異らしいと考えた。

幽の矜持と……我が儘だった。

夏の最後を締めくくるような午後のひと時。この日常が永遠に続けばよいと幽は願うが、始まりがあれば終わりはある。四季は巡るが、まったく同じ四季が訪れることはない。幽はその現実を識っていた。

チョコ味のカップアイスを食べ終えて、幽はテーブルへ静かに置く。

こうして夏野幽の日常が終わり――同時に依頼者が訪れた。

遅れてやってきた夏の現実はどこまでも残酷で、幽は誰よりも悲しんだ。


四楓院桜子が応接ソファに座っていた。

「本日は依頼を持って参りました。いえ、本日もですね」

依頼人の桜子は※んでいた。

他の※者と比べれば状態はよいが、首回りが青紫に変色している。関節が固いのか少しかくばった動きで、たまに骨の軋む音がする。香水のおかげで※臭はわからないが、以前会った時より劣化していた。

（劣化したなんて、桜子さんは物じゃないぞ……っ、最低か俺は！　一体いつから……？

俺の記憶じゃ……最初からだ……。だったら……だったら……？）

幽は現実を受け容れられず、※を意識しないようにした。

「四楓院君の依頼は酷い目に遭いそうでねえ」

「左右様は好んで酷い目に遭いたいタイプと思っております。隠さないでください」

「ええ……酷くない？　酷いなあ、泣きたいなあ」

対座している流は弱音を吐き、椿姫も窓に腰かけて外を眺めている。

いつもの二人だ。今の状況にまったく違和感がないのであろう。

「桜子さん、粗茶ですが」

幽は淹れたお茶をそっと出す。

自分が指摘しなければ気づけないほど世界への影響力が強い乖異ならば、幽は何も知らない阿呆のフリをした。そうすれば、桜子が※んだことにならないと思ったらからだ。認めてしまえば、この現実に耐えられなくなる。

「0点」

「おっかしいなあ。自信あったんだけどなあ」

「心あらずのようですね、すべてが雑でした。それに……貴方は本当にふるまいたい相手へ、そんな不安そうな顔でお茶をお出しするのですか?」

「う……次は自信満々でやります!」

「結構。私はいつもお嬢様を見下す勢いで『冷めるから早く飲め』ぐらいは言います」

その気概はどうかだが、辛辣な桜子に幽は嬉しくなる。

この現実は納得できた。

「それでは左右様、依頼の件に移らせていただきます」

・・・桜子は優雅にお茶を飲み、音を立てずに湯呑みを置いた。

「死なない死者を殺してください」

幽は自分の湯呑みを落としそうになった。

指先が震えるのを堪え、桜子の話をじっと聞く。

「大和路財閥も建設に携わった超高層ビルなのですが」

「日本で一番高いビルで評判の？」

「はい。いつ頃からでしょうか、死者が紛れるようになった、らしいのです。らしい、と言ったのは確証がないからです。スタッフの間で噂され、なんでもお盆に亡くなった同僚が働いていたとか。不思議なことに、その場では誰も死者に気づかず、亡くなった事実を記録で思い出したことです」

桜子は流暢に言った。

「夢を見ていたとか？　僕もよく寝惚けるよ」

「高層ビルの一般客にも死者が紛れているようで、そちらも『思い返せば死んでいたかも』と、胡乱な噂です。噂は噂ですが……証言の数が多いと話は違います」

「死者に気づけない、ってのがミソのようだね」

「恐らく、死者自身も亡くなったことを自覚していません」
※者である桜子が、荒唐無稽な話を真実かのように話す。
説得力がある話だと、そう思ってしまう自分を幽は全力で否定した。

「それが害を成す存在なら討伐してください。そういったご依頼です」

「うーん……僕たちは殺し屋じゃなくて、祓い屋なんだけどね」

「違いがわかりません」

桜子は椿姫をちらと見た。

「祓い屋はね、『罪と穢れ』を祓うのを生業とする。好んで魑魅魍魎相手に切った張ったするわけじゃないよ。怖いし痛いし……何より僕らの在り様じゃない」

「それでは依頼は？」

「……ああ、嫌だ嫌だ。この期におよんで尻込みする自分が嫌だ」

流は両手で顔を隠した。

世界を拒絶したように表情を見せずにいたが、次に見せた表情はいつもの頼りなく、優しげな流のもの。流にしかわからない逡巡があったらしい。

「依頼を受けよう。詳細を聞きたいけど、どうにも霞を摑むような話だね」

桜子は同意するよう頷く。

「情報提供しようにも、私でも話の要領が摑めませんでした。実際に調査していただいて、皆様の所感をお伝えする形がよいと思います。依頼主であるカルラお嬢様がビル上層のレストランでお待ちしておりますので、夕食がてら報告してください」

「これ、カルラ君からの依頼なのかい？」

「よせばいいのに首をつっこんで参りました。依頼主は暇を潰したくて仕方がないようです。

申し訳ありませんが、お付き合いください」

棘はあるが、口調は柔らかい。

桜子のカルラへの想いを察し、幽はどうしようもなく悲しかった。

桜子は「ご都合が合わなければまた後日」と言ったが、流は今日でよいと首肯した。椿姫も異論はないようだ。幽は話に流されるまま承諾した。

「夕食は私もご相伴にあずかります。それではまた後ほど」

楚々とした所作で立ちあがり、桜子は去ろうとした。

桜子とこのまま二度と会えなくなるように思えて、幽は思わず引き止めた。

「……ま、待ってください！」

要件はない。咄嗟の行動だ。呼び止めておいて固まったままの幽を、桜子だけでなく流も椿姫も静観していた。

早くなにか言わなければ全員気づいてしまう。

（誰も気づいていない。……桜子さん本人も。なら……それなら……誰もわからない違和感なら、なんの変哲もない現実だ。それなら……桜子さんは生きている……）

先を見据えぬ場当たりな考えだが、最善の解決方法と思えた。

だから幽は楽しい話を……桜子が絶対に好きそうな話をふる。

「桜子さん、カルラと一緒にいる時はすっごく楽しそうですよね！」

幽はこの上なく自然に笑えた。

無理筋ではあるが、感覚的な言動ばかりの幽の人柄を承知してか、桜子が答えた。

「いいえ？　ワガママお嬢様には愛想が尽きておりますが？」

桜子は嫌悪を示すように顔を歪める。

照れ隠しなのかわからず、幽は瞼をぱちくりさせた。

「……少し、私の話をしましょうか」

異議ありといった様子で、桜子は幽と向き合った。

「四楓院家は大和路の親戚筋。本家である大和路への発言力があった……のも今は昔、没落した家柄ですね。今残っているのは無駄なプライドだけです」

四楓院家そのものを唾棄するような言い方だった。

「両親は見栄をはり、長女である私へ上流階級の教育を施しました。白鳥は水面下で必死にもがくとは言いますが、もがく姿が最初から暴かれていては滑稽もいいところ。ましてや白鳥ではなく、ただの醜いアヒル」

「桜子さんの立ち居振る舞いは優雅で素敵です！」

幽は本心を伝えた。

けれど、よほど四楓院家が嫌いなのか、桜子は鼻で笑う。

「……私たちの在り様がおかしかったのでしょうね。大和路本家から『今度迎え入れる養子の面倒を、信頼できる四楓院家で見てやって欲しい』と頼まれました」

「それって……？」

「本家の嫌がらせです。両親は四楓院が給仕の真似事をなどと悔し涙を流しましたが……私は大和路の頼みを引き受けました」

　桜子は嘲るように笑う。

「なんせ、お給金が大変よかったので。だから夏野様、私は……お金のため、お嬢様を仕方なくお世話しているのです」

　それから早口で「両親は当たり前の現実が見えてなかったようですが」とも告げた。

「桜子さんは気高いよ。今こうして堂々と自分を晒しているもの」

「相手の困っている反応が好きだからです。その点、夏野様の困り顔は素敵ですね」

　幽は寄っていた眉を手でほぐした。

　桜子の話は本音がいくらか混ざっていると感じたが、幽は本心ではないと思った。

「そんなこと言わないでください。それに本当に仕方なくなら……俺、桜子さんがカルラをどう想っているか知ってます！」

「我が儘で実はプライドが高くて、面倒な子です」

「でも辞めていない。桜子さんなら絶対引く手あまたなのにですよ？」

「養子とはいえ、大和路本家の人間を困らせる立場はそうありません。お嬢様は困ると大変愉快な表情をなさります。私にはそれが、よい慰めになります」

　ここで愛おしそうに微笑む桜子が、幽は素敵だと思った。

　桜子の心は自由なのだ。親や血筋に関係なく、誰かが彼女を束縛できるものではない。

「まったく、夏野様は譲りませんね」

「桜子さん、本当にカルラのことが好きですよね」

　誤魔化しきれない強情な桜子へ、幽は素敵な未来を説こうとした。

　説こうとして、※者へ真実を伝えられなくて、途端に大泣きしそうになって……幽は黙りこむ。それで話は終わりと思ったか、桜子は丁寧に頭を下げた。

「……私は自分の心に従っております。どうか、夏野様もお心のままに」

　そう言って、桜子は左右心理オフィスを静かに去った。


　幽の心にぽっかり穴が開いた。

　テレビ画面の向こう側にあった猟奇事件を、まだどこか他人事として捉えていた自分に罪悪感が募った。もし、※者へ真実を告げたらどうなるのだろうか。残された人の心境を考えて胸が痛む。

　幽は誰にも打ち明けずに消滅しようとする自分を棚にあげている。

怪異と人間は違うとさえ思っていた。

（……俺が何も言わなければ、桜子さんの現実は続いていく）

身近な人の辛い現実を前に、幽は祓うべき空想を信じようとした。

夕刻を前に、全員準備を整える。

椿姫は神座の正装に着替えていた。

桜子の※を気取ったわけじゃない。朝から空気の澱みを感じていた椿姫は、「何かある」と己の使命を勘づいた。椿姫は根からの怪異殺しなのだと、幽は改めて知った。

（……覚悟の決まった椿姫なら、俺みたいに迷うことはないのかな）

流はといえば、変わらずに普段の流だった。

応接ソファに座り、録画した特撮番組を観ていた。※者は幽しか認識できないのに、流はあの噂を指摘しなかった。すべて承知なんじゃないのかと尋ねても、流は答えないだろう。

（……流さんならきっと、どんな現実に直面しても乖異を祓う）

乖異と対峙する心構えが、幽だけできていなかった。

最後の幻想は、そうして自分の現実に閉じこもった。

今まで出会った乖異の発症者と同じように——

仲間と言葉を交わそうとせず、彼の在り様と反した行為だった。二度と巡らない夏の経験を捨てるに等しき行為だが、桜子の※を受け容れるよりはるかにマシだった。

時間になり、左右心理オフィスの電気を幽はパチリと消した。

雑居ビルの前に待たせていたタクシーに乗り、目的地へ向かう。

——向かった先は、都心の超高層ビル。

天高くそびえ立つビルは、サイズ違いのタバコの箱を三つ並べたような外観。商業区画、オフィス、美術館、ホテル、展望室、と階層ごとで主要施設が変わる、巨大複合施設らしい。離れた場所からでもビル全景が突出していて、近づいても全然距離が縮まらない気がして幽の遠近感が狂った。

紅い夕陽がビルのガラスカーテンウォールに映り、存在が増した。

約束の上層階のレストランへ行く前に、幽たちはビル内部の調査へ向かう。

夏休みなだけあって、買い物客で賑わっていた。

「まあ、椿姫君は目立つよね」

当然だが、神座の正装を着た椿姫は衆目を集めた。

椿姫は「刀は竹刀袋を被せている。大丈夫」と豪語し、流も堂々としていれば問題ないと言いきった。心ここにあらずでいた幽は会話へ入っていかず、二人の視線を集める。

「……椿姫はすごく綺麗だから、アイドルのイベントかと思われそうですね」

二人に怪しまれないよう、幽は頭に浮かんだ言葉をそのまま告げた。

「なるほど、それはよい案だね。それらしくふるまおう。今から僕は流Ｐだ」

「幽、あいどるって何？」

「頂点を目指す職業だよ」

幽がざっくり説明すれば、椿姫は首を傾げてわずかに興味を示す。

幽は普段を演じきっていた。

なぜなら一階の高級感溢れる百貨店エリア。

そこに、※者が紛れていた。

一人、二人、三人と、大理石の床が鏡面みたいに輝くフロアにて、場に似つかわしくない※者——彼等が望んだわけじゃない、そう思った己を幽は責めた。

そうして幽は、視界に入る※者を見分けられないフリをした。

流たちに告げず、己の中の冷たい現実として留めた。

生者が愛想よく接客し、※者が※人のような冷たい顔で流す。

ビチャリ、ビチャリ、と人ではない足音がしたが、幽はこの喧騒を大事にした。彼らに家族がいて、友人がいて、愛する者がいると思うと、幽はとても指摘できなかった。

「×△△○？」「かしこまりました」「○○○！」「ありがとうございます」
※者の声は潰れていた。
相手がどんな状態か皆目見当つかないようだが、お互いに意思疎通できている。ろくに言葉が交わせずとも満足ならそれでいい。そう幽は納得した。

（でも、もし、俺が出会った人も全員※んでいたら？　桜子さんのように……）

怖い想像が頭をよぎり、幽は恐怖で動けなくなった。怪異であるのにだ。

「幽君？」

立ち竦んだ幽を、流が心配そうに顔を覗きこむ。

「──なーにやってんだお前ら、一人はコスプレなんかしちゃってさ」

他人を小馬鹿にするような元気な声。

鏑木沙耶が、ジャージのポケットに手を突っこみながら立っていた。沙耶は片眉をあげて不審そうに三人を、特に流を睨む。

「また他所の商売の邪魔しにきたか？　ほんと迷惑な地上げ屋だな」

「僕らは地上げ屋じゃないよ。沙耶君こそ今度は何を企んでいるんだい？　危険物の取り扱いは資格が要るよ。ビル爆破はよくないね」

「人を犯罪者扱いするんじゃねーよ！　クソおっさん！」

沙耶は小足で流の脛を蹴る。

流は避けられた蹴りを甘んじで受けた。

「いてて……大人は傷の治りが遅いんだよ？　勘弁して欲しいな」

「商店街を潰した野郎にはぬるい仕打ちだ。ばーか」

沙耶は悪びれる様子もなく舌を出した。

「それで、沙耶君はここで一体何を？」

「ただの買い物だよ。買い物以外になにがあるってんだ」

「敵情視察なんだっけ？　いろんなお店を回っているらしいね。将来のために勉強も頑張っているようだし、お婆ちゃん喜んでいたよ」

「知ってるなら聞くんじゃねーよ！　ほんと最悪だな！」

沙耶は顔を真っ赤にさせた。

怒りもあるが大半は照れだ。陰気な化け猫の乖異はもう存在しない。

「隠さなくてもいいじゃないか」

「オレが勉強とか似合わねーだろ。うるせーなーわかってるっての」

不貞腐れた沙耶へ、幽は言う。

「……そんなこと誰も思わないよ。俺も流さんも椿姫も……もちろん商店街のみんなだって。大事なものを失っても……前を歩く沙耶ちゃんを、絶対に応援するよ！」

笑顔で沙耶を応援していると、幽はなぜだか力が沸いた。

みんなが愛した少女が輝かしい未来を摑むと、幽はそんな現実を信じられた。

「本当、お前らはなんつーか……まぁいっか」

据わりが悪そうに沙耶は後頭部をがしがし搔いた。

「……今度さ、全員でうちの食堂に飯食いにこいよ！　商店街が無くなるのはまだ先だし、婆ちゃんもそれまでは頑張るってよ！」

返答無用。沙耶はそう言わんばかりにそっぽを向き、小走りに去って行った。

沙耶なりの照れと、自分たちへの赦しだと思え、幽は再び歩くことができた。


各フロアを調査しながら、幽は※者を観察した。

観察は流が幽に教えたことだ。初歩の初歩を思い出して、ほんの少しだが幽の調子は戻っていた。恐怖に克己し、絶望に抗い、未来を摑もうとする人間を前にすると、途端に活き活きとする。幽は人へ根付く典型的な怪異であった。
※者は若い女性が多かった。
百貨店フロアということを顧みれば自然とそうなるが、今いる展望台へ上がるためのシャトル乗り場は家族連れや観光客が多い。同フロアに美術館もあるので一般客が目立つ。

このシャトル乗り場でも、若い女性の※者が潜んでいた。

到底受け容れがたい現実を、幽は受け止めきれずにいる。

「幽」

椿姫が目を合わせてきたので、幽は緊張する。

「こすぷれって何？」

沙耶の言葉をずっと考えていたのか、あるいは周囲の視線に感じるものがあったか。椿姫は不思議そうに佇んでいた。珍しく自分の恰好を気にしたのか。

幽はどう答えたものか考えていた時、

「……椿姫ちゃん？　やっぱり椿姫ちゃんだ！」

清楚で明るい女性——北龍まもりが声をかけた。

笑顔のまもりが美術館の出入り口からやって来て、幽たちへ挨拶する。なんでもスイミングスクールの教え子たちと遊びに来ていたとか。

「子供って元気で騒がしくて……でも吸収が早くて教えることも多くて、とっても大変」

「まもり、妬む暇はない？」

「うん、妬む暇があったら勉強する。私も学ぶことが多いもの！」

まもりの力強い笑顔。

怨み妬みに染まる以前の彼女を知れて、幽は胸が熱くなった。どこにも行けないと自縛した人魚はもう存在しない。

「ねえ、まもり。わたしの服装……変？」

「なんで？　とっても可愛くて、椿姫ちゃんの凛とした雰囲気に似合ってる」

「……ん。まもりの服も……アレ」

椿姫は多分まもりを褒めた。

椿姫が自分の服装を気にするのも初めてだし、他人の服装を褒めようとするのも初めてだった。誰かと関わることで椿姫も少し変わった。いや、元々あった面を表に出すようになったのだと幽は思う。

美術館の前にいた子供たちが「まもりせんせー」と呼んでいた。

「まもりの指導は楽しいから、みんなに慕われる」

「みんな素直で教え甲斐があるからね。もちろん椿姫ちゃんも！」

まもりは「また会いに行く」と言い、元気に手を振りながら教え子のもとへ走った。

名残惜しそうな椿姫の横顔を見ながら、幽は感想を述べる。

「神座(かむくら)正装の椿姫も可愛いよ」

「……………もう遅い。馬鹿」

子供たちの中に※者はいない。いてはならない。まもりや子供たちの表情に暗い影がさすことはあってはならないと幽は思い知った。

（……わかっている。わかっているんだ）

胸が張り裂けそうなほど痛かった。自分が犠牲になることで善き方向へ向かうなら、幽は己を殺したかった。

立ち止まると感情が噴き出しそうで、幽は率先して動いた。

余計なことを考えたくない幽は「シャトルに乗って、展望台も調査しよう！」と提案する。

調査の成果はもう得ていたし、本格的に調査する必要性はまったくないのだが、見晴らしのよい場所で心の整理をつけたかった。現実逃避も含む。

流も椿姫も賛同し、三人は展望台へ向かった。

展望台は吹き抜け構造となっており、階下の屋外広場が見える。

最上層の回廊は、壁面ガラスのカーテンウォールとなっており、東西南北それぞれで都会の街並みを見渡せる。夕陽が西に沈みかけ、空は紅と蒼のグラデーションが色濃い。遠くの山稜は影だけの姿となり、間もなく夜だ。

都会の街並みに光が灯る。そこに深い闇が入る余地はない。

幽は切なくなって、壁面ガラスにおでこを押しつけた。

「――ちょ、ちょっと、押さないでよ！　美奈！」

「――いいじゃん！　幽子ちゃん元気なさそうだしポイント稼ごう、ゴーゴー！」

「――そんなんじゃないの！　もうっ！」

背後が騒がしく、幽は振りかえる。

吸血鬼のお茶会で出会った二人。ボーイッシュな格好の一穂と、お茶会と服装があんまり変わってない可愛い服装のミナがいた。

一穂は頬をかきながら、恐る恐る手をあげた。

「……よ。久々ね」

「ヴァンピィ！　あ、アタシのこと覚えてるー？　覚えてるよね！　本名も美奈だから美奈でよろしくねっ！」

どこか憮然(ぶぜん)とした様子の一穂と、明るい美奈が挨拶(あいさつ)した。

一穂が居心地悪そうにしているのは、正装姿の椿姫がいるせいか。斬(き)られた傷を思い出すように一穂は肩をさすっていた。

「……幽子ちゃん本当に元気ないねー？　どったのー？」

「俺、幽子ちゃん呼びなんだ」

「あたぼうよっ！　か弱き乙女を騙(だま)した罪は重いのです！　ま、アタシは最初から気づいてた口だけどさー」

一穂が「え？　そうなの？」とでも言いそうな顔になる。

それがツボに入ったのか、美奈は楽しそうにケラケラ笑っていた。

「えっと、二人は買い物？　友達になったんだ」

「直(ちょく)で言われるとまだ照れるけどね！　事件のあとさ、一穂はアタシを呼び出したの。正直、また喧嘩(けんか)を売られると思ってねー。いい加減にキレようと思ったら……難しい顔のまま泣くの！　この子！　今までごめんなさいってね！　許すしかないじゃない、ねー？」

「ちょっ!?　な、なんで言うの!?」

「幽子ちゃんに、馴(な)れ初(そ)めを聞いてもらうため？」

眉間に皺をよせた一穂と、美奈は腕を組んだ。

一穂はきっと知らない。一穂を心配し、自宅の近くまで立ち寄っていた美奈を。最終的に勇気を出したのは一穂のようだ。幽は自然と笑顔になった。

「……元気が出たようじゃない。他人事なのに、貴方は相変わらずね」

「他人事じゃないよ。友達が楽しそうなら嬉しいに決まってる」

「そ。だったらさ、その友達に悩みを打ち明けてくれないの？」

ぶすっとした表情の一穂。その隣では美奈が「この子のこーいった面が好きなの」とジェスチャーを送ってくる。幽も同感だった。

幽は逡巡したあと、壁面ガラスに指を添えて答えた。

「……ここからでも、月は綺麗に見えそうになくてさ」

「都会だもの。また、センチメンタルなはぐらかし方ね」

「俺的には正直に話したつもりだよ。満月は怪異の象徴だからさ——」

そこで幽はふと思い出した。

「そういえば、えっと、あの呪文……鮮血は垂れだっけ？」

「……鮮血は垂れ黒血と化し、肉は腐り灰骨と果て、紫煙となった骸は空で無色の月と成る」

一穂が吸血鬼だと自覚する際に唱えた呪文。

一穂はそれを少し躊躇いがちに言った。

「それ。お茶会の階位と絡めていたよね？　意味はあったの？」

「あったわ。ただの人間が吸血鬼と成り、血と骨と煙に成り果てて、最後は真祖の吸血鬼へ至る一節ね。この一節を基に階位を定めて……もっと細かい意味もあるのよ？」

「なんで最後が、無色の月なの？」

「貴方も言ったじゃない。月は怪異の象徴。なら、その月を消して見せるなら怪異を支配したに等しい存在ってこと」

　やはりそういうことなのだと幽は思った。

　難しい顔で黙りこくった幽へ、一穂はぶっきらぼうに告げる。

「あのさ……貴方の好きにやっちゃえば？」

「え？」

「……何を悩んでいるのかは知らないけれど、貴方は私と同じで停滞したら答えが出ないタイプ。性格は正反対だけどね。貴方はしっちゃかめっちゃかにお茶会も私もかき回したけれど、今はそれでよかったと思っている。あのままじゃ私は腐って死んでいた」

「そんなこと――」

「――あるわ。だって私だもの。わかる。わかるからね？　あそこで停滞して……腐って、骨となって、煙になって何も残らないより、今の私がいられる現実（ここ）が好き……そう思えるようになった」

不器用な一穂が、まっすぐに幽の心を叩いた。

「……言いたいことは、そんだけっ」

最後に顔を逸らすのは一穂らしいと、幽は笑ってしまった。

軽快に笑う幽へ、一穂は「笑いすぎ！　もうっ」と拗ねてしまう。

「お茶会の時、一穂が最初に俺に声をかけてくれて本当によかった。今、こうやって話せて、俺、本当に嬉しいよ！」

「あーそー？　それはよかったですねっ！」

厳しくも親愛を感じる表情で一穂は睨む。

すると、美奈が一穂と幽の間に入り「一穂はアタシのなので？　幽子ちゃんはわきまえるよーに」とからかうように微笑んだ。

「みーなーぁ？　まったくっ……行くわよ！」

一穂は顔を真っ赤にさせて美奈を引きずっていく、美奈は「またね」と言いながら小さく手をふり、そうして二人は去って行った。

あの時、幻想が信じた少女の未来は、夏の終わりに明確な形で幽の前に現れた。

再会に応えられない己を恥じるも、幽は心が温かなもので満たされた。

（……いまだ答えはないけれど）

幽は背筋を伸ばし、闇に負けんと光を発する街並みを、自分が世界最後の怪異だと人間へ教えるように見下ろした。幽は気分を高揚させ、絶望に頭を垂れないと覚悟を決めた。馬鹿は高いところが好きという感覚と少し似ている。

今は逢魔が時——夏野幽の物語を締めるには相応しい、妖の領域が広がっている。

そうして幽はいつもの元気な顔を二人へ見せた。

流は待っていた。椿姫も待っていた。何も言わずに待っていた。

すべて伝えなくても、きっと幽が仲間だから待っていた。


展望台より下の階層に、約束のレストランはあった。

ホールは席から照明の細部に至るまでインテリアが凝られている。窓からは県境まで遠望でき、海辺の大橋がうっすらと見えた。昔は都市の顔だった展望塔が、眼下で手のひらサイズとなっている。カウンター席では、シェフが鉄板で上質の肉を調理して客を目で楽しませていた。人の方が驚かすのが上手い。怪異の立場がないなと幽は思った。

レストランには、半々……だった。

生者と※者が、ちょうど半分半分の数でテーブル席に座っていた。

具合の悪い者がいて、料理を食べては腹からこぼす。それをマナーが悪いと窘める者は、裂けた口からワインを垂れ流した。

あってはならない、尋常ならざる光景。

ここに家族の団欒もあるのが、ことさら幽には最悪だった。

ウェイターが案内にやって来る。椿姫の正装に一瞬固まるも、流が「大和路カルラ」の名前を出すと、ウェイターは深々と頭を下げる。

案内されたのは、ガラスのパーテーションで区分された席。

そこで、カルラがイージーチェアに座っていた。普段よりワンランク上の清楚な白いゴシック服は会食用か。街がすっぽり収まる夜景を背にしても、カルラはどこか物足りなさそうにしていた。
※者の桜子が立ったまま側で控え、幽の心を痛める。
カルラは優美に立ちあがり、花が咲くように微笑む。

「皆様お久しぶりです。この度は私の依頼を受けていただき、本当にありがとうございます。雲を摑むような話を真摯に聞いてくださり、感謝してもしきれません。不安の影も、皆様とお会いすることで夏の青空のように晴れました」

カルラは殊勝な態度でいた。

流は癖のある髪の毛をゆるく搔き、疲れたように告げる。

「茶番はやめない？」

即断だった。

踏みこんだ椿姫の刀が、迷いなくカルラの首を狙う。

幽が制止する暇すら与えず、椿姫の一刀は寸分たがいなくカルラの首を刎ねたはずだった。

「――灰骨」

私は吸血鬼です。

そう、気軽に自己紹介でもするかのようにカルラは呪詛を唱えた。

美しい刀身が切っ先から濁った灰となる。雪のようにパラパラと散り、頭まで灰と化して消えた。

「婆様に叱られる。酷いことをする」

「にべもなく私の首を刎ねるほうが酷いと思いませんか？」

カルラは困り眉で言った。

呆気に取られていた桜子が、これは一体どういうことなのか説明を求めるように主人へ詰め寄るが、

「……えへん」

カルラの可愛らしい咳払いと共に、桜子が停止した。

マネキン人形になったように桜子は微塵も動かない。

桜子どころか、店員も客も電池が切れたように停止している。静かなレストランで肉の焼ける音がジュージューと鳴り、幽にはそれがいっそう不気味に感じられた。

「本当に酷いと思いません？　私、これからお義父様と仲良くなったことをみなさんに報告してから、楽しくお食事。そのあとは桜子に黒幕ムーブをさせてからの、『本当は私が黒幕だったのです』とご披露する場面だったのです。本当に酷いです」

カルラはふくれっ面で抗議した。

「私、黒幕らしいふるまいも鏡の前で練習したのですよ？」

カルラは両頰を人差し指で持ちあげ、吸血鬼の牙を見せる。

無邪気な少女のままのカルラに幽は言葉を失った。

出鼻をくじかれた椿姫は、殺す機会を窺うように静観している。張りつめた空気の中でも緊迫なく動ける流が、なんともないように話した。

「それが黒幕らしいふるまいかい？　随分と子供っぽいね」

「はい、私は十二歳の子供なので、そこは崩さずに黒幕らしいふるまいを追求してみました。とても可愛らしいと思いません？」

誰も答えなかったので、カルラがまた「えへん」と咳払いした。

幽たちの背後のテーブル席から「その通りでございます」と客の一人から返事がくる。

「……これは虚しいですね。多用は避けましょう」

そう言ってカルラはイージーチェアへ優雅に座る。

諸悪の根源「乖異：真祖の吸血鬼」はこれ見よがしに力を示した。

カルラは幽たちへ正面のチェアに座るよう促すが、流と椿姫は動かない。だから、幽が正面切って対座した。

「幽さんはいつも私に合わせてくれるので好きです」

「俺はまだ、カルラの話を全然聞けていない」

「納得できない、ですか？　そういった面も含めて素敵です。そうですね、私の順位表では五十四番目に入るぐらい大好きです」

「五十四……？　五十三番目はなんなの……？」

身勝手な暴言に、幽は思わず尋ねた。

「先日買った素敵なワンピースです。白くて綺麗で……肌にとても優しいのです。あ、誤解しないでくださいね？　幽さんは人間の中で一番好きなので、実質一番ですね」

カルラの闇を垣間見る。

流は観念したように溜息を吐きながら、幽と同じように着席する。椿姫も倣って着席し、目を閉じるとこゆるぎもしなくなった。

カルラは満足げに微笑み、指をパチリと鳴らす。

すると、幽たちを席に案内したウェイターが現れた。

「ご注文を承ります」

「え？　ご注文って……今はそんな状況じゃ」

「ご注文を承ります」

生きているのに、機械的に受け応えたウェイターに幽が啞然としていると、カルラは口元を両手で隠しながら上品に笑った。

「部分的に行動を許可し、意識は職務だけに全うさせています。聞いてください。なんと、ここにいる人間は、真祖である吸血鬼の下僕なのです！　私の意志次第で、意識も行動も操れちゃうのです。糸なしマリオネットです。種も仕掛けもありませんよ？」

カルラは残虐な言葉を軽々しく言いのける。

人形化した桜子を思うと、幽は目の奥が痛いぐらいに熱かった。

「怖い顔をしないでください。私、幽さんとは楽しくお話ししたいのです」

カルラは肩を縮こませ、少女らしく怯えた。

「……一つ相談なのですが、人間を操作する時は咳払いか指鳴らし、どちらが真祖らしいでしょうか？　片手を挙げるのもよいのですが、可愛くはありませんし」

楽しいお話でしょ？

そんなカルラの意図を感じる、純粋すぎる笑みだった。

食器がテーブルに並べられた。

剣呑たる空気の中、ウェイターは涼しい顔でいる。職務に忠実なのではない、生きた人形と化していた。流の表情は普段とさして変わっておらず、心意は読めない。椿姫はずっと目を閉じたまま微動だにしない。

変に大人しい椿姫だが――

『もし、わたしが敵の前で瞑想を始めたら時間を稼いで』

こう以前に告げていた。彼女のふるまいには、きっと理由がある。

どの道、幽はカルラの話をしっかりと聞くつもりだった。食器を並び終えたウェイターが去ると、カルラは血のように紅いブドウジュースを口にしてから喋る。

「一体いつから私が真祖の吸血鬼だと気づいていたのでしょうか？」

カルラは動揺する気配がない。

先の話からしても、真祖であるのを自ら明かす気でいた。カルラの罠かと幽は流に目配りすると、流はわかる程度に頷いた。考えがあるらしい。

幽は聞くに徹し、疑問には流が答える。

幽は目を瞠った。

「カルラ君と出会ってすぐだね」

幽がカルラの関与を疑ったのは、今日桜子と出会った時。カルラの今までの行動が、都合よく立ち回っていたように思えたからだ。椿姫も同タイミングで、勘づいたはずだ。

「まあ、流さんは大狸でいらっしゃいますね。ぽんぽこです」

カルラは愉快そうに微笑む。嘲りをいくらか幽は感じた。

「……まあ、言いすぎかな。僕はね、連続猟奇殺人の件で警戒していた。大規模な乖異が絡んでいるのはわかっていたけれど、その意図は摑めなかった。そんな時に都合よく、真祖の吸血鬼なんて大仰な存在が現れたからね。しかも、悉く大和路が関わっているときた」

「大仰。私、褒められちゃいました」

「……幽君に真祖の吸血鬼・・・・・と言われても僕はピンと来なかった。どうやら、ここ十数年で現れた吸血鬼の上位存在らしいね。それも創作上でしか存在しない概念だ。真祖という言葉が現れた頃には、もう怪異としての吸血鬼は滅んでいたよ」

流はカルラを睨むように見た。

「乖異の発症者は、この真祖に成ろうとしていると、僕はそう推察した」

幽が会話に入る。

「……成ろうとして成れるんですか?」

「吸血鬼はね、とても長い歴史のある怪異だ。様々な伝承が混ざり合い、恐れや恐怖を纏って成長した柔軟な存在でもある。若い概念を取りこむことになんの違和感もないよ」

「ただの吸血鬼は弱点が多いのです」

カルラが頰に片手を添えて、困ったように話す。

「流水も渡れない。日の光も浴びられない。食事も制限される。そんなのは不死ではありません。そんな半端なもの私はいらない。――私は完全な不老不死が欲しかった」

カルラは焦がれるように熱い吐息を吐いた。

己のため、創作上でしかなかった真祖の吸血鬼に成ったカルラ。犠牲者の数を考えるだけで幽は感情がかき乱される。そんな中、流は平然としていた。

「吸血鬼のお茶会は実験場かい？　真祖の存在を色濃くするための」

「ええ、私なりに私の身に起きた現象を考察したのですよ？　階位に意味を持たせ、本物の吸血鬼の存在を仄めかす。二つの派閥を用意して、各アプローチで同種の存在が現れるかも試しましたが、すぐに行き詰ります。でも、そんな時、誰かさんが懇切丁寧に乖異の仕組みを解説してくれるのですもの。助かりました」

「僕の大失態だね」

流は目を細め、乱暴に頭を掻く。

（お茶会を解体した理由はいらなくなったからじゃ）

一穂たちの想いを茶番にされて、幽は静かに憤った。

「俺たちに依頼したのは、乖異の仕組みを知るのが目的……？」

「カルラ君はね、対立構造も欲しかったんだよ。真祖の噂を巷に流し、影で暗躍することで乖異祓いの僕らと相対した。つまりね……乖異祓いの僕らが動けば動くほど、真祖の吸血鬼は真実味を帯びていく。そうやって、自他共に真祖として認知されようとした」

流が言い終えると、カルラは堪えきれない様子でクスクスと笑う。

ここで笑う理由が、幽には全然わからなかった。

「幽さんの反応……何もお伝えしてはいなかったのですね」

「君に気取られては困る」

「ええ、私が真祖と成るために便利な駒は必要ですが、真意に気づいて邪魔するならば容赦はしません。貴方たち全員、事故を装って殺したかも？　拉致して解体したでしょうか。豚の餌は……可愛くないので却下です。ふふ……でも、本当におかしい」

カルラは腹を押さえ、両足をパタパタさせて笑い続ける。

流が黙ったので、幽は代わりに尋ねた。

「何が……そんなにおかしいんだ」

「だって幽さん。この人、犠牲者が増えるのをわかっていて私を放置してましたよ？」

言われて、幽は流を見た。

流の柔らかい表情はなく、罪を真正面から受け止めるかのような固い表情。絶対に真実から逃げ出さない覚悟の面構えだった。

「狸も狸。大狸の大悪党ですね」

「加害者はカルラだ。カルラが殺さなければ、そもそも事件は起きていない」

「それはそうなのですが……。私を殺しにきたのは正義の味方じゃなく、大悪党だとは思わなくて……幽さん、きっと貴方は都合よく利用されてますよ？」

「それも含めて、俺は流さんを信じてる」

共犯者になると言った。

背負った罪は一緒に被ると決めていた。

ああ、だからなのか。自分や椿姫に罪を背負わせないよう、無知のままでいさせた。真実を打ち明けなかったのは、流ひとりで背負うつもりなのだと、幽は悟った。

「ふーん……まあ、いいです。それで、私に勝つ算段ができたから、祓い屋左右として私と対峙しているわけですよね？　解医、試してみます？」

カルラは挑戦的な目つきで流を煽った。

流は険相を和らげ、子供を諭すように告げる。

「妄執の原因――君が男であることも調べはついている」

「へ？」

幽は自然と声を漏らした。

「え？」

もう一度、声を漏らした。幽の頭が理解を拒んでいた。

幽はカルラを観察するが、どう見ても女の子だ。服装ぐらいで性別が誤魔化せるわけがないと考えて、幽は自分もお茶会を女装で通したのを思い出した。

カルラは機嫌が悪そうに手の甲を噛んでいる。

目がこれっぽっちも笑っておらず、ここで性別を暴かれるのは想定外だったらしい。

「大和路の限られた人間にしか、私の性別は知られてないはずですが」

「実父である大和路会長へ頼んだようだね？　養子縁組の条件として」

「プライベートを暴くのがお好きなようですね。嫌われますよ？」

「大悪党はそれぐらいやるさ。カルラ君に気取られないよう怖い思いをしながら、こっそり調べさせてもらったよ。ま、依頼のおかげで大和路と縁が作れたのが大きかったね」

追加の情報に、幽は頭の整理が追いつかない。

養子じゃないのかと幽が尋ねる前に、流はカルラの現実を暴き続ける。

「女神のように美しいとも評された、カルラ君のお母さんの話もしようか？」

空気が一気に冷えこんだのを幽は肌で感じた。

カルラの地雷原だったようで彼女――彼は、ことさら余裕を表すように両腕を組み、肉食獣が獲物を品定めするようなギラついた瞳で流を睨んだ。

「大和路会長はその評判を聞きつけ、娼婦だった母親をはらませた。カルラ君を産ませたあとは一度も会おうとはしなかったようだけど……母と子、二人は贅沢な暮らしができていたようだね」

「お父様が一生遊べるぐらいの手切れ金を渡しましたので」

カルラが情報を付け足し、流(ながれ)は眉(まゆ)をひそめた。

「お母様は捨てられた。いえ……最初から一時(いっとき)の遊びだったのに、お母様はお父様を愛してしまいました。会いに来ないお父様へ次第に心が病み、母の顔に歪みが現れました。美しかったお母様(アイツ)は醜く老いさらばえ、逆に美しく育った私へあろうことか激しく嫉妬(しっと)――」

「虐待がはじまった」

流が言葉を遮った。

主導権を奪われまいと流は言葉を重ねる。

「母親が病気で没後……跡取り問題で苦労していた大和路(やまとじ)会長は、美しく聡明な君に目をつけた。出生が出生だから養子扱いのようだがね」

「お父様は、ろくな奴らがいないと、私の異母兄弟を侮蔑(ぶべつ)していました。私が頭角を現すまでは情報を秘匿(ひとく)するつもりだったようですね」

カルラは心底うんざりした表情だった。

妙にカルラには余裕があった。流が妄執の原因を暴いているのに、今までの発症者のように反発しない。むしろ、自分から情報を明かす様(さま)が幽(ゆう)は怖かった。

流もカルラの異質を感じているようで、片目を細める。

「……君が女装するのは家庭環境と虐待が原因だね。『女より美しい自分』であることで、女性への優位性を保って、心の安寧を得ている」

「心理分析？　まるでカウンセラーみたいですね」

カルラは嘲った。

「……けれど、成長期を迎えて肉体が男性らしく変わっていく」

「ええ、とても困りました」

つまらなそうな表情でカルラは告げる。

「だって可愛くありません。ストレスで肌は荒れるし、世界が私を拒絶したように思えました。そんな時、血を浴びたのです。ついね？　ポカンと人を殴ったのです。返り血で、荒れた肌が艶を取り戻し――私は吸血鬼に成った」

「それがカルラ君の妄執だ。君が美しくいられるために、君が人間の血を浴び続けるために、猟奇事件、凶行へ走った理由だ」

最低最悪のエゴだと、流は強く非難した。

伝承に語り継がれる吸血鬼じみた話をカルラは退屈そうに語り、そこへ先刻のウェイターが料理を運んでくる。覚束ない足元なのは、半端に意識が操作されているからか。ウェイターは転んでしまい、料理を床へぶちまける。

「――灰骨」

カルラは犬を叱るように言った。

粗相を犯したウェイターは灰となっていく。運ばれてきた料理と一緒になって姿を変えて、灰だけが残った。

「灰は灰に、塵は塵に、人は人として掃除しましょう」

今度はウェイトレスが現れ、数秒前まで同僚だった灰を清掃して去る。

我慢の限界だった。堰を切ったように、幽の身体は勝手に動く。飛びかかろうとした幽を、流が力ずくで押さえた。

「ふっざけんなっ！　そんな力……軽々しく使うなよっ！　くそっ、なんで解医に至らないんだ!?　流さんが現実を暴いたのに！」

「幽さん。結局はね、パイの奪い合いなのですよ」

カルラは幽の叫びを流し、夜景に住まう人々を慈しむように眺めた。

無邪気で純真な微笑みの正体。子供がアリの巣を潰す時のような、圧倒的な力を持った者が矮小な生命を弄ぶ、嬌笑の類いと幽は知る。

「それぞれの現実が自分の心にある」

カルラは胸に両手を添えた。

「人の心が現実に影響を与えるのなら、この世界は観念論に近しい。自己の精神活動が、世界へ影響を及ぼしている。……ここからは、私の解釈なのですが」

カルラは幽を宥めるように微笑みかける。

幽は怒りをふりしぼるように睨み返した。

「空想が現実に劣るなんて、私は理解できません。でも下らない現実を暴かれ、解医に至る子が存在する。たかだか現実を知らされたぐらいで……ですよ？　だからきっと、別の影響力が存在する。空想を阻む、お邪魔虫——それを私は世界そのものと考えます」

「カルラ君が言いたことはわかるよ。個人の妄執は簡単には醒めないものだからね」

流は心当たりがある口ぶりだった。

「ええ、現実を後押しする存在、それが世界さんです。まず、世界さんの現実が存在して、私たちがこの世界に居着いている。宇宙船世界号です。横暴で、理不尽で、不公平な世界さんの現実が、世界シェア第一位なのです。独占禁止法に抵触してますよね」

「また壮大な考えだね」

「強く否定はしませんね？」

答えない流に、カルラは機嫌よく話し続ける。

「成り立ちがわかれば、あとは検証と実証です。私という吸血鬼を信じることで、別の吸血鬼が生まれた。私という怪物に出会ったことで人魚や化け猫が生まれました」

カルラは本物を知るように幽を見た。

「相互関係で現実が影響しあっている。あのね？　幽さん。真祖の吸血鬼の現実はもう、私だけのものじゃないのです。他の誰かの現実でもあるの——それはきっと、世界という現実相手にも同じこと」

本物がいると知ったせいで本物が生まれた。

つまり、人の心の相互関係で現実が成り立つと言いたいのだ。怒りで頭が煮立っているが幽(ゆう)はなんとか理解した。

「パイの奪い合いとはそういうことです。同じ現実を共有(シェア)するほど、その現実は色濃くなる。だから私はね？　世界へ『世界(おまえ)の現実は邪魔だ、すっこんでやがれ』と訴えるのです。私の現実は世界程度には負けません」

「……ほんと末恐ろしいね。寒気がする」

流(ながれ)は本物の怪異と遭遇したように身震いした。

流の小心な態度に気をよくしたか、カルラは瞳(ひとみ)から警戒の色を消す。

「それに私は誰よりも自分を信じているし、愛しているもの。私は月を消すに至った、完全なる不死の存在、真祖の吸血鬼としてこの世界に居座ります」

他者へ迎合しない圧倒的なエゴ。自己愛の化身。

カルラの空想は、並大抵の現実では揺らがなかった。

幽は怒りで我を忘れないよう大きく深呼吸し、カルラを見据えた。

「――そんなに夜が怖い？」

「はい？」

カルラはきょとんとした。

「俺なら……月は血のように紅く染める。怪異の象徴である月を支配したいのなら消しはしない。カルラは夜に輝く月が怖いんだ！　だから、消すことを選んだ！」

ほう、とカルラが感嘆の息を吐く。

「やっぱり、幽さんは人間の中で一番好きです。先日買った素敵なワンピースより好きになりました――ああ、幽さんは本物の怪異でしたね」

「夜が怖いのなら、素直にそう叫べばよかった」

「怖いのじゃありません。嫌いなのです。折檻部屋の小窓から見える月は、いつも馬鹿みたいに輝いて、私を見下すようで……壊したいほど嫌いでした」

カルラの瞳が鈍く光る。

強烈な自己愛と苛烈な憎悪。カルラの精神活動に鎮座する二つの感情は、到底祓えるものではないと幽は理解した。

「……お料理はまだのようですね。順序が逆になりますが、仕方ありません」

殺人行為を忘れたようにカルラは微笑んだ。

「私とゲーム、しませんか？」

ゲームの意味を幽はしばらく考えていた。

あどけない笑顔で返答を待っていたカルラは片頬を膨らます。

「もうっ、黙らなくてもいいじゃないですか！」

「僕たちにゲームの内容を話していないよ。返事はそれからだ」

「私にゲームをするかと問われたら、喜んで賛同する以外にありえません。選択権を与えるようで嫌ですけど、内容を語りましょう」

カルラは童子の遊びを教えるかのように和やかに告げる。

「生者と死者を見分け、死者だけを殺しなさい」

――簡単なゲームですよね？

カルラの笑顔にはそう書いてあった。

「……僕たちを殺し屋と勘違いしている人が多すぎる」

「そうなのですか？　では、殺し屋になってくださいね」

幽は堪えきれず、テーブルを両拳の底で叩いた。

「なんで……なんで、また殺されなきゃいけないんだっ！」

「幽さん、やっぱり猟奇事件の違和感には気づいていましたね。人の生死には過敏に反応しそうなのに、いつまでもスルーしていたので不思議に思っていました。……いえ、最近になって違和感に気づいたとか？　これは考察し甲斐がありますね」

カルラは両腕を組み、うんうんと頷いた。

暖簾に腕押ししたような反応に幽はやるせなくなった。

「死なない死者、幽さんはどう感じました？」

「どうもこうも……！　あのまま生きるなんて悲惨すぎる……っ」

「誤解しないでください。私のせいじゃありません」

「カルラが殺したんだろう？」

「……それを主張されると困るのですが、ずいぶん感情的ですね」

カルラは口を尖らせる。

子供の駄々をあやすように、カルラは柔らかい口調で諭してくる。

「死なない死者は、想定外なのです。吸血による生者の眷属化は、世界さんも現実として認めてくれるのか、ちゃんと機能します。本物に血を吸われ、吸血鬼化した一穂さんがよい例ですね。彼女の空想に影響を与えたのでしょう。でも死者は違う。死ぬまで吸血したりすると……世界さんからも誰からも、死を意識されずに動くのです。死んだ本人ですら気づかず」

幽は唇を強く噛んだ。血が出るほど強く噛んだ。

怪我がすぐに治ってしまう自分が幽は嫌だった。

「吸血鬼の下僕——死者《グール》として、私の現実が世界さんに上書きできません。想定外なのです。死を認識されず、生きたように動くのです。不思議ですよね……左右さん、興味深いと思いませんか？」

「さあね」

素っ気ない流の反応に、カルラは苦笑する。

「私はそんな半端な存在はいりません。グールはグールでいて欲しいのです。グールへ私の現実を教えましたが、無駄でした。グールを粉微塵にしましたが、その時は完全に死んだと認識されたようですね。人の形を保つのが、最低限のラインのようです」

「……カルラ君はつくづく熱心だね」

「ええ、勉強家ですもの。未知を未知のままにはしません」

流の皮肉を、カルラはおどけて返した。

「死者も生前の意識があるようですし、私も操れます。それなのに、グールはグールとして認められない。ただ……グールの数を増やすほど、私の力が増すのもわかりました。ふふ、世界さんも、いつまでも強情ではいられないようですね」

夏休みの自由研究を発表するようにカルラは喜々として語った。

「あと一押し、誰かの……それも、幻想に近しい者の現実が必要です」

カルラは猟奇事件の真相を語り終え、イージーチェアに深く座った。

支配者は誰かと示すように威厳を誇示しながら、カルラは提案する。

「強情な世界さんへ、グールの現実を一緒になって認めさせましょう。頑固な世界さんへ、多数決の恐ろしさを教えてあげるのです」

「断る。納得なんかできない」

幽は拒むが、カルラはお構いなしに続けた。

「このレストランにいる私の下僕……ちょうど半分半分で分けています。生者と死者、きちんと区別してくださいね。幽さんなら簡単に区別できるでしょう」

「これをゲームだなんて……遊び扱いするのか！」

「私はなにも世界の支配者になるとは言っていません。だって、管理するための時間に束縛されるなんて嫌ですし。私はただ、完璧を求めているだけ。ずっと若いままの姿で、老いることのない真祖の吸血鬼。綻びがあったら嫌じゃないですか」

「ふざけるなっ！」

前のめりになった幽は押さえられる。

流が幽の腕を掴んでいた。

「ビルに配置したグールへ、人間を襲うように命令しましょうか？　私が会社名義で招待した『幽さんのお友達』は、今頃は別のレストランで楽しくお食事中ですよ」

タイミングよく出会うはずだと、幽は鈍い自分を呪った。

最初から拒否権なんてない。桜子が依頼を持ちこんだ時点でカルラの策略にはまっていた。

幽は腹を括る。

絶望に頭を垂れる気は毛頭なく、逆に逃すものかとカルラを睨んだ。

そして、正解のない選択が始まる。


五分、十分、幽は静坐していた。

熱した頭を冷やし、されど怒りは醒まさず、答えを選ぶための覚悟へ変える。

カルラの空想を何度も頭で否定した。

頭で言葉も繰り返したが、※はいまだ受け容れられずにいた。なんて脆弱な覚悟だと幽は情けなくなった。

カルラは太ももに両手を挟み、ワクワクしながら待っている。

悪戯っ子が反応を待つような仕草だった。

(俺が、誰が※者なのか気づいても……いいのか……? そもそもこれは——)

カルラが提案したゲームは、圧倒的に幽に有利なもの。

おそらく、この葛藤自体に意味がある。
※者を選ばなくても問題なさそうなカルラの態度に、幽は意図を考えた。
「幽、お前は選ぶだけでいい。わたしが殺す」

ずっと瞑想していた椿姫が静かに言った。

椿姫なら殺ると幽は思った。怪異殺しは望んで※者を殺すだろうし、何より椿姫はまもりに危害が及ぶなら本気で殺す。

答えない幽に代わり、流が状況を説明する。

「このゲーム、僕たちに勝ちはない。そもそも殺す必要もないんだ。怪異に近しかった僕たちや、本物の幻想である幽君がグールを強く意識するからこそ、この空想が真に迫る。つまりね、葛藤こそが一番の狙いだ。答えを選んでも選ばなくても……結果は同じだ」

「………ん」

椿姫は再び瞑想に戻った。

状況が悪くなるのに選択できない幽に呆れたのか。あるいは幽の心情を察したのか。きっと後者だろうと、幽は椿姫へ心の中で謝った。

「殺せませんか？　幽さんは本当にお優しいですね。そんなお優しい幽さんのために、場を盛りあげて差しあげましょう」

カルラは「えへん」と咳払いした。

途端、制止していた人が動きだす。

長らく止めていた家族の団欒を始めた。冷めた肉料理に舌鼓をうち、炭と化した肉をシェフが料理する。ガヤガヤとした声は温かく――冷酷だった。

「幽さん、楽しい雰囲気が大好きでしょう？　リラックスできましたか？　この人たちはどんなに騒いでも動じません。首を刎(は)ねても食事を続けますよ」

「……桜子(さくらこ)さんは?」

虚ろになった目で幽(ゆう)はカルラに聞いた。

桜子のみが停止したままだった。

「だって、桜子うるさいのです」

カルラは憎々しげに桜子を仰視した。

「大和路(やまとじ)としてあーしろこーしろだの、ワガママお嬢様な立ち居振る舞いを直せだの。今動いたら絶対うるさいです。ふふ、でも大嫌いな大和路の私を、心底嫌そうにお世話する姿は素敵でしたね」

カルラは桜子を毛嫌いするように鼻で笑う。

ああ、伝わっていない。と幽は愕然(がくぜん)とする。

今ばかりはカルラが年相応の無邪気な子供に思えた。

『私は自分――従っております。どうか――様もお――ままに』

桜子の言葉が霞(かす)んでいく。救いがなくて、気がどこまでも沈んだ。

世界を拒絶したように、幽の意識が途絶えそうになった。

「幽さん? 幽さーん? やりすぎちゃったかな?」

悪意のある言葉に、幽の両端にいる二人が殺気立つ。

自分のために怒ってくれているのだと、幽は泣きそうになった。

「答え、決められない感じですか？　制限時間を設けるべきでしょうか？　んー……このままでもいいですね。嗜虐趣味はないのですが、その表情は素敵です」

答えなんて、と幽は思った。

――本当は、最初から答えが見えていた。

なんて傲慢だと自分を罵った。なんて軽薄だと自分を呪った。

人格も理性も本能もそうすべきだと支持している。

自分がなにをすべきか、なんのために生まれたのか、求めていた解答だ。

（……だけど、否定する俺がいる。否定する夏野幽は一体誰？）

夏休みの絵日記を開くように、幽は記憶をパラパラと捲った。

流や椿姫だけじゃない、いろんな個性豊かな人に出会った。いろんな人と関わり、幽は最初で最後の夏を恣意的に謳歌した。

その幽が否定しているのだ。

人格でも理性でも本能でもない、幽の記憶が否定する。

積み重ねてきた幽の現実が、これっぽっちも納得できていないのだ。

『私は自分の心に従っております。どうか、夏野様もお心のままに』

桜子の言葉をハッキリと思い出し、曇っていた幽の顔が晴れる。ここで桜子の真意を読み取れたのは、幽だからこそ。

幽は思う。

人の在り様は最初から決まっている。

解答は探すものじゃない。きっと、あらかじめ得ていた解答を選ぶ権利が自分たちにあるだけだ。選択は積み重ねた現実にゆだねられ、選び抜かれた解答が目の前の現実となって反映されていく。

（人の心が現実となるのなら）

幽はカルラの背後の窓から、超高層ビルから世界を見渡す。

高度な情報化社会になり、怪異の入る一分の隙もない社会。怪異が死に絶えた世界。寝床にしていた路地裏にも怪物はいなかった。

幽はあの野良猫をまず思い出し、新しい未来を摑んだ彼女たちを思い返し、それから黒い影に襲われたことを思い出す。

――そう、黒い影だ。

これは解答以上の現実を求めた、幽が成し遂げた結果。

幽が納得できる唯一の現実だった。

大きく息をして幽は覚悟を決めた。

「……桜子さんは死者だ」

「正解です！　まずは一人、それも本命から当てましたね。さすが幽さんです」

幽は桜子の死を受け容れた。

ゲームを続行しようとするカルラへ、当たり前を知らせる。

「カルラ、死なない死者は存在しない。不死なんてもの、この世にはない」

「いいえ、存在します。この私が不死を証明します。それに、貴方がそうじゃないですか？」

やっぱり、そうだったのだと、幽はカルラを真っ直ぐに見た。

空想に固執しているカルラ。

その先に待つのは何もない、絶えた世界だと幽は知っている。

だから、幽は言葉を紡ぐ。

「俺の役目がわかったよ。わかっていた。世界に残された最後の幻想として……人の形で成った怪物だからこそさ。怪異譚で語られる怪物のように、幻想の先から囁くよ。《人間の現実はそうじゃない》」

幽は世界に広がる、輝く街を見据えながらこう言った。

「――路地裏に怪物はもういない」

言葉の意味を考えているカルラへ、そして仲間の二人へ幽は告げる。

「俺は、この夏が終われば消滅するちっぽけな存在だ。完璧な不死なんかじゃない。生と死から離れたただの現象、それが怪異、それが俺だ」

椿姫が目を見開いた。変わらなかった無表情が崩れた。

乖異のこと以外で初めて見せる椿姫の感情的な表情は、今にも泣きそうだった。

流の表情は変わらない。

多分彼は、幽の消滅を知っていた。それはそうかと幽は思った。夏野幽の名づけ親は流だ。

恐らく幽が手に負えない怪異へ成長しないよう、名前で人の枷にはめた張本人。

「カルラ、俺を路地裏で殺した時、不死の存在を信じたようだけど、見当違いだよ」

「……嘘、ですよね？」

カルラの頰がひきつった。もちろん幽を同情してのことじゃない。

自分が本物だと信じた相手が、半端以下の出来損ないだと知っての動揺だ。

「俺に空想を委ねた時点で勝負は決していた。この世界にもう、怪物は存在しない」

「わ、私が成ってみせます！」

カルラが慌てて立ちあがる、相手を見下ろして優位性を保ちたい証だ。

「……幽。幽。いいぞいいぞ、こいつの怪奇性が揺らいだ」

椿姫の声は最初震えていて、すぐに使命に溢れる力強いものとなる。

椿姫はステーキナイフを摑み、縦に振った。

テーブルが綺麗に両断される。重力に従うよう中央から押し潰れた。

「避けられた。やっぱり、反応速度は以前の吸血鬼より数倍上」

カルラは一瞬で三歩下がった位置に跳んでいた。

椿姫と同じぐらいの殺意に溢れる瞳で睨んでいる。

「ただのステーキナイフで、なんでテーブルが斬れるんですか……？」

「だから何？　刀がなければ斬れないと思った？　神座の武器は刀じゃない、神座そのものが研ぎ澄まされた刃。つまり、わたしはとても強い」

「……どっちが化物ですか」

「やめろやめろ、化物から遠のくような言葉を吐くな。殺し殺されるの関係で常識を持ちだすな。ほら、お前の首へ刃先を向けたぞ？」

ステーキナイフの切っ先を向け、そうして椿姫は愛らしく微笑んだ。

椿姫が微笑むのは「殺してよい怪異」を前にしたときのみ。

待ち焦がれ、ほどよい化物に仕上がったカルラを今、召しあがる時。

「私の邪魔をしなければ生かそうとは思っ――」

会話を続ける気はないと、椿姫はカルラの懐へ潜った。

カルラは紙一重で避けて、歌舞伎役者のように大きくひらりと跳躍する。

「貴方、大嫌いです！」

「ん。いい表情。とてもとても化物臭い、討滅されるに相応しい歪んだ顔」

椿姫は颯爽と駆けて、その首を刎ねるべく第二撃をふるう。

椿姫とカルラの一騎打ちが始まった。

二人の殺し合いをレストランの人たちは誰も認識していない。カルラの跳躍で破壊されたテーブルを前にしても、日常会話を続けて、何もない空間へフォークを運ぶ。日常と非日常が混在していた。

幽がその光景をじっと見ていると、気の抜けた溜め息が聞こえる。

隣の席にいた流が立ちあがり、ゆるく髪を掻いていた。

「僕は死者を現実へ戻してきますかね。若者が辛い役を担っているのに、大人の僕が情けないままなのは最悪だ。本当に本当に最悪だ」

「誰が死者かは――」

「ああ、いいよ。違和感はわからないけど情報もあるし、観察で十分わかる」

ゆるい表情のいつもの流がそこにいた。

はたしてどこまでが演技なのか。大狸より性質が悪いやと幽は苦笑いした。

「幽君、君が最後の幻想でよかった。……あ、えっと、今のはだね」

都合がよかった。

そんな意味じゃないことは幽にはわかっている。

「わかってます。俺を信じられませんか?」

「……一番辛い返しだね。ああ、本当に僕は情けないな」

流は泣くのを耐えるように眉間を押さえ、死者の元へ向かった。

一方で、椿姫とカルラの闘いは激化する。

「灰骨！」

灰になれとカルラは叫ぶが、椿姫は灰にならない。

椿姫が一拍前にいた床のみが灰になる。滑るような足運びで距離を詰めた椿姫の一閃が、カルラの頰を掠めた。

「ああっ！　もうっ、本当に大嫌いですっ！」

身体能力はカルラが遥かに上。

一足で数メートルは跳ぶし、腕で軽く薙げばテーブルが吹っ飛ぶ。制止した時を動くような反応速度。スペック差は人と、それこそ血風録で描かれる大妖怪以上にあるはずだ。

なのに、カルラが押されていた。

ただのステーキナイフを持った、ただの人間相手にだ。

「ん」

可視不可避の斬撃がカルラの洋服を刻む。

思い通りにならないことを怒る子供のように、カルラは瞳を充血させて怒鳴った。

「鮮血・無色の月！」

初めて耳にする呪詛。

だが何も起こらない。声だけがレストランに反響した。

呆けた幽（ゆう）とは違い、椿姫（つばき）は流れるような動きで家族の団欒（だんらん）からフォークを略奪し、真っ直ぐに投擲（とうてき）する。

ガキンと鈍い音が鳴り響き、空中でフォークが折れて弾け飛んだ。

「嘘（うそ）でしょう？」

カルラは動きを止めた。

隠し手だったのに、初見で見破られて相当ショックを受けたらしい。

「ぶ、鮮血（ブラッド）：無色の月（インビジブル・ムーン）！」

「ん。血の弾が、次は三つか」

椿姫はフォークとスプーンを弾くように射出する。

ガキン、ガキン、ガキンと、三つ弾ける音がした。

動揺したカルラの目が左右に泳ぐ、椿姫は興が削がれたように種明かしする。

「完拍子（かんひょうし）。わたしは殺し合いの最中のみ、拍子を盗むわけじゃない。拍子は呼吸。私の前で、よくも長々と話したな。お前の呼吸は歪（いびつ）で異常に読みにくかったが……幽が納得するまで付き合いすぎだ。アレはな、しつこい。だけど、おかげで――」

椿姫は長い瞑想（めいそう）の理由を語る。

「全部読んだ」

「灰骨（グレイ）！」

　椿姫は頭一つ動かすだけで、灰化を回避した。

　あえて紙一重で避けてみせたのが幽にはわかった。何故ならカルラが青ざめていた。

「お前の力は目にある。視線に妙な力が宿っているな。月を消したのではなく、まもりの視覚から消した？　真祖と呼ぶには不完全みたい。それが完璧を目指す理由？」

「……魔眼と呼んで欲しいのですが……貴方（あなた）、本当に人間ですか？」

「わたしは人間。ただの鍛えた人間」

　椿姫は腰を落とし、ステーキナイフを前に構えた。

「わたしを殺したいのなら出会い頭で灰にするべきだった。でも、もう遅い。すごくすごく遅い。何故ならお前は、神座（かむくら）に牙を剝き——椿姫（わたし）を怒らせた」

　殺気のみで相手を殺せそうな椿姫の気迫。

　カルラは唾（つば）を呑みこみ、強気の表情で迎え撃つ。

「鮮血（ブラッド）、黒血（ブラック）：無色の月（インビジブル・ムーン）！」

「いいないいな。全方位か。しかも拍子を変えた。たしかに先の拍子のまま避けると、わたしは詰みだ。いいぞいいぞ、殺（や）りがいがある」

「……貴方、本当になんなんですかっ！」

　カルラは後退（あとずさ）りした。きっと無自覚の反応だ。

「楽に生きられると思うな。楽に死ねるとも思うな。首を刎ねるだけでは飽き足らない、その身体、一片たりとも原形を留められると思うな」

椿姫は舞い、カルラが放つ不可視の凶器をすべて躱した。

ただの人間を極めた神座椿姫。空想は綻び、ただの人間の延長上にしかいない大和路カルラ。二人の力量の差など、最初から明らかであった。

流も椿姫も己の在り様を証明するように、それぞれの責務を果たしている、だから幽は、動かない桜子へ語りかけた。

「桜子さん。俺、この夏にいろんな人に出会いました」

殺し合いの剣戟が鳴り、明日の幸せを願う雑談が響く。日常と非日常が同居したレストランで、幽は自然な声を桜子へ聞かせた。

「いろんな現実があって、いろんな幻想がありました」

桜子は眉一つ動かさない。

「全員、主張が激しくて、人間の『生きる』って凄いなって思いました」

――椿姫が躍動する。命の煌めきがそこにあった。

「おかげで俺は納得するまで話ができました。みんなのいろんな声が聞こえました」

――流は対話を行い、死なない死者を死へ返していた。

「そこに良いも悪いもありません。純粋な剝きだしの……生きた声があるだけでした。だから俺、自分の声を聞かせますね」

──カルラの叫ぶような呪詛(じゅそ)により、壁面の窓ガラスが割れた。

「死んでも終わりじゃない……別の新しい未来が生まれました。そうやって命の脈動が続いていきました。死も、成長も、未来も受け容(う)れ(い)れないのは……それこそ、死んだも同然じゃないですか！　俺、納得できません！　なにより一番納得できないのは……っ！」

世界に存在を否定された桜子は、氷の彫像のように佇(たたず)んでいる。

割れた壁面の窓ガラスから強風が吹きつけ、桜子の赤みがかった髪を巻きあげる。細かなガラスの破片が舞い散り、月の光を反射させた。

桜子は誰よりも幻想的でいた。

「桜子さんの声を聞いてない！　伝わるわけないよ！」

無反応の桜子へ、幽はそれならばと考えた。

隣の席から紅茶セット一式を失敬し、幽は紅茶を淹(い)れた。高級そうな銀ポットに銀カップ。これなら絶対に美味(おい)しいに決まっていると幽は確信した。

「紅茶を飲みながら俺と話してください！」

幽は鼻息荒くしながら、桜子の眼前へ突きだした。

なみなみに紅茶を注いだので零(こぼ)れないように気を配った。

──そんな幽の在り様だからこそ。ぷるぷると腕をふるえさす滑稽(こっけい)な姿に我慢できなくなったのだろう。桜子は観念したようにカップを受け取り、紅茶を優雅に飲んだ。

「マイナス百点」

「……マイナス？」

数十年ぶりに声を聞いた気がして、気持ちが込みあげる。

でも想定外のマイナス評価に、幽は間違いじゃないのか聞き返した。

「貴方が淹れた紅茶じゃありませんよね？　注いだだけです。しかも押しつけがましく提供して、わんこそばでも渡したつもりですか？　相手に飲んでもらいたい、そのお気持ちは百点……けれど、それ以外は目も当てられません。マイナス百点です」

不出来な弟子を窘めるように、桜子は微笑んだ。

自分の意思で動き出した桜子に、今度はカルラが停止した。

カルラは殺し合いの最中に口をぽかんと開けて、椿姫に首を刎ねられる寸前だったのに呆けた。あまりに無防備すぎるカルラの態度に、椿姫は毒気が抜かれたらしく状況を見守るように、こちらへ視線を送った。

「桜子？　なんで？　私、貴方へ動けと命令していない……」

素直な表情のカルラは、迷える子羊のように尋ねた。

桜子はこの反応をずっと楽しみにしていたのだと幽は思う。桜子は勿体ぶるように紅茶を飲み、片眉を上げげながら言った。

「だから貴方はお馬鹿なお子様なんですよ」

「なっ!?　こ、子供子供って！」

「大人を……人間を好きに支配できるなんて餓鬼くさい発想です。ちんけな妄想ですね。私は貴方になんか操られていません。凶行を知りながら貴方に従属しておりました」

どこか自嘲的で、幽たちへ懺悔したようにも聞こえた。

カルラは現実を拒むような表情で叫ぶ。

「そんなわけないじゃない！　だって桜子は！」

「ええ、貴方に殺されましたね。よくもまあ無邪気に笑いながら殺せたものです。世界で一番猫をかぶった子供としてギネス登録されては？」

「意味がわからないっ！」

殺した相手の告白にカルラは激しく混乱していた。

自分が創った空想を疑うように桜子を遠目で見た。

「意味？　ありませんよ。私の意思です。……貴方の生まれ、最初は同情しましたよ？　でもそんなもの関係ないぐらい貴方は歪んだ子供で……血筋に関係なく気品に溢れ、気高かった。それはね、カルラ。私にとってこの世で一番尊いもの」

桜子はカップを揺らし、紅茶に映る月を眺めた。

「……それが何？　……それで私に従ったの？」

「貴方がご自身を愛する以上に、私は貴方を敬愛していました。貴方のお側にいられたことが嬉しかった。だからですが？　何か？」

「…………っ」

「そんなことも気づけないお馬鹿でお子様で鈍感で、聡明な主様。そんな主様がね、成長していく姿が……私は見たくなった」

従属するようで自由人で、己の意思で主を愛した桜子。そんな確固たる現実を持つ彼女が、死んだぐらいで誰かの空想程度に束縛されるはずがなかった。

桜子は紅茶を飲み終え、カップを静かに地面に置いた。

吸血鬼より遥かに誇り高い、桜子が成せる品格だった。

「夏野様の事情もつゆ知らず、追い詰めたことを深くお詫び申しあげます。これで私の罪を許していただけるとよいのですが……いえ、傲慢もいいところですね」

「桜子さん？」

桜子は背筋を伸ばし、乱れのない歩調で割れた窓際へ寄った。

そうして桜子は愛する主へ、『呆けていないでしっかりしなさい』そんな含みがありありと伝わる優しい微笑みで言った。

「もう愛想が尽きました。お暇させていただきます」

――桜子は、高層ビルから飛び降りた。

幽は叫んだ。椿姫は目を見張った。流は顔をしかめた。

カルラは……何も反応を示さなかった。

通りすぎる車窓の風景を眺めるように、自分とは住む世界の違う場所を黙って見届けるようにして、そこに立っていた。

幽の心はがらんとした。

その場に崩れて泣き出したかったが、桜子の心底納得した微笑みに、泣いては駄目だとガチガチに震える歯をかみしめた。

カルラは自分の居場所を探すようにレストランを見渡していた。

都会で迷子になった子供のような素振りだった。カルラは椿姫と視線が合うなり、殺し殺されの関係を思い出したようで、呪詛を叫ぶ。

「黒血・無色の月！」

椿姫は避けなかった。

相手にする必要がないと背を向け、椿姫は怒った表情で幽の元へ歩いてきた。

「黒血・無色の月！」

頭に思い描いた空想の技を叫ぶ子供の遊び。完璧だと思っていた現実が、不完全だったと桜子に知らされた今、カルラの幻想が消えた。

レストランで悲鳴が起きた。横たわる死者の数だけ悲鳴が起きた。

彼らからすれば死者がいきなり現れたことになる。レストランだけじゃない、今頃このビル全体で悲しみの連鎖が起きている。

叫ぶのを止め、カルラはうなだれた。

「わかるわけないじゃない……わかりやすくしてよ。だって私は――」

カルラは言葉を続けなかった。

続ける言葉はカルラには絶対認められない現実なのだと幽は思った。

乖異「真祖の吸血鬼」の不死も強靭な力も消え失せ――こうして解医は哀哭と共に果たされた。

「幽、お前と話すことがある」

椿姫はステーキナイフを手離していないので、激怒していると幽は知る。

素直に首を刎ねられるか幽が考えていた時――

カルラは桜子が飛び下りた場所で、夜の街を見下ろしていた。

誰かを探すような。すべてを失って吹っ切れたような。成長してしまう自分に絶望したかのような。複雑怪奇な表情で、幽は感情が読めなかった。

――でも、やることは同じだと悟る。

「駄目だカルラ！」

それは納得できなかった。

その選択は桜子の死が無に帰してしまうと、幽は考えずに行動した。

幽は駆けだし、すんでのところでカルラの腕を摑む。

摑んだはいいが、幽には支えるだけの力がなかった。落ちすがら、椿姫や流の声を聞いた気がした。

そこから一緒になって三百メートルばかりを落下することになるが、その間にカルラが助かる方法が見つかればいいと幽は強く願った。

次に目覚めた時、自分が消滅していないことも次点で願った。

八月下旬　カストラートの吸血鬼／※

晩夏　会意

※※※は意識すら自覚できずにいたが、ひずみが起きる。真っ白なキャンパスへモザイク調に絵の具を塗りたくったように、白濁色の意識が渦を巻いて現実味を帯びた。
決定打は白檀の香りだった。

それは※※※が日常的に嗅いでいた、退魔のお香。

左右心理オフィスにいると悟り——夏野幽は目覚める。

幽は応接ソファで仰向けに寝ていた。ブランケットをかけられていたのに肌寒いと感じたのは、窓が開きっぱなしで冷たい夜風を運んでいたからだった。

(……夜？　いつだろう)

日付はいつかと考えた幽に、激しい喪失感が襲った。

心臓を失ったように胸が痛み、飛び下りたあの人を偲ぶ。

「桜子さん……」

彼女の背中を押したのは自分だと、幽は頬を思いきり殴った。

彼女が納得した結末だと幽は信じ、納得できる分……辛かった。それからカルラの無事を気遣った。この男、自分の容体はもう意識の外に置いている。

だから——。

「幽？」

椿姫の声は、幽の虚を突いた。

椿姫が隣の部屋から現れ、幽霊でも見るように立ち尽くしている。椿姫はセーラー服だ。正装じゃない。あれから時間の経過があったと幽は知った。

椿姫は抱えていた本を落とし、無表情のまま詰め寄ってきた。

「……椿姫？」

幽は椿姫の態度がピンと来なかった。

なんであんな泣きそうな顔に見えるのか、幽はすぐにはわからなかった。

「馬鹿。馬鹿。馬鹿！」

椿姫は幽の胸倉を両手で摑み、幽の上半身を引き起こす。

椿姫の綺麗な瞳が濡れていて、幽は自分の愚かさを悟った。

「ごめん。椿姫、本当にごめん」

「わたしが何に怒っているのか言って」

「……夏が終われば消滅するって黙っていたこと」

「それだけ？　本当にそれだけと思う？　幽、お前はアレだ。本当にアレだ。さんざん人をふりまわしておいて、自分を棚に上げていたとか……この馬鹿っ！」

椿姫は声を張りあげた。お前は大馬鹿だと幽に伝えた。

椿姫に叱られ、幽の瞳から涙がこぼれた。

怒られたのが悔しいのじゃない。怖いわけでもない。ただ、消えゆく定めの自分がこの感情を言語化してはいけないと幽は自分を戒めた。

「えっと、僕も心配していいかな？」

オフィスの出入り口の扉に、流が立っていた。

流はいつもの日常と変わらない、柔和な表情でいる。

「おはよう幽君。意識が戻ってよかった。椿姫君も本当に心配していたんだよ？」

椿姫は気まずそうに幽から離れ、さっき落とした本を拾う。

流の元までつかつかと歩き、乱暴に本を押しつけた。

「それ、もういらない。だいたい覚えた」

「そうかい？　……あまり責めないであげなよ」

椿姫は返答せず、幽の対面のソファに座った。

一体どんな本を読んでいたのかと、幽は本の表紙をチラ見する。「世界の拷問図鑑」と書かれていたので、椿姫が納得できるまで謝り続けようと幽は誓った。

「ソファですまないね。僕と椿姫君が目につきやすい場所にいて欲しかったんだ」

流もソファに対座する。

幽は身体を起こしてキチンと座り、話を聞く体勢を整えた。

「カルラや……桜子さんは？」

「結論から言うよ。四楓院君は亡くなった……最初からではあったけど」

万が一の可能性は棄却され、幽は両膝に爪を立てた。

「……これでようやく黄泉へ旅立てたと言えるね。四楓院君のおかげでカルラ君の妄執を打ち砕けた。椿姫君が有利に戦えるとはいえ、冷静になったカルラ君に逃げられでもしたら対処が困難を極めていたよ。そうなれば、あのビル以上の悪夢が起きたかも。おぞましいね」

カルラの所業。到底、赦されない罪。

それを承知で助けたのは桜子の想いに応えてのこと。だから幽は尋ねた。

「カルラは無事なんですか？」

「カルラ君は無事だよ。あの高さから落下したはずなのに傷一つもついていない。奇跡か……幽君の幻想か……四楓院君の想いか。答えは幽君の好きに決めていい」

「俺の答えは決まっています」

「なら、それが真実だね」

流は幽の答えを聞かず、逆に答えを補強した。椿姫は「幽は甘い。ずっとずっと甘い」と不満げにしていたが、否定はしなかった。

「カルラは今頃、警察病院ですか？　裁判になれば判決は……」

「いや……」

流は歯切れを悪くさせた。

椿姫も無表情だが、どこか納得していない様子。

「何があったんです？」

「逆だよ幽君。何もなかったことにされた」

幽は耳を疑った。

あれほどの惨劇、隠し通せるはずがない。

「今回の事件、大和路会長が直々に動き、すべて闇に葬り去るつもりだ」

「そんな!?　実際にたくさんの人が亡くなっているんですよ!?」

「清掃会社が散布した薬で化学反応が起き、腐敗も進行させる毒ガスが発生した……ことになる。すでにペーパー会社も用意されたよ。死なない死者は全員ビルに集まっていたしね、条件は揃っていた。傍から見れば死なない死者は、今まで生きていたと言えるだろう？　死が認識されたのは高層ビルの中でだ。だから、あの場で死んだように事実が歪曲された」

真実と現実どちらが辛いか幽は考えた。

どちらも辛いに決まっていると幽は奥歯を噛みしめた。

「じゃあカルラは……？」

「大和路で厳重に監禁される。公的機関に捕まることはないよ」

「流さんはそれで納得して……ひょっとして、想定通りですか？」

「うん。大和路が公になるのを避けるのは目に見えていた。あの財閥は怪異にも多少詳しくてね、下手に動かれるよりは乖異の情報を僕が先んじて開示した」

怪異は障りとなって場に残り、新たな怪異を引き起こすことがある。

乖異も同様だ。超常現象を信じたばかりに、超能力者になる可能性がある。流にしても乖異が起こした惨劇を、悲惨な現実にするのは都合がよいのだと幽は思った。

「問題はね、カルラ君が解医される前に大和路によって隔離されることだった」

「手の施しようがなくなる前に……？」

「そうなっていたらお手上げだ。考えるだけで怖くて身体が震える。でもこれで……僕の勝利条件は果たせたよ」

流はこの夏ずっと抱えていた重荷を捨てるように、長い息を吐いた。

流の長かった夏もこれで終わりを迎えるのだと、焦燥した顔から幽はそう感じた。

（俺は……納得できるのかな……）

断罪されるべき者が断罪されず、大人の都合で終止符が打たれた。

真実を明かそうと動くべきなのか幽は悩んだ。

椿姫も納得していないようで、流の話を無表情、けれど釈然としない様子で聞いていた。椿姫はこれで二度目の話だろうにだ。

幽は飛び下りる寸前のカルラの表情を思い返した。

いろんな現実が混ざり合って、決して読み解けない表情。

「カルラは自殺……しませんよね」

「自殺はさせないだろうね。自由もないが絶対に死ぬこともできない」

これからカルラが望まない成長をすること。

そして桜子を追うように自殺を図ったカルラへ、罰はあると思った。

(それに……俺は流さんの共犯者になると決めたじゃないか)

罪と穢れを祓うのが、祓い屋左右の本分。なら、断罪は畑違いだ。

とはいえ簡単には納得できず、幽は思いっきり唸った。なかなか自分の中で話を咀嚼できないでいると、流が切なそうに笑った。

「僕はね、子供の頃……なりたい者はなかった。けど、なりたくない大人はあった」

「……流さん？」

唐突な話の切りだし方で幽は戸惑ったが、流は神妙な面持ちでいた。

幽は話を待ったが、当の本人が話すのを躊躇っている。癖のある髪をわしゃわしゃとゆるく掻き、流は覚悟を決めたように息を吐いた。

「僕はね、左右家の養子なんだ」

幽は椿姫に視線をやる。

椿姫は首を横にふったので、椿姫もとい神座家も知らない話だった。

「左右流は屋号。本名じゃないとは前に言ったね」

「はい。苗字も違うってことですか？」

「いいや、僕の名前はもっと長い。僕はね、平成が始まる日に産み落とされ、平成の厄を引き受ける贄（にえ）として育てられた人間だ」

「え……？　生贄（いけにえ）？」

旧時代の概念を持ちだされ、幽は困惑した。

流はいつになく真面目、むしろ嫌悪を表す表情でいた。

「僕には『平成の厄を一身に背負う』忌み名がある。元号が切り替わる際に、贄として死ぬ運命の人間だ。そういった式を執り行う、穢れた一族の出身だ」

「そんな……死ぬための運命なんて……」

「幼少期の記憶はほとんどない。ずっと座敷牢にいたからね。善悪の区別はなく、それが唾棄（だき）すべき悪習であるのも知らずにいた。一族は罪を纏（まと）いすぎたのだろうね、一家親類みなが不幸に遭い、全員と死別したよ」

流は壮絶な過去を遠い昔話のように語る。

思い出したくもないのだろう、流は痛々しい表情だ。

「そのあと左右家に拾われてね。贄とは無関係に、まっとうに育てられた。平凡な人生を送らせてくれた今の両親には感謝してもしきれない。僕の一生をかけて返すべき恩だ」

流が優しく微笑（ほほえ）んだので、幽はホッとした。

人の営みとは無縁だった人間へ、左右家が愛情を与えたのが十分知れたからだ。

「怪異も絶えた世界だ、僕もこのまま穏やかに暮らせると思っていた。けどね、ある日超常的な現象……乖異を目の当たりにした」

流は両拳を合わせ、下唇を噛んだ。

「怪異の枠組みで推し量れない新種の現象。……それも平成という時代が進むにつれ、発生数が増えている。誰かのせいだと言わんばかりにね」

「もしかして流さん。自分のせいだと思っていますか？」

ありえないと幽は思った。

偶然が重なっただけじゃないのか、そう言おうとした。

「確証はない。けれど確信はある。幽君が自分の在り様を識っていたようにね」

「それでも――」

「そうじゃないかもしれない、でも否定もできない」

流は言いきった。

「祓いきれない穢れが世に充満し、新種の現象を引き起こしている。これらの解決方法は実に簡単だ。でもね、幽君、椿姫君……僕は、運命に負けたくない」

流の瞳は生きる力で溢れていた。

それは、きっと、左右家で育てられた流の現実から溢れたもの。左右流という男を改めて知り、幽は一連の行動すべてが納得できた。

「だから僕は天秤で量った。幽君が猟奇事件に関連性があること。事件の解決に繋がること。カルラ君が事件の首謀者であること。乖異が祓われない可能性があること――すべてを天秤にかけ、僕は自分を優先した」

流の眉が震える。

「俺に名前を与えて……存在も縛ったんですよね」

「そうだね……君が悪しき怪異にならないよう先手も打った。でも、君にそんな……自分が昔さんざん呪った真似をしなくてもいいぐらい……君は地に足のついた、夏野幽という儚い現象だった」

流は懺悔するように幽へ頭を下げた。

いや、これは懺悔だ。責任感の強い流のことだ、本来なら誰にも告げずに一生背負うつもりでいたと幽は思った。

なら答えは決まっていた。無論、幽には最初から答えがあった。

望む現実を掴むべく、幽は明るく告げる。

「俺、夏野幽って名前が好きです。流さんや、椿姫や、みんなに呼ばれるこの名前が大好きです。俺……この夏、二人に出会えて本当によかった」

流が顔をあげる、辛そうだが笑い返してくれた。

椿姫は目を赤くしながら、笑おうとしてくれた。

「だから――」

だから、精一杯の我が儘を最後に言おう。

怒られてもいい、呆れられてもいい、絶対にこの我が儘を突き通そうと幽は考えた。それが仲間ってものでしょ、と図々しく開き直る。

「焼き肉、今から三人で食べに行こう！　みんなで一緒に食事しよ！」

湿っぽいのは御免こうむる。

いつもの和やかな日常で大往生。それが夏野幽の最後に相応しい。

「いいね、焼き肉。もう深夜だし高級店とはいかないが……知り合いの店なら空いているよ。ただ、酔っ払いも多いし、あんまり落ち着けないかも」

「俺、そっちの方が好きです！」

「……ん。わたしが三人の分を焼く」

「椿姫はせっかちで生焼けが多いから俺が焼くよ！」

文句を言いたげに無表情で詰め寄る椿姫へ、幽は満面の笑みを返す。

この日常を最後の最後まで謳歌するため、残された時間を確認しようと、幽は日めくりカレンダーでこっそりと日付を見た。

そこには、平成３０年、８月３２日と記されていた。

あとがき

デビュー作は大爆死。新たな境地を開拓しての二作目は大コケ。すべては自分の至らなさゆえ。ラノベ界の片隅で、闇を突き進む男――今慈ムジナです。

二作目が大コケしたあと、担当さんと一緒に和気藹々と企画の話をしました。

「根が合わないねー（担）※ホラー苦手」

「そうですねー。合いませんよねー（今）※ホラー得意」

でも、なんだかんだ根気よく付き合ってくれる担当さんに、心の中で感謝はしつつも「じゃあ、なぜデビュー作（※スプラッタ有り）をとったんよ！」と問い詰めると、「創作の病名がかっこよかったから」と返されました。「え？　そこ？　キャラや物語とかじゃなく？」と困惑しつつ、だったらそのセンスを膨らませ、企画にしたのが本作です。

ええ、また、趣味的なものです。これこそはと思うもので纏めたものの、企画が通るかは疑問でした。なんせ大爆死、大コケ野郎の趣味的三作目。

「――通りました！　物語はよくわからんと言われましたが、概要で押し通しました！」

担当さんとガガガ文庫は凄いなあ、となりました。

それと同時に、「編集長からのアドバイスがあります、『照れるな』と。僕からのアドバイスは、今慈さんの我を抑えて下さい（会話一部省略）」と、問答なのか板挟みなのかに困るアドバイスをいただき、悩みに悩みました。

それで、まあ、素直に書きました。

ただただ「夏野幽（なつのゆう）」の物語を書くことに徹しました。己に制限を課したはずなのに、そこにしがらみはなくて、不思議と楽しく自由に書けました。本当に不思議です。そうやって、この期に及んでまた趣味的なもので刊行する次第となりました。

路地裏の二巻目は正直わかりません。

おそらくは「あのオチでそれ!?」と思われたかもしれません。「ぶっちゃけすぎた」と思われたかもしれません。この発言で「読者様が口コミを広げて下さるかも！」と、超ド甘い腹積もりがなくはないです。

でも、それよりもまず、まったく懲りずに趣味的なものを書きあげた阿呆な作家が、「こーゆーの書きましたけど……どうですか？」と、皆様へ素直に訴えられる境地に至れたゆえかもしれません。多分。よーわからんです。路地裏は、この一冊で感じ入って下さいねと言いたいのだと思います。「夏野幽」のように素直になりたかったのだと思います。ひと夏の「夏野幽」の物語を描（えが）けて、納得できたのだと思います。

さて、残り少なくなりました。

最高にかっこいいイラストを描いてくださった、やまかわさん。「やっとスタートラインに立てましたね」とおっしゃってくださった担当さん。本作を刊行するうえで携わった方々、本書を手に取って頂いた皆様へ、本当にありがとうございました。

GAGAGA
ガガガ文庫

路地裏に怪物はもういない

今慈ムジナ

発行　2019年4月23日　初版第1刷発行

発行人　立川義剛

編集人　星野博規

編集　田端聡司

発行所　株式会社小学館
〒101-8001 東京都千代田区一ツ橋2-3-1
[編集]03-3230-9343　[販売]03-5281-3556

カバー印刷　株式会社美松堂

印刷・製本　図書印刷株式会社

Printed in Japan　ISBN978-4-09-451788-0

第14回小学館ライトノベル大賞 応募要項!!!!!!!!!!!!!!!!!!!!!!!!!!!!!

ゲスト審査員は若木民喜先生!!!!

大賞：200万円＆デビュー確約
ガガガ賞：100万円＆デビュー確約
優秀賞：50万円＆デビュー確約
審査員特別賞：50万円＆デビュー確約

第一次審査通過者全員に、評価シート&寸評をお送りします

内容 ビジュアルが付くことを意識した、エンターテインメント小説であること。ファンタジー、ミステリー、恋愛、ＳＦなどジャンルは不問。商業的に未発表作品であること。
（同人誌や営利目的でない個人のWEB上での作品掲載は可。その場合は同人誌名またはサイト名を明記のこと）

選考 ガガガ文庫編集部＋ゲスト審査員・若木民喜

資格 プロ・アマ・年齢不問

原稿枚数 ワープロ原稿の規定書式【１枚に42字×34行、縦書きで印刷のこと】で、70～150枚。
※手書き原稿での応募は不可。

応募方法 次の3点を番号順に重ね合わせ、右上をクリップ等で綴じて送ってください。
① 作品タイトル、原稿枚数、郵便番号、住所、氏名（本名、ペンネーム使用の場合はペンネームも併記）、年齢、略歴、電話番号の順に明記した紙
② 800字以内であらすじ
③ 応募作品（必ずページ順に番号をふること）

応募先 〒101-8001 東京都千代田区一ツ橋 2-3-1
小学館　第四コミック局　ライトノベル大賞係

Webでの応募 GAGAGA WIREの小学館ライトノベル大賞ページから専用の作品投稿フォームにアクセス、必要情報を入力の上、ご応募ください。
※データ形式は、テキスト（txt）、ワード（doc、docx）のみとなります。
※Webと郵送で同一作品の応募はしないようにしてください。
※同一回の応募において、改稿版を含め同じ作品は一度しか投稿できません。よく推敲の上、アップロードください。

締め切り 2019年9月末日（当日消印有効）
※Web投稿は日付変更までにアップロード完了。

発表 2020年3月刊『ガ報』、及びガガガ文庫公式WEBサイトGAGAGAWIREにて

注意 ○応募作品は返却致しません。○選考に関するお問い合わせには応じられません。○二重投稿作品はいっさい受け付けません。○受賞作品の出版権及び映像化、コミック化、ゲーム化などの二次使用権はすべて小学館に帰属します。別途、規定の印税をお支払いいたします。○応募された方の個人情報は、本大賞以外の目的に利用することはありません。○事故防止の観点から、追跡サービス等が可能な配送方法を利用されることをおすすめします。○作品を複数応募する場合は、一作品ごとに別々の封筒に入れてご応募ください。